# 外国文学经典重译的动因
——理论研究与案例分析

高 存 著

南开大学出版社
天 津

图书在版编目(CIP)数据

外国文学经典重译的动因：理论研究与案例分析 / 高存著. —天津：南开大学出版社，2018.7
ISBN 978-7-310-05624-8

Ⅰ.①外… Ⅱ.①高… Ⅲ.①外国文学－文学翻译－研究－中国 Ⅳ.①I046

中国版本图书馆 CIP 数据核字(2018)第 135254 号

## 版权所有　侵权必究

南开大学出版社出版发行
出版人：刘运峰
地址：天津市南开区卫津路 94 号　邮政编码：300071
营销部电话：(022)23508339　23500755
营销部传真：(022)23508542　邮购部电话：(022)23502200
＊
北京建宏印刷有限公司印刷
全国各地新华书店经销
＊
2018 年 7 月第 1 版　2018 年 7 月第 1 次印刷
230×155 毫米　16 开本　16.5 印张　203 千字
定价：52.00 元

如遇图书印装质量问题，请与本社营销部联系调换，电话：(022)23507125

本书受到教育部人文社会科学研究青年项目资助,项目名称为"外国文学经典重译的动因研究:理论研究与案例分析",项目编号:16YJC740017。

# 自　序

在中国文学翻译史上，重译现象普遍存在。萧乾认为，"像这样世界公认的经典名著的翻译情况，标志着一个国家的国民素质和文化水平"[①]。由此推及经典名著的重译，这一领域的发展状况同样是一国文化进步程度的重要标尺。据王向远、陈言统计，20世纪30年代以来，在已出版的各种译本之中，重译的译本数量占一半以上[②]。20世纪八九十年代，大规模、大范围的名著重译，曾一度成为中国文学翻译的突出现象，例如《堂吉诃德》至少有杨绛译本、董燕生译本和刘京胜译本三个译本；《大卫·科波菲尔》《洛丽塔》《雪国》等作品分别至少有四五种译本，《红与黑》更是拥有不下十几种译本[③]。

古往今来，文学翻译家与翻译理论家对重译价值的探讨从未停止，但重译具有的重要意义与巨大价值却成为无可争辩的事实。文洁若在接受记者采访时曾表示，非常欢迎能够多出几个《尤利西斯》的译本，这部著作意象纷繁，多几种解释有助于研究。这与翻译家赵瑞蕻的观点不谋而合，他曾说道，"名著不厌百回译。古今中外名著重译现象多得很，例子可举出不少。有了多种不同

---

[①] 萧乾：《尤利西斯·译序》，转引自赵稀方：《二十世纪中国翻译文学史》，天津：百花文艺出版社，2009年，第27页。

[②] 王向远、陈言：《二十世纪中国文学翻译之争》，南昌：百花洲文艺出版社，2006年，第122页。

[③] 同上，第57-58页。

译本可以进行比较，评判优劣，对提高文学翻译水平极有好处"①。重译的价值不单单体现在实际的文学翻译领域，在翻译理论的发展中，其作用也是不可低估的。我国许多重要的传统译论与翻译主张更是直接由重译催生，或者在重译中受到启发而总结出来的。例如，道安"五失本""三不易"理论的形成，便与重译直接相关。这一重要理论的灵感源于他在研究般若过程中对同本异译的比较，而这里的同本异译，即我们所谓的对同一译本进行的重译。在对不同译本的逐一对照分析中，他发现了佛经翻译中的"删略"现象，并提出了关于"繁与简""文与质"的见解，后来"参加译场工作，有了实际经验，又听了参与译事者的见解后，他的认知便日趋成熟"，终于提出了著名的"五失本""三不易"理论②。而玄奘"五不翻"原则的提出，似乎也无法脱离与重译的关系。玄奘在提出"五不翻"的原则之前，有着亲身重译的丰富经验，他对佛经以前旧有的译文，"凡错误艰涩，不易晓悟，或中间增损，多坠全言（有失原意）者，一一予以重译"，正是在长期翻译、对旧译本的仔细研究和自己的亲身重译中，才积累了丰富的感悟，集成了"五不翻"③原则。在国外，早在 20 世纪 90 年代，法语期刊《重写本》（*Palimpsestes*）便以"重译"为主题，专门推出了一期特刊，证实了重译研究不可低估的价值，而该杂志于 2004 年再次推出"重译研究"专刊，2003 年《札记》（*Cadernos*）杂志同样推出了一辑"重译研究"专刊，至此，不仅重译研究的价值在国外译界中毋庸置疑，而且还出现了重译研究的一次次高潮。④美国著名翻译理论家韦努蒂的一句"重译是价

---

① 赵瑞蕻：《关于〈红与黑〉中译本的对谈》，许钧主编：《文字·文学·文化——〈红与黑〉汉译研究》（增订本），南京：译林出版社，2011 年，第 28 页。
② 马祖毅：《中国翻译史（上卷）》，武汉：湖北教育出版社，1999 年，第 115 页。
③ 同上，第 150 页。
④ Outi Paloposki & Kaisa Koskinen, "Reprocessing Texts: The Fine Line between Retranslation and Revising", *Across Languages and Cultures*, vol. 11, no. 1 (2010), pp. 29-49.

值的创造"①,一语道出了重译研究无可估量的价值与巨大意义。重译现象在古今中外翻译史上频繁、持续地发生,重译研究的巨大价值、重译理论与实践研究中的意义与广阔空间,正是笔者将其选定为研究课题的主要缘由。

高 存

2018 年 6 月

---

① 田传茂:《西方重译理论研究述评》,《天津外国语大学学报》,2014 年第 1 期。

# 目　录

**第一章　重译术语的演变与辨析** ·················· 1
　　第一节　国内重译术语的演变与辨析 ·············· 1
　　第二节　国外重译术语的演变与辨析 ·············· 6
　　第三节　小结 ······························· 8
**第二章　重译动因研究的理论框架** ·················· 9
　　第一节　本研究的思路与方法 ···················· 9
　　第二节　重译动因研究的视角 ··················· 11
　　第三节　重译动因研究的方法论与框架 ············ 26
　　第四节　小结 ······························ 34
**第三章　重译动因研究视角的基本要素** ············· 35
　　第一节　赞助人视角的基本要素 ················· 35
　　第二节　译者视角的基本要素 ··················· 48
　　第三节　前译面目视角的基本要素 ··············· 55
　　第四节　小结 ······························ 60
**第四章　《老人与海》的重译动因研究** ············· 61
　　第一节　重译动因视角下的历史研究 ············· 62
　　第二节　重译动因视角下的文本研究 ············· 79
　　第三节　小结 ····························· 230
**结　语** ····································· 235
**参考文献** ·································· 241

# 第一章　重译术语的演变与辨析

## 第一节　国内重译术语的演变与辨析

重译现象纷繁复杂，重译的术语界定与使用远未走上统一、规范的道路，因此笔者拟从重译术语及其使用的演变谈起，明确本研究中术语使用的规范。

在方梦之主编的《译学辞典》中，"重译"有复译、对旧译较大程度的润色修订和转译三层含义①。在方梦之主编的《中国译学大辞典》中，对"重译"有如下的解释：

> 1. 亦称"复译"，通常指同一原著的不同译本，以后出版者为"重译"。2. 译者自己对旧译在较大程度上的润色修订，……3. 指非直接译自原著语言的翻译，即以第三国语言（特别是英语）为中介的翻译。②

"重译"一词的用法与含义在中国翻译史上经历了重重演变，既曾用来指译员，也曾与转译、复译混用。

在佛经翻译中，"重译"频频出现。"重译"最早见于《尚书》，

---

① 方梦之主编：《译学辞典》，上海：上海外语教育出版社，2004年。
② 方梦之主编：《中国译学大辞典》，上海：上海外语教育出版社，2011年。

书中记载了夏朝末期以来的"重译来朝"一事，后《尚书大传》中又有关于"国有越裳氏重译而来""越裳以三象重译而献白雉""重译而朝"的记载①。这里的重译，有多重翻译之意，主要针对当时的口译而言。"重译"一词在东汉至隋朝，还曾用来指"译使"，即译员，如马祖毅②所引"南徼外国重译贡献"一句中的"重译"，记载的便是东汉灵帝时期熹平二年十二月译使的传译情况。到了宋代赞宁的"六例"中，所谓的"译字译音为一例，胡语梵言为一例，重译直译为一例"中的"重译"，则指佛经通过其他外国语言的参与而出现的"累累而译"的现象，是相对于未经任何辗转翻译、由源语直达目的语的"直译"而言的③，对此，王宏印④给出了更为明确的解释，他说，"宋代赞宁的'六例'中提及的'重译'，是与直接译自印度梵语的'直译'相对应的概念，实际指的是未直接译自梵文而是译自胡语的佛经的转译。"

到了现代，重译的含义与使用仍未固定下来。邹韬奋在1920年6月4日《时事新报》上谈到，"重译……于精力上太不讲经济之道"⑤，引发了旷日持久的关于重译价值的论战。鲁迅力主应提倡重译，虽在观点上针锋相对，却使用了"复译"一词，来表示邹文所指的不同译者对同一作品进行翻译的"重译"行为，这一点从他那篇著名的提倡不同译本相互争鸣的《非有复译不可》⑥一文中便可获知。在该文中，他将"取旧译长处，再加上自己的

---

① 《尚书》，《尚书大传》，转引自陈福康：《中国译学史》，上海：上海外语教育出版社，2011年，第2页。
② 马祖毅：《中国翻译史（上卷）》，武汉：湖北教育出版社，1999年，第11页。
③ 同上，第169-170页。
④ 王宏印：《中国传统译论经典诠释——从道安到傅雷》，武汉：湖北教育出版社，2003年，第18页。
⑤ 邹韬奋：《致李石岑》，《时事新报》（通讯栏），1920年6月4日，转引自陈福康：《中国译学史》，上海：上海外语教育出版社，2011年，第235页。
⑥ 鲁迅：《非有复译不可》，《鲁迅全集》第6卷，第275-276页，转引自孟昭毅、李载道主编：《中国翻译文学史》，北京：北京大学出版社，2005年，第134页。

新心得"而产生的新译本称为"复译本"。"重译"一词也被鲁迅使用过,只是另有含义。在《论重译》①一文中,他说道,"中国人所懂的外国文,恐怕是英文最多,日文次之,倘不重译,我们将只能看出许多英美和日本的文学作品,……最要紧的是要看译文的佳良与否,直接译或间接译,是不必置重的",可见,这里鲁迅口中的重译,实指转译。重译与复译在鲁迅那里被赋予了不同的内涵,有趣的是,鲁迅这一以复译指不同译者不同翻译的做法,虽影响了后世至今的几代学者,却未得到同时代与其辩争,或与其契合的学者的一致追随。周作人曾对"重译书"与"重出书"之间的细微差别进行过区分②,这里的重译,大致相当于鲁迅所谓的复译,但更接近于皮姆(Anthony Pym)③重译研究中的"主动重译","重出书"则对应于"被动重译"的概念。在20世纪三四十年代关于翻译标准的论战中,郑振铎在"重译问题"专论中的"重译"④,与鲁迅的"重译"一词所指相同,均表转译,对此现象,梁实秋直接用"转译"一词,季羡林也沿用了"转译"一词,如"当然除了俗语和混合梵文以外,还有许多经是从中亚古代语言里转译过来的"⑤。茅盾在驳斥邹韬奋重译"不经济"的论调时,使用了"复译"一词,强调"复译是必要的救济"⑥。

---

① 鲁迅:《论重译》,《花边文学》,1934年6月27日,转引自孟昭毅、李载道主编:《中国翻译文学史》,北京:北京大学出版社,2005年,第134页。
② 周作人:《重译书》,《亦报》,1950年4月2日,转引自王向远、陈言:《二十世纪中国文学翻译之争》,南昌:百花洲文艺出版社,2006年,第125页。
③ Anthony Pym, *Method in Translation History*, Beijing: Foreign Language Teaching and Research Press, 2007, pp. 82-83.
④ 郑振铎:《译文学书的三个问题》,《小说月报》,第12卷第3期,1921年3月10日,转引自陈福康:《中国译学史》,上海:上海外语教育出版社,2011年,第191-192页。
⑤ 季羡林:《论梵文t.d的音译》,《中印文化关系史》,弥勒出版社,1984年,转引自马祖毅:《中国翻译史(上卷)》,武汉:湖北教育出版社,1999年,第97页。
⑥ 茅盾:《〈简·爱〉的两个译本》,《译文》新2卷第5期,1937年1月16日,转引自王向远、陈言:《二十世纪中国文学翻译之争》,南昌:百花洲文艺出版社,2006年,第123页。

郭沫若在《批判〈意门湖〉译本及其他》一文中提到我们的翻译家"拟译一种著作"时，便"要求他人勿得重译"[①]，显然，郭文中的"重译"，便是鲁迅所言的"复译"。郁达夫在《语及翻译》中谈及的"务取直接译而不取重译"一语中[②]，"重译"指转译。重译、复译、转译，术语使用的混乱状态由此可见一斑。

　　从佛经翻译时期阐发译论时起，一直到鲁迅时代对重译的价值进行辩论之时，中国僧人、佛经翻译家与理论家、文学家、文学翻译学者、文学翻译家，且不论不同时代术语的统一问题，就算在同一时代同一语境的对话中，都未在同一平台的对话与辩论中实现术语的统一，这为延续至今的术语统一与规范问题种下了根由。半个多世纪后，鲁迅那一时代采用不同术语却能在同一语境进行论争的情形，在《红与黑》汉译的大讨论中再次重演了。这次大讨论中最引人注目的学者，非许渊冲与许钧莫属。许渊冲将不同译者翻译同一作品的现象称为"重译"，他在解释选用这一术语的缘由时说道，"'重译'有两个意思：一是自己译过的作品，重新再译一次；二是别人译过的作品，自己重复再译一遍，这也可以叫作'复译'，但我已经用惯了'重译'二字，所以就不改了"[③]。罗新璋、郝运与赵瑞蕻同样使用了"重译"的表达。罗新璋认为，"《红与黑》的讨论，以评论来推动翻译，有了重译，才有比较"[④]，充分肯定了重译的积极意义；郝运曾在罗玉君翻译《红与黑》时，担任编辑，发现罗译本中有些"错误和欠妥"之处，因此认为有必要在此基础上进行"重译"[⑤]，道出了重译

---

① 郭沫若：《批判〈意门湖〉译本及其他》，《创造季刊》第1卷第2期，1922年6月，转引自陈福康：《中国译学史》，上海：上海外语教育出版社，2011年，第220页。
② 郁达夫：《语及翻译》，《郁达夫全集》，第6卷，第436页，转引同上，第225页。
③ 许渊冲：《谈重译——兼评许钧》，许钧主编：《文字·文学·文化——〈红与黑〉汉译研究》（增订本），南京：译林出版社，2011年，第212页。
④ 罗新璋：《关于〈红与黑〉汉译的通信（六）——罗新璋致许钧》，同上，第50页。
⑤ 郝运：《关于〈红与黑〉汉译的通信（四）——郝运致许钧》，同上，第43页。

的价值与动因问题；赵瑞蕻认为"古今中外名著重译多得很"，"名著不厌百回译"①，揭示了重译的必要性。而在另一方，许钧自始至终都采用"复译"一词。也有不加区分，将复译与重译混用的学者，如施康强提倡"名著重译，何妨各行其道"②，使用了"重译"一语，但在另一篇文章中，他又选择了"复译"一词，表达了"窃以为复译之道，当不求其同而自同，不求其异而自异"③的看法。

重译与复译的交织更替，俨然将学者们分成了两大阵营。主张将不同译者对同一作品翻译的行为称为"复译"的学者，常赋予"重译"一词以转译或修订自我译本之意。马祖毅在《中国翻译史》④一书中论及契诃夫作品的翻译，称其"最早是吴梼根据日本的译文重译的"，这里的重译即指转译。郭著章等在《翻译名家研究》⑤一书中记述巴金的文学翻译历程时，称巴金自己修订译本的行为为"重译"工作。采用"复译"的学者还有郑海凌⑥、姜秋霞⑦、李明⑧、陆颖⑨等。另一阵营的学者则惯用重译一词。王宏印⑩认为，所谓的重译，指"同一作品的重新翻译"。王宏

---

① 赵瑞蕻：《关于〈红与黑〉中译本的对谈》，许钧主编：《文字·文学·文化——〈红与黑〉汉译研究》（增订本），南京：译林出版社，2011年，第28页。

② 施康强：《红烧头尾》，同上，第3页。

③ 施康强：《何妨各行其道》，同上，第118页。

④ 马祖毅：《中国翻译史（上卷）》，武汉：湖北教育出版社，1999年，第734页。

⑤ 郭著章等编著：《翻译名家研究》，武汉：湖北教育出版社，1999年，第274页。

⑥ 郑海凌：《论"复译"》，《外国文学动态》，2003年第4期。

⑦ 姜秋霞：《心理同构与美的共识——兼谈文学作品复译》，《外语与外语教学》，1997年第1期。

⑧ 李明：《从主体间性理论看文学作品的复译》，《外国语》，2006年第4期。

⑨ 陆颖：《描述翻译研究视域下复译"贵在超越"论的内在悖论》，《外语与外语教学》，2014年第3期。

⑩ 王宏印：《中国传统译论经典诠释——从道安到傅雷》，武汉：湖北教育出版社，2003年，第18页。

印[①]在《文学翻译批评概论》中使用"重译"一词，并认为，经典重译"实际上是在'有定'和'无定'之间循环往复不断进取的过程"，"也是翻译经典化（canonization）的过程"。同样采用"重译"术语指不同译者对同一作品进行重新翻译行为的学者还有陈国华[②]、孙致礼与周晔[③]、刘晓丽[④]、罗国林[⑤]等。当然，在重译与复译之间，也存在将二者混用的情况。赵稀方在其著作《二十世纪中国翻译文学史》中，未对"重译"与"复译"两个术语做出明确的界定与区分，在论述中基本是二者进行替换使用，例如在谈到艾米丽·勃朗特的《呼啸山庄》和王尔德作品的翻译时，分别使用了"新时期以来就已经有四种复译"和"王尔德后来出现了很多复译"的词句，而在提及奥斯丁《傲慢与偏见》和司汤达作品的翻译时，又换作"八十年代初就得到众多的重译"和"新时期经典名家重译之多"的表达[⑥]。同样，查明建和谢天振[⑦]两位学者在《中国20世纪外国文学翻译史》一书中，在表达不同译者对同一作品进行重新翻译时，也未加区分地交替使用了"重译"与"复译"两个术语。

## 第二节　国外重译术语的演变与辨析

相对于国内重译术语较为复杂的演变过程、界定与辨析，国外对重译（retranslation）的界定显得较为简明。

---

① 王宏印：《文学翻译批评概论》，北京：中国人民大学出版社，2009年，第236页。
② 陈国华：《论莎剧重译》，《外语教学与研究》，1997年第2期。
③ 孙致礼、周晔：《交织在叙述语言中的战争与爱情——海明威〈永别了，武器〉重译有感》，《解放军艺术学院学报》，2009年第2期。
④ 刘晓丽：《名著重译 贵在超越》，《中国翻译》，1999年第3期。
⑤ 罗国林：《名著重译刍议》，《中国翻译》，1995年第2期。
⑥ 赵稀方：《二十世纪中国翻译文学史》，天津：百花文艺出版社，2009年，第4-7页。
⑦ 查明建、谢天振：《中国20世纪外国文学翻译史》，武汉：湖北教育出版社，2007年。

国外翻译界中重译（retranslation）一词一般而言有两个基本的含义，一是与我国翻译学者所谓的转译类似的"非直接翻译"，二是指不同译者对同一原著的不同翻译，这与国内有些学者采用的"重译"概念相吻合。

夏特尔沃斯和考伊（Shuttleworth & Cowie）编撰的《翻译学词典》将重译等同于间接翻译（indirect translation），即"非直接译自原文，而是译自另一种语言的居间译本"。这与《内罗毕建议书》（Nairobi Recommendation）中对"retranslation"的描述基本一致。即建议书将翻译的原则定为从原作直接译出，而与之相对的并非直接译自原作的翻译，则被冠以"重译"一词。①

威廉姆斯（Jenny Williams）与切斯特曼（Andrew Chesterman）将重译定义为"某一文本被再次翻译到同一目的语的情形"（retranslation, where a given text is translated again into the same target language）②。

在贝克（Mona Baker）和萨达纳（Gabriela Saldanha）编写的《翻译研究百科全书》（*Routledge Encyclopedia of Translation Studies*）中，他们认为重译（retranslation）主要指将此前曾译入同一语言的同一作品再次进行翻译的行为，或者指由这一行为产生的结果，如被重新翻译的文本本身。他们也提及夏特尔沃斯和考伊以及甘比尔（Gambier）分别于1997年和1994年对"重译"所下的定义，即"间接的"（indirect），"中转的"（intermediate）或者"接力"（RELAY）翻译，如通过另一种中转语言翻译得来的文本③。

---

① 田传茂：《西方重译理论研究述评》，《天津外国语大学学报》，2014年第1期。
② Jenny Williams & Andrew Chesterman, *The Map: A Beginner's Guide to Doing Research in Translation Studies*, Shanghai: Shanghai Foreign Language Education Press, 2004, pp. 71.
③ Mona Baker & Gabriela Saldanha, eds., *Routledge Encyclopedia of Translation Studies* (2nd edition), London and New York: Routledge Taylor & Francis Group, 2009, pp. 233.

## 第三节　小结

从国内外学者对"重译"术语的界定以及"重译"术语的演变过程可以看出，重译与转译、复译等术语在内涵上出现了诸多重合之处，在使用上也出现了交替更迭的复杂过程，其中，转译并非本研究关注的焦点，因此我们集中辨析重译与复译的术语使用问题。为了对两种术语在当今译坛的实际使用情况有一个较为全面、翔实、直观的把握，笔者在"中国知网"上进行了数据统计。在"主题"一栏中，以"复译"为关键词进行检索，年代不限，共查找到185篇相关论文，而若以"重译"为关键词，年代不限，则出现了415篇论文之多，其中，在郑诗鼎的《评刘重德的〈爱玛〉重译版本》[①]、张经浩的《重译〈爱玛〉有感》[②]和杨自俭的《关于重译〈印度之行〉的几个问题》[③]的三篇文章中，"重译"一词特指译者对自己的译作做出的程度较大的润色修改，因此若将这三篇文章除外，知网上发表的所有论文中，仍有412篇使用"重译"一词，表达不同译者对同一著作的翻译之意，其数量大大超过使用"复译"这一术语的论文。当然，单纯的数量并不能说明"重译"这一术语更为权威，但至少从一个侧面证明其使用的广度与在译学研究中的普及度。也正是主要鉴于此，笔者将本研究的主题，即不同译者对同一经典名著的重新翻译，冠之以"重译"一词。

"重译"的术语辨析与界定已经明确。在下文中，我们将确定本书在重译研究中的研究视角，并在此基础上建构研究框架。

---

① 郑诗鼎，《评刘重德的〈爱玛〉重译版本》，《中国翻译》，1998年第1期。
② 张经浩，《重译〈爱玛〉有感》，《中国翻译》，1999年第3期。
③ 杨自俭，《关于重译〈印度之行〉的几个问题》，《外语与外语教学》，2003年第5期。

# 第二章 重译动因研究的理论框架

## 第一节 本研究的思路与方法

国内的重译研究走到今天，在问题论争式的发展模式中稳步前行，由起初论争中相对集中的研究趋势，逐步过渡到当前各自为营、迷失大方向的情形，正如吕俊、侯向群对当前译学研究所做出的整体上缺乏一种"大的方向与趋势"、呈现出零乱意义上的"多元性"、陷入"低迷与徘徊"的论断一样，重译研究似乎也难逃这一"零乱意义上多元性"的状态[①]。一方面，在一些各自为营的重译研究中，即便涉及个案研究，也难有选取恰当的视角，从理论框架的构建开始，将个案纳入自己的理论框架，并在此基础上，将重译现象连贯起来进行整体的、详细的、历史性叙述的研究[②]；另一方面，在有些从整体上研究重译的专著中，虽有对重译历史角度的关照，但在理论框架的建构中纷繁而庞杂，著者自己并无明确的理论视角，也无暇将各种本不相容的理论整合成面目清爽的理论框架，用以分析实际的案例或解决现实的问题。

---

[①] 吕俊、侯向群：《翻译批评学引论》，上海：上海外语教育出版社，2009年，第192-221页。

[②] Itamar Even-Zohar, "The Position of Translated Literature within the Literary Polysystem", in Lawrence Venuti, ed. *The Translation Studies Reader*, London and New York: Routledge, 2012, p. 162.

鉴于此，笔者既摒弃由某一文本中的重译现象入手，泛泛论及重译动因，再就当下的重译问题发表一番议论的典型的漫谈式研究思路，也摒弃大而全、包罗万象、看似科学缜密而集大成者，实则流于表象的重述性研究模式，采取只抓重译综合研究中的一个重要方面进行深入挖掘的方法，搭建研究框架，从中聚焦研究视角，并以聚焦而成的视角，先对重译历史进行整体论述，再深入选取的典型文本，循着相同的视角进行深入、详细的文本对比与分析。韦努蒂曾将重译的历史研究定为重译研究的三大重要任务之一[①]，而从重译的动因视角入手，结合实际案例，描述与揭示重译发生演变的历史过程以及背后的动因，则是重译研究要解决的最根本、最重要的问题之一，这也是我国重译研究中较为欠缺却又无法绕过的问题。因此，本研究便选取"从动因视角研究重译及其历史"这一课题，从选取具体的研究视角开始，逐渐建构理论框架，然后依据这些视角，以历史纬度串联重译的动因，最后在案例分析中详论重译在动因促使下的历史演变。

在本章中，笔者主要完成这一研究的前两个环节，即重译动因研究视角的确定和重译动因研究理论框架的构建。依据这些研究视角对不同动因催生下的重译历史进行初步的论述，以及运用建构而成的理论框架对个案进行详尽的剖析，则分别是第三章和第四章的内容。

---

① 田传茂：《西方重译理论研究述评》，《天津外国语大学学报》，2014年第1期。

## 第二节 重译动因研究的视角

### 一、描写翻译理论：描写"制约下的翻译面目"

（一）描写翻译理论的形成与发展

描写翻译学派（Descriptive Translation Studies）是当代西方翻译研究中一个颇具影响力的学派。该学派的思想发端于约翰·麦克法兰（John MacFarlane），他在20世纪50年代针对将翻译视为"一种纯粹的语言艺术"的规定性翻译思想，提出"理想的、唯一的翻译"是不存在的，有的只是"现有的翻译"。"我们的翻译方法"便是要接受这现有的翻译，而不去理会理想中的那种翻译。这一思想已经露出了描写学派对翻译的基本认识的端倪，即翻译远非只有语言层面制约下的一种面目，而是在各种文学和文化因素制约下呈现出不同的面目。在60年代，这一思想受到美国翻译理论家詹姆斯·霍尔姆斯（James Holmes）等人的响应，并影响了后来成为描写学派主力军的以色列学者佐哈尔（Itamar Even-Zohar）、列夫维尔（André Lefevere）、凡登布洛克（Raymond van den Broeck）。经过70、80年代分别在卢纹、特拉维夫和安特卫普举行的三次小型系列会议，描写翻译学理论逐渐形成，并在80年代有了长足的发展。随着90年代该学派的文章得以大量在兰博特（Jose Lambert）和图瑞（Gideon Toury）创办的 *Target* 杂志上发表、巴斯奈特（Susan Bassnett）和列夫维尔主编的论文集的出现以及2000年英国曼彻斯特翻译研究模式研讨会上该学派的活跃表现，描写翻译学显示出了蓬勃发展、不断开拓新领域的态势。①对于该学派理论的形成与发展过程,斯内尔-霍恩比(Mary Snell-Hornby)直接将其归为与语言学取向的翻译研究相对的比较文学分支下加以讨论②。该学派主要起源于荷兰等低地国家,除了上述的学者,学派其他的主要代表人物还有英国翻译理论家西奥·赫曼斯(Theo Hermans)。描写学派建立之初因其成员的成果主要以未发表的博士论文和会议论文的形式出现而影响有限。1985年,赫曼斯将描写学派主要领军人物的论文成果结集成《文学操纵:文学翻译研究》(*The Manipulation of Literature: Studies in Literary Translation*)一书出版。该学派自此引起了包括德国翻译研究学者在内的欧洲乃至世界翻译界的关注,并因该书及其成员的主要观点而得了一个非正式的名字——操纵学派。进入90年代以后,"以巴斯内特和列夫维尔主编的论文集《文化建构——文学翻译论集》的出版为主要标志,描写翻译学派开始了文化转向(cultural turn)"③,并明确提出"将翻译在社会文化发展中所发挥的作用"④作为其研究对象,因而描写学派在文化转向后又获得了另外一个名字——文化学派。

(二)描写"制约下的翻译面目"

虽然描写翻译学派的荷兰语名称"vertaalwetenschap"与德语中的"ubersetzungswissenschaft"(翻译科学派)在字面意义上非常接近,但实质上却与语言学为导向的所谓翻译科学派有着完全

---

① 林克难:《翻译研究:从规范走向描写》,《中国翻译》,2001年第6期。

② Mary Snell-Hornby, *Translation Studies: An Integrated Approach*, Shanghai:Shanghai Foreign Language Education Press, 2001, pp. 22-25

③ 林克难:《翻译研究:从规范走向描写》,《中国翻译》,2001年第6期。

④ Itamar Even-Zohar, "The Position of Translated Literature within the Literary Polysystem", in Lawrence Venuti, ed. *The Translation Studies Reader*, London and New York: Routledge, 2012, pp. 162-167.

Gideon Toury, "The Nature and Role of Norms in Translation", in Lawrence Venuti, ed. *The Translation Studies Reader*, London and New York: Routledge, 2012, p.168-181.

不同的研究途径。该学派的主要学者大都具有比较文学的研究背景，对文学史与文学研究有着浓厚的兴趣。他们批判翻译研究中专注于"用超越时间的语言规则"[①]对翻译进行定义、对实践设定规约，而又无力"对实际存在的翻译进行描写"[②]的规定性倾向，主张用描述的、系统的比较文学研究途径，把翻译提高到与"任何目的语言语"等同的地位[③]，将其视为一种"目的语文化中不可分割的""固有的文本类型"和"一种既成的历史事实"，而非简单的别种语言中"另一文本的再现"[④]。这样一来，研究"视野得到了较大的拓展"[⑤]：局限于语言对等的"短浅视角"（the myopic perspective）拓展为着眼于整个文学多元系统的"全景式视角"（the broad panoramic view）[⑥]，微观层面的"显微镜式"的研究转向宏观层面的"望远镜式"的研究[⑦]。

"望远镜式"的宏观研究、"全景式"的研究视角、多元系统论的母论，都决定了该派从根本上对系统制约下的翻译面目进行描写的侧重。由于在一定程度上对比较文学研究方法的继承，描写翻译学派通过译本在目的语文学与文化中的"接受研究"与"追溯历史原因"[⑧]的渊源研究，着力从制约翻译形成的因素入手，描写和分析现实存在的翻译，比较同一著作的不同译本。换言之，

---

[①] 林克难：《翻译研究：从规范走向描写》，《中国翻译》，2001年第6期。

[②] Ernst-August Gutt, *Translation and Relevance: Cognition and Context*, Shanghai: Shanghai Foreign Language Education Press, 2004, p.5.

[③] ibid, p.6.

[④] Mary Snell-Hornby, *Translation Studies: An Integrated Approach*, Shanghai:Shanghai Foreign Language Education Press, 2001, p. 24.

[⑤] Ernst-August Gutt, *Translation and Relevance: Cognition and Context*, Shanghai: Shanghai Foreign Language Education Press, 2004, p.6.

[⑥] Mary Snell-Hornby, *Translation Studies: An Integrated Approach*, Shanghai:Shanghai Foreign Language Education Press, 2001, p. 25.

[⑦] 林克难：《翻译研究：从规范走向描写》，《中国翻译》，2001年第6期。

[⑧] Mary Snell-Hornby, *Translation Studies: An Integrated Approach*, Shanghai:Shanghai Foreign Language Education Press, 2001, p. 24.

"描写学派的兴趣不在语言上,它试图探讨翻译的起因以及翻译在社会上所发挥的作用"①。这里的"探讨翻译的起因"大致相当于比较文学中的渊源研究,而"翻译所发挥的作用"则基本与接受研究相当。事实上,几乎所有的描写翻译学派的学者都从翻译的历史与文化纬度切入,并明确地将描写和分析翻译与历史文化因素的互动过程作为自己的研究起点与对象。他们一面考察翻译在特定文化中所起的作用,一面又追溯制约或操纵翻译形成与接受的文化历史因素。佐哈尔之所以将翻译置于文学的多元系统中进行研究,就是为了弥补历来为文化历史学家们所忽视的一个重要研究领域——对于翻译在本国文学与文化成形过程中所起的重大作用的研究。②而对实际翻译作品的选择与接受又取决于其在目的语文学多元系统中所处的中心或边缘位置。图瑞主张在研究翻译活动的过程中,一方面要侧重其所具有的文化意义和社会功用,另一方面要追溯翻译作品形成中的规范。③列夫维尔认为随着视角从文本层面上升到语境层面,翻译研究的焦点也转移到研究其在特定文学和文化中所发挥的功能和发掘操纵翻译过程的因素和范畴上来。④对此,赫曼斯曾有一句精辟的概括——"从目的语文学的角度来看,所有的翻译都暗含着为达成某一目的而对源语文本的一定程度的操纵。"⑤

描写学派的宏观研究途径在整体上为我们的重译研究打开

---

① 林克难:《翻译研究:从规范走向描写》,《中国翻译》,2001年第6期。
② Itamar Even-Zohar, "The Position of Translated Literature within the Literary Polysystem", in Lawrence Venuti, ed. *The Translation Studies Reader*, London and New York: Routledge, 2012, pp. 162-167.
③ Gideon Toury, "The Nature and Role of Norms in Translation", in Lawrence Venuti, ed. *The Translation Studies Reader*, London and New York: Routledge, 2012, pp.168-181.
④ André Lefevere, *Translating Literature: Practice and Theory in a Comparative Literature Context*, Beijing: Foreign Language Teaching and Research Press, 2006.
⑤ Mary Snell-Hornby, *Translation Studies: An Integrated Approach*, Shanghai: Shanghai Foreign Language Education Press, 2001, p.24.

了思路。但如果想真正恰当地运用到中国的翻译语境与重译研究中，我们却要从该派主要学者具体的理论模式与方法入手，对比分析各家的长处与不足，取其合理因素，特别是从各种制约翻译形成的因素中挖掘催生重译的动因，以带动整个重译历史的描述。

描写派虽因集其核心主张的论文集《文学操纵：文学翻译研究》和列夫维尔对"操纵"①一词的明确使用而得名"操纵派"，但这些操纵翻译形成的因素在不同学者的理论体系中却有着不同的表述方式。这些表述方式虽然字面上的意义不尽相同，但都不约而同地指向了"制约"的含义，因此我们权且使用"制约因素"一词作为统称。

1. 佐哈尔多元系统理论中的"规约"

要正确理解多元系统理论中"规约"（conventions）的概念，我们有必要将其还原到整个理论体系中加以考察。文学多元系统理论源于俄国形式主义和布拉格结构主义，是描写学派的核心理论②，也是该学派得以确立的根基③。第一位有体系地将多元系统理论应用于翻译历史研究并形成自己的"多元系统翻译理论"的学者当属佐哈尔。他直接借用俄国形式主义的多元系统概念，将文学定义为"各种系统的集合，是系统的系统或多元系统"。在这一文学的多元系统内，形形色色的文学样式、文学学派和文学思潮为了争取各自的读者群、地位、声誉和权力而相互竞争，"文学"不再是传统意义上尊贵、静止的事物，而成了由不断斗争变化的

---

① André Lefevere, *Translation, Rewriting and the Manipulation of Literary Fame*, Shanghai: Shanghai Foreign Language Education Press, 2004.（"操纵"一词源于书名。）

② Anthony Pym, *Method in Translation History*, Beijing: Foreign Language Teaching and Research Press, 2007, p. 116.

③ Mary Snell-Hornby, *Translation Studies: An Integrated Approach*, Shanghai: Shanghai Foreign Language Education Press, 2001, p.23.

因素组成的系统①。按照这样的思路，在多元系统翻译理论中，翻译文学便作为一种"独特"而"积极"的系统，在文学这一多元系统内占有了一席之地，并通过入选目的语文学和遵从目的语的文学规范这两条途径与其他系统产生关联②。

多元系统翻译理论通过为翻译文学定位，描写翻译通过对目的语文学系统规约（conventions）的遵从或斗争以及与其他系统的互动而获得的不同面目，宏观地呈现出翻译文学在多元系统内浮沉变迁的动态图景。在多元系统中，翻译的具体行为、翻译的规范（translational norms）和政策均取决于翻译在目的语文学、文化中所处的地位。当一国文学的多元系统尚未成形或处于年轻阶段，或者较之他国文学处于边缘或相对弱势地位，抑或出现了重大的转折、危机或"文学真空"时，外来的翻译文学都有可能在该文学中占据中心地位。此时的译者不再满足于遵从现有的文学模式，而是以打破该文学的规约（conventions）为己任。当一国文学的多元系统未发生巨大的变化，或未因别国文学的介入而受到影响之时，外来翻译文学则易处于该文学的边缘位置，结果便被装入约定俗成的规范（norms conventionally established）的"模子"。而这被规范"塑形"的翻译文学反过来却将专属于这一时期的规范加以定格封存，任由新的文学规范与样式如何更迭，都牢牢守住了过去。另外，外来翻译文学本身也会因其源于不同的国别文学而有主次之分。当一种外来翻译文学处于中心位置时，其他翻译文学便趋向于遵从和采用该翻译文学树立的翻译规范和模式。至此，唯一的、绝对标准定义下的翻译不复存在，有的只是在文学、文化的语境中、在多元系统的运行规则（operations

---

① Mary Snell-Hornby, *Translation Studies: An Integrated Approach*, Shanghai:Shanghai Foreign Language Education Press, 2001, p.23.

② Itamar Even-Zohar, "The Position of Translated Literature within the Literary Polysystem", in Lawrence Venuti, ed. *The Translation Studies Reader*, London and New York: Routledge, 2012, pp. 162-167.

governing the polysystem）下被塑造的不同面目的翻译。①

从上述回顾中，我们看到了诸如"规约"（conventions）、"翻译规范"（translational norms）、"约定俗成的规范"（norms conventionally established）和"运行规则"（operations）等众多表述相近的术语，这里有必要加以厘清。根据佐哈尔在文中论述的语境可以推断，操控整个多元系统的"运行规则"处于概念体系的最高层。与之相对的处于最基本层面的概念是"翻译的规范"，可以理解为通过翻译文学建立的规则性操作惯例，也可为不同语种的翻译文学所模仿与采用。而对于我们当前讨论焦点的"制约或操纵因素"，佐哈尔是用"规约"与"约定俗成的规范"这两个术语来表示的，它们被视为含义大致相同的一对概念在文中替换使用。

虽然佐哈尔的理论建构中存在一些不足之处，如用"systemic relations"来解释其理论体系的核心概念时，存在定义上的"同义反复"（tautology）之嫌②；在借用多元系统论和社会学的一些概念时未加严格界定或重新定义；对目的语文学的"规约"所包含的内容也未展开详加论述。但他在运用"多元系统"的框架还翻译文学以应有的位置，还"规约"下的翻译以应有的面目方面，具有开创之功。特别是其对翻译文学在文学多元系统中浮沉变迁的动态描写，对我们挖掘重译发生的动因有较大的借鉴意义。

2. 图瑞翻译理论中的"规范"

相对于佐哈尔专注于描写多元系统内的交互活动而对制约翻译形成的诸多因素一笔带过的做法，图瑞虽然沿袭了"系统"

---

① Itamar Even-Zohar, "The Position of Translated Literature within the Literary Polysystem", in Lawrence Venuti, ed. *The Translation Studies Reader*, London and New York: Routledge, 2012, pp. 162-167.

② Anthony Pym, *Method in Translation History*, Beijing: Foreign Language Teaching and Research Press, 2007, p. 119.

这一概念，却将对制约因素的书写与挖掘作为自己理论建构中的重头戏，并将这些因素归到"规范"（norms）这一术语的统摄之下加以讨论。在定义"规范"这一概念时，图瑞首先设定了约束社会行为的两极：一极是总体的、几近绝对化的"规定"（rules），另一极是完全个性化的"行为特点"（idiosyncrasy），处于中间的社会文化制约因素便是"规范"。而翻译便成了一种"规范约束下的行为"。在控制翻译运行的过程中，这些"规范"有层级之分：处于最高层面的"初始规范（initial norms）"从总体上决定译者的基本选择：或倾向于达到对源语文化传达的"充分性"（adequacy），或倾向于提高在译入语文化中的"可接受性"（acceptability），或采取折中策略。紧居其下的是"预前规范（preliminary norms）"，主要包括翻译发生前决定何时引进何种类型、何种文本的"翻译政策"（translation policy）与允许从源语直译或从媒介语转译的"翻译的直接性"（directness of translation）这两方面操控因素。在更加具体的层面为翻译设定"运行指令"和模式的约束因素被称作"操作规范（operational norms）"，包含"基本规范（matricial norms）"与"文本—语言规范（textual-linguistic norms）"两个层面。其中，限定翻译存在基本形态的"基本规范"又可细化为标志译本内容有无增删的"翻译的完整度"（fullness of translation）、揭示信息前后顺序是否颠倒的"信息分布性"（distribution）以及"文本分段"（textual segmentation）。"文本—语言规范"则体现出更加细节的翻译处理手段和具体的选词倾向[1]。

图瑞[2]的规范翻译理论也有其不足之处，例如他虽然声称译者在面对变化着的规范时并非完全处于被动状态，有时还能能动

---

[1] Gideon Toury, "The Nature and Role of Norms in Translation", in Lawrence Venuti, ed. *The Translation Studies Reader*, London and New York: Routledge, 2012, pp.168-181.

[2] ibid.

地参与到塑造规范的过程中,并承认对这一能动作用的研究也是颇为重要的研究领域,但从整体的理论建构来看,他自始至终偏重的都是规范对翻译及译者实施约束的一面,至于译者能否成功地左右规范的形成,从来都是"不可预见的";而译者以及翻译行为的其他参与者能在多大程度上发挥各自的能动作用,也仍属于"猜想"的范畴;更有甚者,译者如果与规范背道而驰,就有牺牲自己赢得的译者资格的危险。这种强调规范对人的制约而对译者的能动作用轻描淡写的倾向也成为皮姆对图瑞理论批评的依据。另外,对操纵翻译面目起着至关重要的赞助人因素(图瑞称之为"initiator"),在侧重冷冰冰客观因素的规范翻译理论中也未得到应有的重视,而只是作为普通的"处于社会压力下调整自己行为的人(people)中的一员"被一笔带过。

虽然存在上述不足,图瑞对各个层面翻译规范的可贵探索,特别是首次引入的"翻译的直接性""翻译的完整度""翻译政策"等重要视角,恰恰成为我们重译历史与动因研究中可以详加阐发的基点。

## 二、列夫维尔翻译理论中重要的"制约力量":赞助人的力量

与图瑞将翻译定义为"规范束缚下的行为"相比,列夫维尔将翻译作为"社会意识形态的一种表现来加以考察,从而极大地拓展了翻译研究的领域"[①]。如果说佐哈尔在文学多元系统中为翻译文学找到了归属,规划出文学翻译研究的领地,图瑞继而在这片领地上采掘出塑造翻译面目的多重规范,那么列夫维尔可以说从厚厚的文学翻译史中,将这呈现不同面目的翻译背后的动机与实施规范的操纵力量都挖掘出来,向文学翻译真

---

① André Lefevere, ed. *Translation /History/Culture: A Sourcebook*, Shanghai:Shanghai Foreign Language Education Press, 2010, 导读, iii.

相的破解迈出了一大步。作为描写翻译研究学派的旗手与集大成者，列夫维尔拓展出更多制约译者决策的层面（levels）与描写翻译面目的范畴（categories）。他将这些概念统称为"制约力量"（constraints）或操控力量。而其中为图瑞的体系所忽视的至关重要、因而也是最有价值的拓展与补充因素莫过于"赞助人"（patronage）的力量。

赞助人的力量作为列夫维尔着重阐述的核心制约因素之一，不仅贯穿其理论体系的始终，在每部研究著作中都被浓墨书写，而且随着其理论架构的完善，该因素日益占据了越来越重要的位置。列夫维尔[①]在其发表于1982年、收录在韦努蒂编写的《翻译研究读本》的论文中，提到了文学系统操作中的三种制约力量（constraints），而按照重要次序被排在首位的制约力量便是赞助人（patronage），其次才是诗学（poetics）和语言。他还阐述了构成赞助人的三要素，即确保文学不与社会文化中的其他系统相脱节的"意识形态要素"（an ideological component）、确保作家足以维持生计的"经济要素"（an economic component）和确保作家在社会上立足的"地位要素"（a status component）。列夫维尔对赞助人因素颇为看重的倾向在这篇文章中已初露端倪。

列夫维尔的《文学翻译：比较文学背景下的理论与实践》一书分别从文本和文化语境两个层面列举了制约文学翻译及译者决策的因素和力量。在超越单个文本的文化语境层面，左右文学翻译发挥其功能的力量依次为各种权威（authority）、翻译的专业度、对译者的信赖度、文化形象的建构与读者需要。其中，"赞助人的权威"（the authority of the patron）较之"文化的权威"（the authority of a culture）和"文本的权威"（the authority of a text）首当其冲，

---

① André Lefevere, "Mother Courage's Cucumbers: Text, System and Refraction in a Theory of Literature", in Lawrence Venuti, ed. *The Translation Studies Reader*, London and New York: Routledge, 2012, pp. 203-219.

位列各权威之首<sup>①</sup>，其举足轻重的地位可见一斑。这里我们顺带提及一下在文本层面制约译者翻译策略与手段的四大要素。它们按照重要次序排列依次为意识形态（ideology）、诗学（poetics）、文化万象（universe of discourse）（另有"论域"和"语篇全域"两种译法）和语言（主要是其言外行为层面）[②]。

列夫维尔对赞助人因素论述最为详细的著作是他的《翻译、改写以及对文学名声的制控》。此时赞助人作为超越文学系统之外、确保文学不与其他社会子系统脱节的控制因素而被单列为一章加以书写，突显了它日益提升的重要性。赞助人是推动或阻滞阅读、书写和重写文学的力量，施加这一力量的既可以是拥有权势的个人，也可以是出版社、报纸杂志、电视媒体、各类团体、政党等。其对赞助人组成要素的阐释也有所扩展，特别是经济要素与地位要素的主体不再局限于作家，而拓展到包括译者在内的所有文学的"改写者"（rewriters）[③]。值得一提的是，列夫维尔在该书中指出，一直处于文学翻译各种操纵力量之首的意识形态，有时也要通过赞助人的力量才得以施加给译者[④]。赞助人因素在列夫维尔理论体系中的地位在不断上升。

在列夫维尔试图用以影响整个翻译研究方向的《翻译、历史与文化论集》中，他指出当前的大方向已经转到研究那些为迎合特定的意识形态与诗学而对文本进行的种种操纵上来[⑤]，而通过

---

① André Lefevere, *Translating Literature: Practice and Theory in a Comparative Literature Context*, Beijing: Foreign Language Teaching and Research Press, 2006, p.115.

② ibid, p. 87.

③ André Lefevere, *Translation, Rewriting and the Manipulation of Literary Fame*, Shanghai: Shanghai Foreign Language Education Press, 2004. pp. 15-16.

④ ibid, p. 41.

⑤ André Lefevere, ed. *Translation /History/Culture: A Sourcebook*, Shanghai:Shanghai Foreign Language Education Press, 2010, p.10.

"向译者施加特定的意识形态"①以实施操纵的关键力量便是赞助人。从文集撰写的思路来看，赞助人在操纵翻译的过程中起着核心作用。赞助人的核心作用自导言起就被反复强调。从翻译关系的建立到翻译出版发行的整个过程都处于赞助人的掌控之中。如果译者的行为超出赞助人允许的意识形态范围，其译作就可能面临不能面市或很难面市的危险②。一言以蔽之，"译者的意识形态范围"③受制于赞助人。该研究第一章中的史料集中证明了意识形态对翻译的塑形作用，而这一塑形作用的发挥"常常要有赖于作为赞助人的个人或机构"④。在第二章中，直接作为篇章标题的"赞助人力量"更是得到了淋漓尽致的阐释。文中大量的史料都告诉我们，"赞助人对于翻译什么，怎样翻译以及译文是否可以出版等问题都拥有至高无上的发言权"⑤；无论是古代的帝王将相，还是现代的出版公司，作为赞助人，他们对翻译的塑形作用都是不容小觑的⑥；至于诗学、文化万象及语言等其他制约力量都被编者置于其后。

从以上对列夫维尔主要著作的梳理可以看出，他的理论体系中也存在一定程度的不统一性与不足。例如，那些制约翻译的因素与力量，在其不同的著述中不仅有着不同的数量，还有着不尽相同的归属范畴、排列顺序与划分方法。有时，他会对这些因素详加分层，将"意识形态"和"诗学"同"文化万象"和"语言"列为文本层面制约译者决策的因素，"赞助人"则被视为在文化层

---

① André Lefevere, *Translation, Rewriting and the Manipulation of Literary Fame*, Shanghai: Shanghai Foreign Language Education Press, 2004. p. 41.

② André Lefevere, ed. *Translation /History/Culture: A Sourcebook*, Shanghai: Shanghai Foreign Language Education Press, 2010, p. 7.

③ ibid, p.8.

④ ibid, p.14.

⑤ ibid, 导读, p.v.

⑥ ibid, p. 19.

面左右译著发挥功能的一种力量；有时"赞助人"和"诗学"又被单独划归到"系统"的范畴内，其他因素紧随其后；有时这些因素也会不分层面、不划范畴地依次排列。当然，这与著作本身的编排思路与目的不无关系，同时也体现出制约因素的开放性和难以尽数性。但这里至少有一点是可以肯定的，那就是，许多学者不假思索地将列夫维尔有关"制约力量"的论述直接"压缩"为所谓的"意识形态、赞助人、诗学"的三点论，这是失之偏颇的。这样的三点论会给人以"列夫维尔的文化理论只空谈文化而脱离文本和语言层面"的错觉，易使他本人乃至整个文化派都招人诟病。事实上，文本语言层面自始至终都在列夫维尔的研究视野之中，而且在《文学翻译：比较文学背景下的理论与实践》一书中有大篇幅、集中而详细的解析。这种在理论应用中不假思索的倾向与前文提及的"跟风现象"不无关联。这种不加区分的简单排列方法也在一定程度上抹杀了赞助人的能动作用。赞助人并非是与意识形态和诗学并列的操纵力量的一角，而是将这两个冷冰冰的因素付诸实现的一种途径与能动力量。

将文学翻译置于错综复杂的历史与文化背景中进行描写，其中纷繁复杂的制约因素本就难以悉数穷尽、规则切分，而其中未发掘的因素也许还有很多。列夫维尔对各种制约因素的深入探讨，特别是其着墨重描的赞助人因素（包括其经济组成要素和意识形态要素），对我们从翻译形式之外的能动因素追溯重译得以大规模、系统化发生的根源有着莫大的启发意义，是我们重译历史研究中不可或缺的视角。

### 三、皮姆动因理论中的"主角"：译者

（一）描写学派视野中的"盲点"：译者

描写学派的学者，特别是列夫维尔，在深入剖析和破解文学翻译的真相方面为描写学派乃至西方译界都树立了一座顶

峰，在拓展翻译研究的视野中功不可没。但如果将各家各派的翻译理论综合起来再反观任何一位理论家，都会发现他在研究中可能忽视的角度或"盲点"，描写学派也不例外。译者在塑造翻译中的能动作用便是描写学派的盲点。上文中已经提及图瑞规范理论中的这一不足，而同样的不足在列夫维尔的翻译理论中也有所体现。

从列夫维尔众多著作的基本思路可以看出，他也如图瑞一样，强调意识形态、诗学、文化万象和语言的各个层面对译者决策产生束缚的一面[1]，对译者的基本定位只是评论家、批评家、教师等众多专业人士中的一员，其任务便是受赞助人之托，按照当时的意识形态与诗学可接受的模样，对文学作品进行"重写"[2]。这样的译者在面对赞助人之时几乎没有什么自主与自由可言[3]，因为如果想让自己的译本得到发表，就必须在赞助人允许的意识形态范围内从事翻译[4]，否则译本就有不能面市[5]或无法售出的危险，译者也会丢掉未来翻译的机会[6]。在列夫维尔有关译者的一系列论述中，译者似乎在这重重束缚之下，表现的不是相当程度的能动性，更多的是无奈与无意识，即使是在"改写"文学之时[7]。

---

[1] André Lefevere, *Translating Literature: Practice and Theory in a Comparative Literature Context*, Beijing: Foreign Language Teaching and Research Press, 2006, pp.16;87.

[2] André Lefevere, *Translation, Rewriting and the Manipulation of Literary Fame*, Shanghai: Shanghai Foreign Language Education Press, 2004. p.14.

[3] André Lefevere, ed. *Translation /History/Culture: A Sourcebook*, Shanghai: Shanghai Foreign Language Education Press, 2010, p. 19.

[4] André Lefevere, *Translation, Rewriting and the Manipulation of Literary Fame*, Shanghai: Shanghai Foreign Language Education Press, 2004. pp.15-16.

[5] André Lefevere, ed. *Translation /History/Culture: A Sourcebook*, Shanghai: Shanghai Foreign Language Education Press, 2010, pp.7-8.

[6] André Lefevere, *Translating Literature: Practice and Theory in a Comparative Literature Context*, Beijing: Foreign Language Teaching and Research Press, 2006, p.117.

[7] André Lefevere, *Translation, Rewriting and the Manipulation of Literary Fame*, Shanghai: Shanghai Foreign Language Education Press, 2004. p.13.

## (二) 皮姆动因理论中的"译者"

澳大利亚翻译研究学者安东尼·皮姆对包括佐哈尔、图瑞和霍尔姆斯在内的描写学派，连同德国功能派，都详细指摘了一番，而主要的依据就是这些理论中对"译者"这一重要角色的淡化处理。皮姆的批评是由反映霍尔姆斯描写翻译学理念的"翻译研究构想图"引申开来的，他认为这幅图表涵盖了翻译研究的诸多领域，却单单没有为译者留出其应得的一席之地[①]。这种情况还不仅仅出现在霍尔姆斯一个人的理论中，纵观历史上的翻译研究，特别是在翻译史的书写中，译者似乎一直被排斥在外[②]。作为行走在语言间的"中间人"，译者对社会历史的影响一直被认为是微乎其微的[③]。仿佛翻译的历史就在那里客观存在着，我们只需等待它的到来并对它进行描写即可[④]。这不禁引起了皮姆的发问：作为社会积极的参与者与影响者的活生生的译者究竟地位何在？如果一切事先已被目的语的"系统"或"目的"设定好了，那么译者扮演的岂非只是被动接受的角色？[⑤]他显然是站在典型的社会学立场上，既看到社会对人影响的一面，也承认人对社会与历史的成形所起的能动作用。在皮姆看来，有着自己独特的个性爱好和特定职业身份的活生生的译者，远比那些所谓的"规范""目的"与"系统"更具能动性[⑥]，他们应当回归翻译研究和翻译史的视野[⑦]，并成为翻译史研究的中心。显然，译者因素在皮姆的翻译动因理论中一跃而升为"主角"，委托人、赞助人都退居为围

---

[①] Anthony Pym, *Method in Translation History*, Beijing: Foreign Language Teaching and Research Press, 2007, p.14.

[②] ibid, p.4.

[③] ibid, p.18.

[④] ibid, p.24.

[⑤] ibid, pp. 4; 157.

[⑥] ibid, p.161.

[⑦] ibid, p.4.

绕在这一主角周围的陪衬因素。①

皮姆在对描写派和功能派等学派进行批评的过程中，"否定译者的决策过程全由外界社会因素决定"的观念，"为翻译研究注入了更多人性化的色彩"。②他对译者能动作用的强调与深入剖析，使我们为重译历史与现实中的许多重要现象都找到了归因，是重译历史研究中另一个不可或缺的重要视角。

## 第三节　重译动因研究的方法论与框架

### 一、方法论

（一）研究思路

对西方描写翻译学派和皮姆的翻译动因理论一一进行详尽的评述，并指出它们各自的主要贡献与不足，并非我们研究的最终目的，而仅仅是迈出的第一步。指出不足之处是为了表明西方的翻译理论并不是完美的、无懈可击的，我们在实际应用中，特别是将其运用于西方的理论视野从未关注过的中国翻译和重译现象时，不能盲目崇拜，更不可全盘照搬，而是应批判性地加以借鉴，为我所用；指出各个理论的独特贡献与独特的术语体系，是为了避免西方翻译理论应用中的另一个误区，即浅尝辄止地借用几个流行的术语与概念，对真正引起了翻译研究变革的方法论却视而不见。

源于比较文学的一个分支、与规定性的翻译研究分道扬镳的描写翻译学派在方法论上最大的革新之处，因而也是最可借鉴之

---

① Anthony Pym, *Method in Translation History*, Beijing: Foreign Language Teaching and Research Press, 2007, 前言, p. xxiii.

② ibid, 前言, p. xiii.

处便是其历史视角与文化纬度并重、渊源研究与影响研究两种途径相结合的研究思路。而我们从兼具人类传播学、比较文学和文学社会学学术背景的皮姆身上，学到的是从社会现象的动因入手，在社会历史的大视野中前后勾连，用"蚕食"的方法勾勒翻译历史。我们可以借鉴这两种思路，将重译的研究置于历史文化的宏大视野中，从三个视角入手，通过渊源研究的方法，追溯各个阶段重译的动因，在此基础上，逐渐勾勒出重译的历史。

（二）三个动因视角

重译研究与普通的翻译研究最大的不同就在于它始终要在原译或前译的"笼罩"下进行，而"为何有了一个译本却还要一译再译"，便成了始终萦绕于重译研究者心中挥之不去的追问。对于个中原因的追溯也成为破解重译现象、还原重译历史的一把钥匙。对重译历史的研究说到底就是对重译发生原因的探究，一股股多重因素交织而成的力量，推动着一次次重译高峰的到来，重译的历史才终于成形。重译的动因研究，本就是重译一词的应有之义，也是重译研究中首要解决的问题。许多学者在重译的动因研究方面做出了建设性的探索，他们追溯到的动因涵盖时代和语言的变迁、读者的需求变化、文学研究本身的进步、翻译观和翻译方法的相异、旧译中的种种局限等，有些研究甚至还触及了对重译研究至关重要的出版社和版权问题，这是值得肯定的一点，也是我们的研究得以继续的基础。但另一方面，有关重译的动因研究仍未受到应有的重视，以重译原因为主题的论文尚不多见，多数动因只是在论及另一主题的文章或著作中以极小的篇幅、按照较为零乱的顺序、以较为随意的形式被顺带提及的，依据直觉和经验浅尝辄止进行列举的例子居多，专门以此为题进行系统深入研究的则较为少见，而以此为突破口，结合史实探讨重译现象与历史变迁的研究就更是缺乏。

描写学派和翻译动因理论等诸多理论都为重译的研究打开

了广阔的视野,为我们在上述建设性研究的基础上继续深入的探索提供了视角。

我们挖掘重译原因的第一个视角是前译在制约下呈现的面目本身。以佐哈尔、图瑞和列夫维尔为代表的描写学派为我们揭示了翻译的真相:任何翻译都是在规范的制约下才得以成形的,初译更不例外。而这制约初译和前译形成的层层规范在勾勒出前译基本面目的同时,埋下了重译得以生发的种子:初始规范描画了前译的总体倾向,即是为了提高对源语文化传达的"充分性",还是为了提高在译入语文化中的"可接受性";预前规范体现了前译产生的途径,即是直接翻译而来还是转译而来;操作规范反映了前译内容的完整度,即所传达的信息是完整的还是有所删减。前译一旦在每个规范层面做出了一种选择,便固化为唯一的面目,那么包含其他选择、呈现别样面目的重译便会应运而生:有了以充分传达源语为倾向的前译,必然会出现与之相对的以被目的语接受为倾向的重译;有了转译而来的前译,便会有试图越过中间语、直译而成的重译;有了删减了信息内容的前译,便会产生以传达完整内容为己任的重译。以此类推,重译的"根子"存在于前译的面目之中。换言之,前译如一面映射规范的镜子,留住了当时流行但终将过时的种种文学规范和翻译规范,包括文学样式、语言形式、审美情趣、翻译方法等。这样一来,前译封存了过去的一段文学和文化,却种下了必然与现在和未来相抵触的"因"。

第二个视角是赞助人。赞助人的力量虽然不再能夸大到掌握《圣经》译者生杀大权的极端程度,但从对译者施加意识形态到翻译政策的实施,从译本的委托、宣传到最终出版,在这由制约译者的纵向层面和翻译进展的横向阶段交织而成的网络中,赞助人的枢纽位置和核心作用不容置疑。特别是在重译中,由于重译本身就含有与前译相比较、相区别的意味,利用重译这一形式,以示与前译在意识形态、诗学、文化时代和语言等层面的不同，树立和维护自己的文化观、文学观和利益，恰是赞助人强化自己内在的意识形态要素和经济要素的极佳途径，因而赞助人的推动力量会表现得尤为突出。有时，重译俨然成为不同赞助人之间意识形态和利益较量的阵地。制定文学标准、划定引进范围、拟定一系列重译计划和书单、指定一批新译者——从赞助人对重译领域产生的影响和影响之下产生的重译数量来看，可以说，系统的、大规模的重译之所以发生，背后的重要动因便是赞助人。要研究重译的历史，赞助人因素是不可绕过的视角。

第三个视角是重译者。如果说重译是赞助人之间间接较量的阵地，那么它则是译者们直接交锋的舞台。在这个舞台上，前译者和重译者们通过自己的译本、译者序、译者前言、文中注解、文学批评、专门的著书立作等"发声方式"，表达自己或超越或纠正或补足的抱负，表达各自独特的个性爱好、独特的文化观、文学观和翻译观。皮姆说得好，正是因为译者"对某一文本如何译产生了争议"，"没有达成统一的翻译策略"，才导致了重译的产生[①]。大到文学观的对立与冲突，小到关于遣词造句的争议与商榷，都在重译这个舞台上得到了集中的体现。可见，译者是导致重译的重要能动因素，而当译者本身名声显赫、具有较大影响力时，这一能动作用更为凸显：成为译家的译者往往会主动选择重译的方式，以期留下一个不同于其他译者的、带有自己烙印的、更优秀的版本。而一旦译者兼具了作家的身份，或者兼具了文学批评家或赞助人的身份，这一能动因素会变得更为复杂。在译者集以上各种身份于一身的特殊情形下，他的能动作用便被发挥到极致。这样，在明确的意识形态和文学观主导下，兼

---

① Anthony Pym, *Method in Translation History*, Beijing: Foreign Language Teaching and Research Press, 2007, p.82.

具赞助人身份的译者自己选择引进书目，亲身翻译，自己出资出版，这还是列夫维尔笔下那被动的改写者吗？其实，赞助人对译者意识形态的控制，并非就意味着译者完全处于被动状态，就连列夫维尔本人也承认，当译者赞同主流意识形态之时，他便会主动、积极地在翻译中给予迎合和"拥护"[①]，这一对意识形态的加强与巩固也是译者积极参与的能动体现。可见，对译者自身经历、身份、职业、主张等多重因素的深入剖析，为重译原因的探查注入了更多的人性色彩，也为重译历史的描画提供了更多的可能性。

我们这里总结出了导致重译产生的三个直接动因，即前译的面目、赞助人和重译者。其中，前译的面目因素先于赞助人和重译者因素出现，并且要通过这两个能动因素推动重译行为的发生，因此在重译历史研究框架中的位置略高于这两个因素，以示时序的前后。而在这三个角度的背后，隐含着一个不言自明的原因，借用施康强的说法，就是文学名著本身的"抗译性"[②]。由于名著自身具有公认的文学影响力、超越时代的意义、挖掘不尽的价值和巨大的难度等特点，其面目远非一个时代、一代译者所能完美呈现的，其巨大的价值与意义也有待于一代代读者持续地挖掘、诠释与领悟，这就是名著不断被重译的潜在原因。这一因素是重译行为一次次发生的前提，因此在研究框架中会被置于顶端的位置，以体现其间接通过赞助人和译者实施推动力量的过程。

---

① André Lefevere, *Translation, Rewriting and the Manipulation of Literary Fame*, Shanghai: Shanghai Foreign Language Education Press, 2004. p. 41.
② 施康强：《何妨各行其道》，许钧主编：《文字·文学·文化——〈红与黑〉汉译研究》（增订本），南京：译林出版社，2011年，118页。

## 二、研究框架

作为国内为数不多的重译研究专著之一的《重译考辨》[①]一书，在长达七章的篇幅中，唯一与重译历史研究相关的内容只有七页，而且这七页还只是对重译历史和现象的简单回顾。而对于研究重译历史至关重要的原因探究，却被另立一节。这种将重译的历史与原因视为毫不相干的两个部分分别进行论述的研究，不得不说在框架设计上存在一定的不足。而即便没有将重译原因与历史分割开来，在重译原因本身的探究过程中，也应有具体的研究视角和翻译方向的具体规定，而不是单单从时代、读者、重译要求完善这些大而化之、不言自明的方面，将英汉、汉英重译不加区分地一概而论，模糊了不同国家不同文化当中不同时代和不同读者的分别。这不仅暴露了理论视角上的缺乏，更从一个侧面反映出重译研究，特别是历史研究和动因研究在整体上尚未上升到理论层面的现实。

笔者在重译动因视角下进行的历史研究，不采取看似整齐划一、面面俱到、实则缺乏理论视角和深入剖析的简单总结法，而是开宗明义，明确了研究的方法论、视角和框架，这本身便是将研究向理论层面推进的一种努力与尝试。具体到研究框架的设计，我们主要以以上的方法论和研究视角为依托，采取历史纬度与文化纬度并重的思路，向增强对文学翻译的解释力、加深对重译乃至整个文学翻译领域的理解和反思的方向进行进一步的拓展。据此，我们用框架图将思路简单表示如下。

---

[①] 刘桂兰：《重译考辨》，北京：光明日报出版社，2010年。

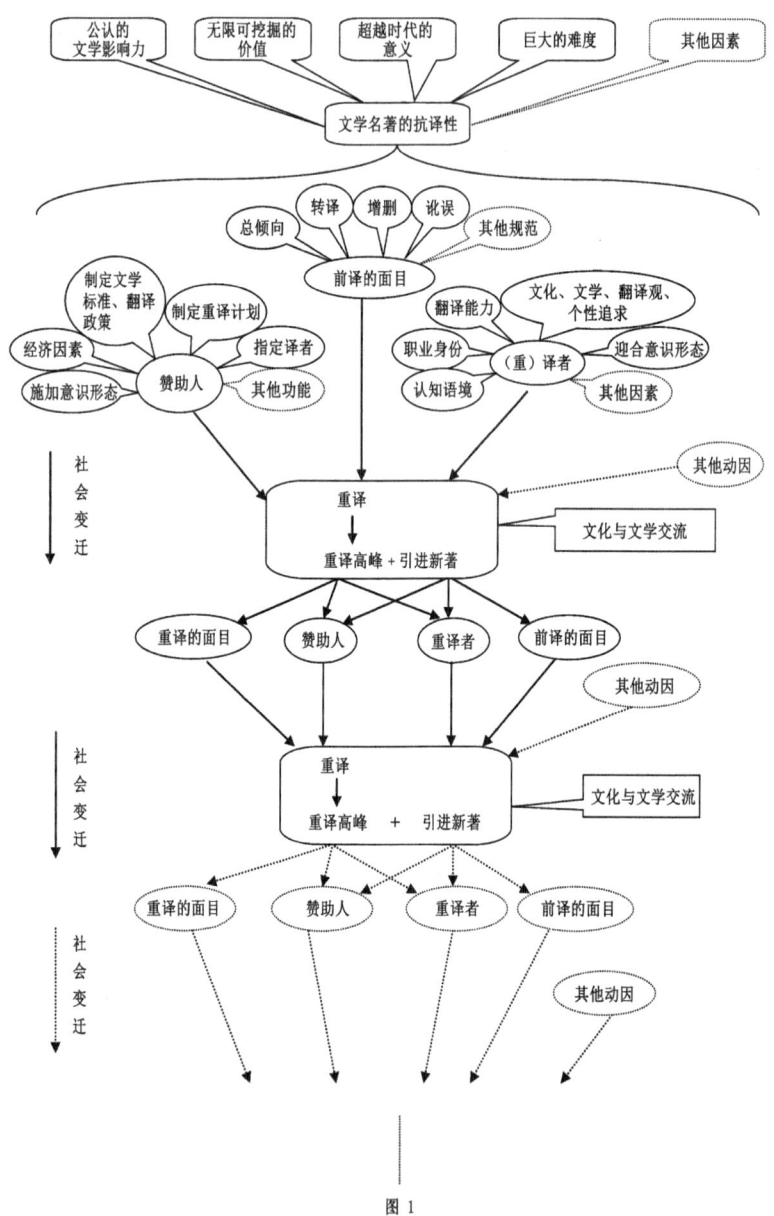

图 1

框架图总体上是以三大视角以及其他视角为"经",以各个时期的重译和重译高峰为"纬"构成的。我们总体上是按照重译的历史进展,描写重译的起起落落,而在重译历史的每个阶段都主要从前译的面目、赞助人、重译者等角度追溯原因,考察重译现象,勾勒整体图景,而在不同时代背景下由多重动因共同作用而产生重译现象是一种常态。

图中位于左右两侧的经度线,分别以箭头和注解图的形式标注了社会变迁以及文化、文学交流等因素。箭头的标识表明重译发生的历史始终脱离不了不断变迁的社会环境,而注解图表示文化文学的交流会成为重译乃至重译高峰到来的助推器。

在图中第一条纬度线上,我们列出了文学名著的一些基本特点——公认的文学影响力、挖掘不尽的价值、超越时代的意义和巨大的难度等,它们共同构成了名著一次次被重译的原动力,也使得该名著具有了抗译性。接下来,我们用三个实线圈表示了前译的面目、赞助人、重译者这三大主要动因视角,并且为了避免研究视角的局限性,采用虚线圈表示出三大视角之外其他可能的动因,以示重译动因研究的开放性和不可穷尽性。围绕每一个动因视角,笔者只用几个实线圈列举了一些基本的要素,限于图表的篇幅,未能展开加以详细解释,如赞助人视角下施加意识形态要素和重译者视角下迎合意识形态要素,便涵盖了满足时代变迁与读者需求的意义,在具体的研究中我们会对这些细节加以拓展与运用。至于其他的一些要素,如制约前译面目的其他规范、赞助人实施的其他功能、重译者其他的个人因素等,都一一用虚线圈加以表示。在名著本身的抗译性、前译的面目、赞助人和重译者等因素的共同作用下,重译行为得以发生,大规模的重译行为便会导致重译高峰的到来。与此相生相伴的则是随着文化和文学交流的加深,新一批名著的引进和初译。初译或前译产生出一种固定的面目,加之上一轮被重译的名著被赋予新的面目,赞助人和重译者于是又酝酿出新一轮的重译;相对于前译的重译和相对于重译的新译,框架自上而下,如此推进,便构成了复杂的重译历史。

具备了系统的理论框架，选定了明确的研究视角，我们依照由面及点、由整体研究到局部研究的思路，首先从赞助人的动因力量、译者的动因力量和前译的面目三个视角透视以英语经典名著汉译为主的重译历史，并试图以翻译史上众多名著的重译历程证明，重译的历史便是赞助人、译者、前译三个主要动因共同作用下的历史。

## 第四节　小结

在本章中，笔者选取了在重译研究中至关重要却又较为薄弱的历史动因研究，将描写翻译理论与皮姆的历史研究方法相结合，由佐哈尔多元系统理论中的"规约"与图瑞翻译理论中的"规范"概念，析出"制约下的前译面目"这一视角，由列夫维尔改写理论中析出"赞助人"视角，由皮姆的历史研究法中析出描写学派的盲点——"译者"视角，构建出重译研究理论框架。在初步确定了前译的面目、赞助人和译者这三大研究视角后，我们先将重译的意义、价值与抗译性特点置于框架的最顶端，以示重译行为发生的本源，然后在三大视角之下，列举了具体层面的因素与功能，如在前译面目的视角下，增加了总体倾向、转译、增删、讹误等因素；在赞助人视角下，列举了其施加意识形态、制定文学标准与翻译政策、制定重译计划、指定重译者、保障获取经济利益等功能；而在译者视角下，详列了翻译观、文化观、文学观、个性追求、对意识形态的迎合、认知语境的限制、职业身份和翻译能力等具体因素。

# 第三章 重译动因研究视角的基本要素

赵稀方断言，翻译虽也受外部元素的冲击，但主要还是受内部原因所左右，例如"翻译对象的选取，翻译的阐释权力，翻译的最终效果等均无不来自于内部，它折射了中国内部的文化冲突"①。循着这一观点进行推理，作为一种特殊翻译种类的重译，自然也难以逃脱这样的规律，其存在与发生也应归因于译入语文化的内部，以及内部各"文化群体之间的互动关系"。这一源于文化内部的动力，透过赞助人、译者与前译的面目折射出来。

## 第一节 赞助人视角的基本要素

在我们的理论研究框架中，赞助人是重译发生过程中至关重要的动因力量。之所以说它重要，是因为赞助人肩负着施加意识形态、制定文学标准与翻译政策、制定重译计划、指定重译者、确保经济利益等诸多功能。可以说，赞助人是重译行为得以发生的前提。前文已经提及，列夫维尔将赞助人的组成要素分为意识形态要素、经济要素和地位要素。在本节中，我们主要论述意识形态和经济要素对重译产生的促进功能。意识形态要素或者说对意识形态的施加，是通过争夺意识形态发声和普及的阵地、制定文化文学标准与翻译政策、制定出版重译计划和指定重译者等功

---

① 赵稀方：《二十世纪中国翻译文学史》，天津：百花文艺出版社，2009年，第2页。

能来实现的。意识形态要素对文学翻译的操纵或隐或现，从未停止，只是这种操纵往往需要借助有形的权威机构或个人才得以实施和显形。在文学翻译领域，除去译者通过操纵译本以实现个人对主流意识形态或赞同或反抗的表达，实施意识形态的主体主要是赞助人。赞助人的概念涵盖范围极广，既可指政府等权威部门、出版社一类集体的概念，也可包含出版社负责人、文化部门主要领导人、出版人、文化名人等形式各异的个体。

## 一、意识形态要素

### （一）以个体身份出现的赞助人对重译的推动

在中国文学翻译史上，以个体身份出现的赞助人对重译的推动力量举足轻重。文学翻译的赞助人以其较高的社会地位与威望，以及在文学领域特殊的号召力与影响力，常以文章论著的形式引领文化文学发展方向，有意或无意地为文学翻译设定目标与政策。尤其是在新旧文学、新旧文体与新旧语言交替之际，赞助人的引领作用与领导力体现得尤为突出。现代汉语脱开旧文体、抛开旧语言，由晚清时的"文白夹杂"，到五四时期的"中外杂糅"，再到20世纪30年代后的"定型"的漫长演变过程，直接促成了我国30年代前后文学翻译中第一个重译高峰的到来[1]。在近代翻译文学向现代翻译文学过渡之际，《新青年》在林纾翻译的100多部文学作品基础上，改文言表达为白话表达，改"译述"方式为较为忠实的"直译"法[2]。从表面上看，对林纾已译作品的重译，是源于语言和译法上的更替与革新，但透过语言的表层来看，这次大规模、有计划的重译发生的主导原因却是意识形态的斗争与

---

[1] 王向远、陈言：《二十世纪中国文学翻译之争》，南昌：百花洲文艺出版社，2006年，第123页。

[2] 孟昭毅、李载道主编：《中国翻译文学史》，北京：北京大学出版社，2005年，第73-74页。

变革。作为新文化运动的倡导者,陈独秀、鲁迅、茅盾等人在《新青年》的翻译活动中兼具赞助人与译者双重身份。重译正是他们传播新思想、破除封建旧观念、向大众输出崭新意识形态的窗口。诚如茅盾所言,"想借外国文学作品来抗议,来刺激将死的人心"[①],这才是他倡导和实践翻译、重译的真正目的。作为新文化运动的主力军和文学翻译的赞助人,鲁迅的贡献尤其值得一提。他不仅亲身实践、参与重译,还大力提倡重译。他曾明确提出,"曾有文言译本的,现在当改译白话,不必说了"[②]。鲁迅也正是循着这样的思路,进行重译实践,并且鼓励、资助文学青年进行以"改文言为白话,打破文艺沉滞状态"为目标的重译。而如鲁迅一样充当文学翻译活动赞助人的郑振铎,也曾提出过类似的主张。作为"文学研究会"的主要领导人,《文学研究会丛书》《小说月报》《世界文库》等刊物的主编,郑振铎以其在文学界巨大的影响[③],在重译的历史中发挥了赞助人的作用。他在制定系统的翻译计划、引进外国名著之余,还组织讨论翻译中新旧文体与语言的问题。他批评中国的旧文体"太陈旧而且成了滥调"[④],批判文学翻译中"修改原作"内容和形式的做法,批判采用"文言及章回"的旧文体"以和中国旧势力妥协"的做法,并明确提出新文学工作者应"彻底地把一切旧时的翻译的错误,克服过来"的翻译方针[⑤]。这里的"一切旧时的翻译的错误"不应狭隘地理解为翻译中的讹误,而是包括翻译中采用旧文体、使用旧语言在内的所有错误做法。郑振铎以赞助人的身份、以其在新旧文体、语言交替之际明

---

① 茅盾:《介绍外国文学作品的目的》,《文学旬刊》,1922 年 8 月,转引自王向远、陈言:《二十世纪中国文学翻译之争》,南昌:百花洲文艺出版社,2006 年,第 21 页。
② 鲁迅:《南腔北调集·非有复译不可》,转引自王向远、陈言:《二十世纪中国文学翻译之争》,南昌:百花洲文艺出版社,2006 年,第 124 页。
③ 陈福康:《中国译学史》,上海:上海外语教育出版社,2011 年,第 183 页。
④ 同上,第 193-194 页。
⑤ 同上,第 196 页。

确的翻译主张，开启了随之而来的以克服旧文体为目标的重译。兼有出版人身份的巴金在任文化生活出版社和平明出版社总编辑期间，本着"攻击旧制度以变革社会"的政治功利性与政治标准，选定译者翻译，讲求注重名著名译的同时，培养新译者，出版了大量世界文学名著[1]。在他系统编辑出版名著与鼓励新人新译的过程中，促进了重译有规模的发生。作为现实主义文学的主干将茅盾，本着"切要""系统""为救时弊而翻译"的原则，为翻译家们拟定了新文学史上第一份翻译书目[2]。后期，他又作为文艺界的主要领导人，纠正了翻译标准政治化的倾向，掀起了清除"翻译体"的运动，将文学标准重新引领回归到文学性的轨道上来[3]。在拟定新的翻译书单、纠正翻译标准的过程中，大量的名著重译便产生了。

（二）作为赞助人的出版社对规模化重译的推动

关于大规模重译发生的动因，我们可以从王向远、陈言[4]的一段话中得到启示。他们说，20世纪最后20年中我国翻译文学的主要特点便是翻译选题的全方位化和系统化、翻译文学出版的规模化、翻译文学阅读与接受的社会化、翻译文学的社会价值和社会作用的强化。如果用这几个特点，特别是选题的系统化和出版的规模化，来解释这一时期乃至其前前后后各时期中出现的大规模重译现象，真可谓是恰如其分。作为赞助人的出版社出于文化领域与意识形态建设的需要，常常借文学盛事和文学奖项颁布之机，在相对集中的时间内相继推出某一名著众多的重译本。

---

[1] 郭著章等编著：《翻译名家研究》，武汉：湖北教育出版社，1999年，第266；272；301-302页。

[2] 陈福康：《中国译学史》，上海：上海外语教育出版社，2011年，第196-198页。

[3] 孟昭毅、李载道主编：《中国翻译文学史》，北京：北京大学出版社，2005年，第291-293页。

[4] 王向远、陈言：《二十世纪中国文学翻译之争》，南昌：百花洲文艺出版社，2006年，第62页。

为纪念莎士比亚诞辰 400 周年，人民文学出版社选定方平、方重，在朱生豪所译《莎士比亚全集》的基础上，分别对《亨利五世》《理查三世》进行重译①。在歌德逝世 150 周年之际，上海译文出版社、复旦大学出版社、广东人民出版社、译林出版社、人民文学出版社、安徽文艺出版社相继推出了钱春绮、董问樵、梁宗岱、樊修章、绿原、杨武能的重译本②。同样，在海明威逝世 50 周年之时，许多出版社在已有将近 82 种《老人与海》全译本的基础上，仍持续推出重译本，仅在 2011 年一年便推出了不下 15 个重译本。海明威逝世周年纪念的盛事，不但引发了 2011 年《老人与海》扎堆重译的现象，还使得近三年译界对该小说重译的热度持续升高，以至于截至 2014 年，面对普通读者的《老人与海》全译本已达 120 余种之多。又例如，格拉斯于 1999 年获得诺贝尔奖之时，上海译文出版社在格拉斯的"但泽三部曲"均已出齐的情况下，出版了《格拉斯文集》③，其主要作品也因此得以重译。由此看来，"诺贝尔奖"带来的不仅是文坛对格拉斯的热情，也带来了新一轮的重译。推动重译的文学奖项不仅仅局限于诺贝尔奖。中国对《堂吉诃德》的翻译与重译热情自 1922 年的初译以来从未消退，这当然归因于它持久永恒的魅力以及译者试图超越前译的动力等因素，但在近十几年中，该作品以每年出现 5 至 9 种重译本的速度被中国译介，究其原因，恐怕与该作品在 2002 年在诺贝尔文学院和瑞典图书俱乐部联合举办的"有史以来百部最佳文学作品"评选中获得第一名④有直接的关系。

除了文化盛事和文学奖项的推动力外，文学研究领域的最新

---

① 孟昭毅、李载道主编：《中国翻译文学史》，北京：北京大学出版社，2005 年，第 219 页。
② 同上，第 497-498 页。
③ 赵稀方：《二十世纪中国翻译文学史》，天津：百花文艺出版社，2009 年，第 18 页。
④ 同上，第 27 页。

动向也往往会带动文学作品的重译热潮。例如，弗吉尼亚·伍尔夫的作品自1949年之前被翻译后，便归于沉寂，是文学领域"意识流"的流行和女性主义的觉醒，才唤起了翻译界对伍尔夫作品的重新关注与重新翻译①。在文化盛事、文学奖项和文学最新动向的推动下，出版社常以丛书、全集、文集的形式将某一作家、同一流派、同获某一奖项、同一类型的作品重新加以整合、出版，而许多作品便会借此机会得以重译。

中国最早系统地介绍古今中外名著的大型丛书《世界文库》②，在介绍新著、整理旧著的同时，必然引发在旧著旧译基础上的重译行为。人民文学出版社推出的"外国文学名著丛书"和"名著名译插图本60种"、人民文学与上海译文出版社合作出版的"20世纪外国文学丛书"、上海译文出版社的"现当代世界文学名著丛书"和"外国文学名著及续编丛书"、译林出版社的"世界文学名著"丛书、河北教育出版社推出的"世界文豪书系"（包括18世纪以来20多位世界文豪的全集与文集）③、浙江文艺出版社的"外国文学精品丛书"等④，系统购买外国作家版权，出版外国作家文集，使得大规模、有计划、系统性的重译成为可能。一方面，不同出版社在不同时期推出的各类丛书，在涵盖的书目上存在不可避免的重合之处，如一部著作出自世界文豪或诺贝尔文学奖作家之手，便自然被收入世界名著丛书之中，因此各重译本便借各家出版社选定不同译者对同一名著进行翻译之机，顺理成章地诞

---

① 赵稀方：《二十世纪中国翻译文学史》，天津：百花文艺出版社，2009年，第4-5页。

② 孟昭毅、李载道主编：《中国翻译文学史》，北京：北京大学出版社，2005年，第210页。

③ 王向远、陈言：《二十世纪中国文学翻译之争》，南昌：百花洲文艺出版社，2006年，第58页。

④ 孟昭毅、李载道主编：《中国翻译文学史》，北京：北京大学出版社，2005年，第419页。

生了。一个颇为典型的例子便是《尤利西斯》同时被收入京华出版社的"世界十大经典名著"、远方出版社的"世界禁书文库"和内蒙古人民出版社的"外国私家藏书"系列等丛书,由此便分别诞生了纪江红、李进、李虹的三个重译本①。此外,上海译文、人民文学、河北教育、浙江文艺出版社也相继推出过各自版本的《普希金文集》和《普希金全集》;人民文学和上海译文两家出版社也分别出版了各自的《海明威文集》②。另一方面,单就一家出版社而言,推出丛书、文集的行为本身就为新译的脱颖而出提供了绝佳的机遇。一旦出版社决定不再重印旧译本,大量的名著便得以重译。如 1998 年上海译文出版社出版了《狄更斯文集》,1997 年南海出版公司出版了我国第一套《奥斯丁全集》,2000 年上海译文出版社出版了《弗吉尼亚·伍尔夫文集》,同年,中国文学出版社推出《王尔德全集》③,这些文集都是某一作家作品新译本(重译本)的集大成者;"外国文学名著丛书"在《堂吉诃德》已有全译本、节译本的基础上,又出版了杨绛的重译本④;湖南文艺出版社的"波斯经典文库"丛书没有采用水建馥转译的《蔷薇园》译本,而是推出了张鸿年直接译自原文的重译本⑤;台湾远景出版事业公司出版的《诺贝尔文学奖全集》中便囊括了若干已有旧译的重译本⑥。译林出版社的"世界文学名著"丛书,更是摒弃了以往出版社重印旧译本的做法,大胆启用中青年译者⑦,

---

① 孟昭毅、李载道主编:《中国翻译文学史》,北京:北京大学出版社,2005 年,第 444 页。
② 王向远、陈言:《二十世纪中国文学翻译之争》,南昌:百花洲文艺出版社,2006 年,第 58 页。
③ 赵稀方:《二十世纪中国翻译文学史》,天津:百花文艺出版社,2009 年,第 3-5 页。
④ 孟昭毅、李载道主编:《中国翻译文学史》,北京:北京大学出版社,2005 年,第 345 页。
⑤ 同上,第 577 页。
⑥ 同上,第 599 页。
⑦ 同上,第 420 页。

直接制造了 100 余种古典名著被同时期重译的盛大局面。作为赞助人的出版社对重译产生的推动力，无论在规模和数量上，还是在出版速度和力度上，都是因译者个人行为而导致的重译所无法比拟的。

（三）作为赞助人的权威部门对重译的直接干预

赞助人出于意识形态和文化领域建设的需要，除了在幕后控制重译行为以外，有时还会从幕后走到台前，直接成就或者阻止重译的发生。新时期[①]国内之所以对莎士比亚重拾热情，重新翻译，主要得益于其在意识形态层面获得的认可：莎士比亚作品不同于其他在意识形态上不甚明朗、尚无定论的古典作品，它的典故在马克思著作中被引用的频率颇高，莎士比亚本人也是得到马克思高度评价的作家[②]，这也是人民出版社和译林出版社大张旗鼓遴选译者、屡屡进行修订与重译，并先后推出全集的首要前提与主要动因。

孙会军、孙致礼[③]通过对《译林》刊载《尼罗河上的惨案》引起的风波进行研究，揭示了赞助人在意识形态因素的支配下直接走向台前，对外国文学的翻译施加影响的事实。一旦与主流意识形态相抵，或者与主流意识形态格格不入，（重）译本便会面临拒绝被发表的命运[④]，还可能因此受到相应的制裁。例如，1985年湖南的一家出版社在《查泰莱夫人的情人》因涉及淫秽内容而长期得不到出版的情形下顶风而上，将这部小说出版，结果受到了严厉的制裁。而两年后，随着意识形态的逐渐改变与宽松，《劳伦斯选集》得以出版，其中因意识形态因素曾一度被"过滤"掉

---

① 在翻译研究领域，"新时期"一般指改革开放后，即 20 世纪 70 年代末之后。
② 赵稀方：《二十世纪中国翻译文学史》，天津：百花文艺出版社，2009 年，第 56 页。
③ 孙会军、孙致礼：《改革开放后我国外国文学翻译界的一场风波》，《中国比较文学》，2006 年第 2 期。
④ 孟昭毅、李载道主编：《中国翻译文学史》，北京：北京大学出版社，2005 年，第 395 页。

的作品，获得了被重新翻译的机会①。又例如，梁实秋是中国莎士比亚译者中最具代表性的人物之一，可是在耗费多年心血将《莎士比亚全集》译齐之后，却因意识形态的缘由，未能立即得到在内地（大陆）出版的许可②，直到 2001 年，中国广播电视出版社才购入版权，出版了梁译《莎士比亚全集》。

（四）作为赞助人的出版社在重译与重印之中的抗衡

重译正是出版社破除旧有的权威译本一统天下的局面、争得市场一席之地的途径，也是与旧译本分庭抗争、借机推陈出新的手段。而与此相对应的则是以维持旧译本的权威地位为目的的重印。一般情况下，新兴的出版社在没有现成旧译的条件下，一般倾向于选择重译的方式，因为重译更易引起公众和媒介的关注，从而造成更大的影响力；而老牌出版社因已有旧译储备，一般倾向于重印的方式，因为重印是更加经济、便捷的途径③。20 世纪 80 年代初人民文学出版社和上海译文出版社推出的"外国文学名著丛书"大都选定翻译名家进行主译④，这些获得极大影响与极高威望的译本获得重印以"延续"其权威的概率也极大。新时期，我国出版界的名著重印现象非常普遍，甚至出现了名著重印的"热潮"⑤。据不完全统计，从 1978 到 1981 年，以人民文学和上海译文为主的多家出版社重印的名著多达四五十种，囊括了众多名家的传世译作，包括杨必译《名利场》、叶君健译《安徒生童话》、

---

① 王向远、陈言：《二十世纪中国文学翻译之争》，南昌：百花洲文艺出版社，2006 年，第 59 页。

② 赵稀方：《二十世纪中国翻译文学史》，天津：百花文艺出版社，2009 年，第 54 页，注释 2。

③ Outi Paloposki & Kaisa Koskinen, "Reprocessing Texts: The Fine Line between Retranslation and Revising", *Across Languages and Cultures*, vol. 11, no. 1 (2010), pp. 29-49.

④ 王向远、陈言：《二十世纪中国文学翻译之争》，南昌：百花洲文艺出版社，2006 年，第 56 页。

⑤ 赵稀方：《二十世纪中国翻译文学史》，天津：百花文艺出版社，2009 年，第 194 页。

潘家洵译《玩偶之家》、郭沫若译《浮士德》、汝龙译《复活》、罗玉君译《红与黑》、海观译《老人与海》、王科一译《傲慢与偏见》、郑振铎译《飞鸟集》，以及著名剧作家曹禺唯一的莎译《柔蜜欧与幽丽叶》等。尤其值得一提的是，潘家洵译的《玩偶之家》仅在1978年一年之中便获得了两次重印，郭沫若译的《浮士德》也分别在1978年和1983年两次被重印[①]。在纪念歌德逝世150周年之际，人民文学出版社便重印了郭沫若译的《浮士德》[②]；萧乾和文洁若版的《尤利西斯》也不断被各家出版社重印，如1999年，猫头鹰出版社在该书刚与台北时报出版公司合同期满后便推出新版，2002年，文化艺术出版社在该书与译林出版社的合同期满后又出版最新修订本[③]。1978年，人民文学出版社和上海译文出版社分别重印了董秋斯翻译的《大卫·科波菲尔》和全增嘏、胡文淑翻译的《艰难时世》；1981年，四川人民出版社重印了巴金译的《快乐王子集》；1982年，陕西人民出版社重印了李霁野于1936年出版的《简·爱》译本[④]。台湾英文杂志社有限公司从已出版过的"美国文学名著丛书"中遴选、出版了《美国文学名著选集》（一、二辑），重印了张爱玲、林以亮、余光中等译者的译作，也主要是因为这些原译者均为当今国内写作或翻译领域的顶尖高手[⑤]。而各大出版社对于翻译家汝龙"专家专译"的推崇与偏爱，更是将名著重印的意义诠释到了极致。从1950年汝龙翻

---

[①] 赵稀方：《二十世纪中国翻译文学史》，天津：百花文艺出版社，2009年，第284-295页。
[②] 孟昭毅、李载道主编：《中国翻译文学史》，北京：北京大学出版社，2005年，第497页。
[③] 文洁若：《萧乾和我为什么合译"天书"〈尤利西斯〉》，《中华读书报》，2002年7月11日，http://www.china.com.cn/chinese/feature/172043.htm，2015年3月11日。
[④] 赵稀方：《二十世纪中国翻译文学史》，天津：百花文艺出版社，2009年，第3-5页。
[⑤] 孟昭毅、李载道主编：《中国翻译文学史》，北京：北京大学出版社，2005年，第597页。

译的契诃夫作品陆续与读者见面时起,直到 20 世纪 90 年代,人民文学出版社和上海译文出版社曾多次重印契诃夫作品的汝龙译本,似乎在契诃夫的译介中,只需"重版重印汝龙"就足够了①。出版社在借助"专家专译"的光环重印经典的同时,也延续了汝译契诃夫的经典神话。

译者的权威会延及译本的权威,而这种权威对出版社的贡献与价值是无可估量的,最直接的效果便是吸引大量读者,占有巨大的市场份额。一面是权威译本的重印盛行不衰,另一面是新译本的重译方兴未艾,老牌出版社也必定会采用重印的方式加强旧译的权威,以与雨后春笋般迭出的重译本对抗。

## 二、经济要素

经济要素也是赞助人,特别是出版社进行大面积重译的重要动力因素之一。虽然也有不为经济所动、维护文学的经典地位、坚守名著净土的出版社,如译林出版社时任社长李景端在促成和出版《尤利西斯》的萧乾、文洁若译本的过程中,便逆着当时"出版界讲究小算盘"、追逐经济利益的风气,为开启民智、提升文学文化水平而决定翻译出版这部"奇书"②。但王向远、陈言③发现,20 世纪八九十年代,经济利益是不少出版社追逐的目标,特别是对于一些已经超出版权保护期、无须再购买版权的名著,出版社更是为了抢占市场、获取利润,竞相选定译者对大量古典名著进行重译。有些名著在短短几年当中便出现了十几种、甚至几十种重译本。

发展到今天,出版社这种为了自我生存与发展、为了获取经

---

① 赵稀方:《二十世纪中国翻译文学史》,天津:百花文艺出版社,2009 年,第 98 页。
② 郭著章等编著:《翻译名家研究》,武汉:湖北教育出版社,1999 年,第 360 页。
③ 王向远、陈言:《二十世纪中国文学翻译之争》,南昌:百花洲文艺出版社,2006 年,第 63 页。

济收益而互不通气、无序竞争、反复重译的做法，较之20世纪八九十年代也有过之而无不及。例如，笔者于2012年至2013年受外研社委托，翻译了英国首位诺贝尔文学奖得主吉卜林的小说 Captains Courageous（《勇敢的船长》），并于2013年5月出版。笔者在小说翻译完成后，对国内已有的版本进行了一番统计，发现截止到2014年，该小说已出现少年儿童出版社译本（1995）、知识出版社译本（1996）、人民文学出版社译本（1999）、北方妇女儿童出版社译本（2000）、北京出版社译本（2003）、希望出版社译本（2005）、江苏少年儿童出版社译本（2008）、21世纪出版社译本（2009）、湖北少年儿童出版社译本（2009）、湖北教育出版社译本（2010）、少年儿童出版社与上海译文出版社译本（2011）、上海文艺出版社译本（2012）、现代出版社译本（2013）、浙江文艺出版社译本（2013）、安徽师范大学出版社译本（2013）、外语教学与研究出版社译本（2013）、少年儿童出版社译本（2014，为2011年上海译文出版社译本的再版），译本的总数量达17个之多，参与翻译和重译的出版社多达16家。各大出版社如此声势浩大的较量，推出如此多的版本，可谓洋洋大观。

从1995年至2005年的10年间，这部小说的翻译以每隔一两年推出一个重译本的速度稳步发展。而自2009年起，重译的步伐明显加快，特别是在2013年短短的一年之中，就连续出现了4个译本。考察 Captains Courageous 跨越近20年的重译历史，我们发现，20世纪八九十年代各大出版社一哄而上、竞相抢译、争夺读者市场的现象不仅未得到遏制，还一直延续到了21世纪，而且还在21世纪第一个10年结束之际呈现出有增无减、愈演愈烈的势头。频率如此之高、密集度如此之大、参与方如此众多的重译，从横向考察，在一定程度上已经演变为实质意义上的抢译了。而这部名著，以及许许多多"遭遇相同"的名著，之所以屡屡被重译、被抢译，究其背后的主要动因，外研社负责该部小说翻译的责编给出了较为坦率的解释,"重译经典包括如下几个原因:1. 这些经典是中小学课本里推荐的作品,有广泛的市场需求。某个作品并没有进入中小学教材推荐书目,但是,这个作家进入了,所以,这个作家的书也会被很多出版社翻译出版。即出版社不用做什么市场工作,这些书的销售平台就已经不错了。因为有教材在推荐。2. 这些经典一般都过了五十年版权保护期,不用购买版税,既省去了一笔钱,又没有谈版权的麻烦。如果某本书很经典,但是又没有过版权期,那么抢版权的出版社会比较多。这样,就形成了竞价,增加了出版社的开支。"①对这段话进行细心的阅读与分析后不难发现,两个经典重译的原因无一不指向经济因素:首先,这部小说和同样被争抢重译的小说,或因被中小学教材推荐,或因拥有获奖的光环,或因被追捧而具备良好的销售平台、巨大的读者群和稳定的市场,因此出版社在稳拿长期固定的收益的同时,还省去了前期市场调查的麻烦和费用,又规避了销售的风险;其次,翻译这些已超过五十年版权保护期的名著,既避免了争抢版权的麻烦,节省了购买版税的一大笔开支,又省去了竞价的开销,从各方面计算,都能确保盈利。

外研社这位责编的回答一语中的,不可谓不典型,其中涉及的因素如果推而广之,在一定程度上也代表了其他各大出版社的基本运营与营销状况。我们以 *Captains Courageous*(《勇敢的船长》)为例,以小见大,发掘出当前名著重译背后的一个不可忽略且权重日益增加的动因:经济因素。这类前期投入微小、后期收益持久稳定的名著重译,必然被各家出版社列入自己的出版计划。此时经济利益是他们重译、出版行为的主导因素,而十几甚至几十家出版方扎堆竞争所导致的出版资源的巨大浪费,因抢占先机、压缩翻译时间和随意选择译者而导致的翻译质量下降、过多

---

① 出自该编辑给笔者的电子邮件。

版本鱼目混珠而造成的读者无从挑选等问题，则是他们无暇顾及、却必然与经济利益驱使下的重译相伴相生的问题。

赵稀方[①]曾就该问题进行过鞭辟入里的分析：1992年中国加入世界版权公约后，不受版权限制的经典名著以其毋庸置疑的品牌效应、巨大的潜在经济价值和市场效应，成为各大出版社争抢的"热点"。受翻译版权归属的限制，后来者想要居上，只得采取重译的方式才能跻身名著出版的行列。由此可见，世界版权公约的加入间接导致了中国译界大规模名著重译的发生。经济因素驱动下的重译，无形中披上了抢译的色彩。而那些被卷入这场旷日持久的重译、抢译、赶译大潮的经典名著，还将因本身巨大的经济价值而继续其被不断重译的命运。

## 第二节　译者视角的基本要素

译者，特别是重译者，由于所持有的翻译观和文化文学观、所具有的个人爱好与追求、所要迎合的意识形态、所处的认知语境等多方面因素均与前译者不尽相同，于是与前译面目有所不同的重译也便应运而生。

### 一、译者的翻译观

梁启超在论述佛经翻译的文体问题时曾指出，任何译事都必经未熟的直译、未熟的意译、为求真的直译、为矫正直译的意译、直译意译相较不下[②]的往复循环、无穷无尽的消长过程，文学翻

---

[①] 赵稀方：《二十世纪中国翻译文学史》，天津：百花文艺出版社，2009年，第267-268页。

[②] 孟昭毅、李载道主编：《中国翻译文学史》，北京：北京大学出版社，2005年，第48页。

译当然更不例外。自古代佛经翻译起,文学翻译在从近代走到现代,再跨入当代的漫漫长路中,在译者与重译者关于直译意译、归化异化翻译主张的持久辩论和左右摆布中,留下了初译与重译、旧译与新译并存共生、竞相争妍、水火不容、交替更迭的历史印记。译者之间文化观、文学观、翻译观的相悖,特别是直译与意译、归化与异化不同派别之间旷日持久的论争,是重译发生、新译出现的助推器。在两派的争鸣中,初译成了铺垫,旧译成了靶子,重译俨然成了树立、维护、巩固和施加各自意识形态和文化文学翻译观的重要手段和"有力武器"。从古代佛经翻译中形成直译和意译两派起,到晚清受汉文化中心主义的文化观影响而出现的惯于删减、对欧美名著的内容与形式均进行中国化改造、带有明显意译倾向的"豪杰译",由五四新文化运动时期崇尚西学的文化观和自觉模仿的翻译观指引下出现的由鲁迅、周作人兄弟提倡并率先实践的"直译"[①],到傅斯年、郑振铎等主张的在外国文学翻译中使用带有异化倾向的欧化法,再到40年代以后以王力、茅盾为代表的排斥欧化文法的中国化、归化的主张,直至八九十年代以来延续至今的归化、异化之争[②],每一次翻译理念的酝酿与诞生,每一时期翻译观的论争与摇摆,每一番翻译主张的是是非非与流转轮回,都重新孕育出一系列带有自我派别烙印的重译。特别是到了直译与意译、归化与异化相较不下的阶段,此时一派别针对另一派别所进行的重译,有时无关对错、无关正误,只是为了文学观、翻译观上的实践、切磋与探讨。而许多典型、优秀、具有某一翻译派别鲜明特点的重译便在这一来一回的商榷与探讨之中产生了。王东风就注意到了翻译市场上这一有趣的现象,他曾评论道,"如果哪部经典著作有一个较为异化的译著,往往就会

---

① 王向远、陈言:《二十世纪中国文学翻译之争》,南昌:百花洲文艺出版社,2006年,第85页;第103页。
② 同上,第104-107页。

有一个较为归化的重译本,反之亦然"①。文化、文学、翻译观在两极间的摇摆,不可避免地导致重译的发生。

  一个较为典型的例子是莎士比亚的重译。由于朱生豪译本在国内的巨大影响力,对朱译本的超越成为后世重译者努力的主要方向。而超越的一个重要方面便是对其翻译观的超越。朱译莎剧文字流畅优美,带有较为明显的归化倾向。抱有不同翻译观的卞之琳便指出朱译美中不足之处——"欠忠实"②。在形式和内容上力求更加忠实和贴近原作,践行自己注重忠实性的翻译观,成为卞之琳重译的主要动因。英若诚认为前人的莎剧译本最大的缺点在于缺乏简明的文体与口语化的表达,很难应用于舞台表演中,因而他提出强调戏剧表演性的翻译观③。陈国华④赞同英若诚的观点,他从译文要达到与原文同样精妙的标准出发,指出现存莎剧翻译中的诸多不足之处,如梁实秋、方平等人译本中的拗口、书面化的倾向。他进一步提出兼顾意义与形式贴近的翻译观,并据此开始了浩瀚的莎剧重译的工程。

  20世纪,从新文化运动到三四十年代关于翻译标准的争论,从50年代中期关于翻译观的再次辩论⑤到90年代末关于《红与黑》汉译问题的大讨论,其中争论的核心问题——等值与再创造,直译与意译等翻译观、翻译方法的辩争,不仅系统梳理和总结了《红与黑》的初译本与重译本、各种重译本之间的继承、颠覆或超越关系,更重要的是开启了新一轮的重译热潮。

---

① 王东风:《翻译文学的文化地位与译者的文化态度》,《中国翻译》,2000年第4期。
② 赵稀方:《二十世纪中国翻译文学史》,天津:百花文艺出版社,2009年,第54页。
③ 陈国华:2014年12月17日于天津商业大学外国语学院做的题为"莎士比亚的艺术成就与莎剧的汉译"的讲座。
④ 同上。
⑤ 孟昭毅、李载道主编:《中国翻译文学史》,北京:北京大学出版社,2005年,第291页。

## 二、译者的文化文学观

文化文学观的不同会以译者团体文学观的不同和译者个人文学观的不同两种形式出现。创造社和文学研究会之间文学观的相异便是第一种情况的典型例子。如创造社主要以刊物《创造》为阵地，进行文学翻译，开展文学翻译批评，而他们文学翻译批评的对象则主要是文学研究会成员的译作，反之亦然。两个主要文学团体就"如何介绍外国文学作品"的问题和误译问题展开论争[1]，这归根结底是二者文学观之间的斗争。文学观念上的对立是当时许多文学作品被批评、被指摘，进而被重译的重要动因之一。

《莎士比亚全集》的重译者方平否定了莎剧是案头剧的观念，主张将莎剧与舞台演出联系起来，在翻译中采用了汉语白体诗的形式[2]，以突出戏剧演出的节奏感。抱有相似文学观的重译者还有卞之琳，他认为较之采用与原著相同的诗体形式进行翻译，散文体译文有时会失去应有的神韵[3]。正因为对莎剧抱有明确的、不同于前译者的文学观与翻译观，卞之琳和方平才在已有散文体译本的情况下，以诗体形式重译莎士比亚。

同样基于明确的文学、翻译观对已有权威译本的名著进行重译的另一个典型例子，是黄杲炘对《坎特伯雷故事》的重译。他在其重译本的"附记"中曾说道，"对于特别讲究形式的诗歌作品，对于追求'形神兼备'的译者，不宜随便放弃对原作格律形式的反映"[4]，一句话点明了自己"注重诗歌形式"的文学观和"以

---

[1] 王向远、陈言：《二十世纪中国文学翻译之争》，南昌：百花洲文艺出版社，2006年，第23-25页。

[2] 孟昭毅、李载道主编：《中国翻译文学史》，北京：北京大学出版社，2005年，第458页。

[3] 赵稀方：《二十世纪中国翻译文学史》，天津：百花文艺出版社，2009年，第54页。

[4] [英]乔叟：《坎特伯雷故事》，黄杲炘译，上海：上海译文出版社，2011，附记，第16页。

诗译诗、而非以散文译诗"的翻译观。反观方重的初译本，却是以散文体的形式译出，恰与黄杲炘的文学、翻译观相悖。正是为了给这一英诗巨作提供"一个不仅内容上忠实于原作，还要反映原作形式的"诗体译本，同时"证明诗有可译性"①，黄杲炘才下决心重译此书的。另外，他还举方重"在八十年代初为其译本不是诗体而遗憾"②的事实为例，进一步证明了自己进行重译的必要性。由此看来，重译是译者表明自己独特的文学观、翻译观的发声筒，重译本便也成为其翻译观实现与达成的例证与必然产物。王宝童③对黄杲炘这种强调诗律在诗歌翻译中重要地位的做法加以肯定，并认为他为英诗汉译做出了贡献。

在重译本《还乡》的译序中，王守仁阐明了自己未继续采用张谷若初译该小说时依据的麦克米兰出版公司1924年的版本，而选择牛津大学版本的原因：这一版本注释较为详细，因而自己在重译中得以在历史、文化、风俗等方面参照其注释为读者详加阐释，有助于加深读者的理解④。译者在译序开篇与结尾至关重要之处均点睛提及的版本选择与认定问题，虽然只是寥寥几句，却体现了其与前译者在文学观上的不同，重译正是他表达这种不同观念，并在原译基础上有所改进的有效途径。因为版本认同的问题，即不同文学观的问题而进行重译的例子还有李唯中对《一千零一夜》的重译。他就是在已有纳训的全译本的情况下⑤，根据自己认同的、认为更有价值的另一个版本进行了重译。

---

① [英]乔叟：《坎特伯雷故事》，黄杲炘译，上海：上海译文出版社，2011，译本序，第1页。
② 同上，译本序，第14页。
③ 王宝童：《也谈诗歌翻译——兼论黄杲炘先生的"三兼顾"译诗法》，《中国翻译》，2005年第1期。
④ [英]托马斯·哈代：《还乡》，王守仁译，南京：译林出版社，1997年，译序。
⑤ 王向远、陈言：《二十世纪中国文学翻译之争》，南昌：百花洲文艺出版社，2006年，第59页。

## 三、译者的个人爱好与追求

在译者这一视角下,存在着一种不为名利、纯粹因个人追求而在前人旧译的基础上、孜孜不倦寻求最佳译本的重译。茅盾曾将这类译者称之为"专为个人爱好而翻译"的译家[①]。鲁迅在《非有复译不可》一文中也谈到,"取旧译的长处,再加上自己的心得,这才会成功一种近乎完全的定本"[②],这里一语道出了译家进行重译的无穷动力——对文学翻译纯粹的喜爱与痴迷、对翻译艺术永无止境的追求。较之在赞助人力量的推动下发生的重译,这类重译表现出更为主动、强烈的特点。在这一情形之中,重译者毅然决定重译,往往并非因意识形态和诗学上的巨变,也并非由于前译面目着实不可示人,恰恰相反,有时前译恰恰出自著名译家之手,而重译者正是出于个人对文学翻译的热爱和对完美的追求,才决心对前人旧译进行超越。

杨必之所以重译《名利场》,是因为她赞同钱锺书的萨克雷名著旧译本不甚理想的说法,决心完美再现原著,才决定与人民文学出版社订下合同的[③]。有趣的是,因首次直接译自西班牙文、译笔优美而备受推崇、被尊奉为名家名译的《堂吉诃德》杨绛译本,也难免受到后世不断涌现的新译本的挑战,董燕生的重译本便是其中之一。作为北京大学西班牙语的教授,董燕生毅然决定不惧权威、挑战杨绛、进行重译[④],终于在1995年通过浙江文艺出版社推出了自己以超越权威为目标的重译本。刘象愚对《尤利

---

[①] 茅盾:《介绍外国文学作品的目的》,《文学旬刊》,1922年8月,转引自陈福康,《中国译学史》,上海:上海外语教育出版社,2011年,第198页。

[②] 孟昭毅、李载道主编:《中国翻译文学史》,北京:北京大学出版社,2005年,第134页。

[③] 杨绛:《记杨必》,《杨绛全集》,北京:人民文学出版社,2014年。

[④] 赵稀方:《二十世纪中国翻译文学史》,天津:百花文艺出版社,2009年,第27-28页。

西斯》重译的原因,据《乔伊斯全集》的责任编辑孟保青透露,也是出于译者"在借鉴前两种译本的基础上,力争找到一种更平衡的语言"的个人追求[1]。萧乾、文洁若与金隄两种各具千秋、各领风骚的译本,正如两座难以逾越的大山,登上峰顶、实现超越的重译工程,若不是出于重译者强烈的热爱与不懈的追求精神,恐怕是不可想象、不可能完成的。而最能体现为实现个人追求和超越前人而进行重译的例子,当属许渊冲对已有前人译本的经典名著进行的重译。他谈起自己对《约翰·克里斯托夫》的重译时说道,"我已虚度七十五个春天,有生之年如能译出一本胜过傅译的世界文学名著,也算对得起中国翻译界的读者了"[2]。他也曾发出"试看明日之译坛,竟是谁家之天下"[3]的豪言壮语。由此可见,在许渊冲看来,进行翻译和重译,主要的动力便是个人对于翻译本身纯粹的热爱之情和自己想要超越前辈译家的进取之心。这是无可厚非的,而且能不计任何名与利,单纯保有一颗献身文学翻译事业的心,是非常难能可贵的。

## 四、译者视角下的意识形态与认知语境因素

在译者动因视角下,重译的发生除了由于重译者所持的翻译观与文化文学观有所不同、重译者具有强烈的个人追求外,为迎合某种意识形态,或受制于某一认知语境,译者也会实施重译行为。

林纾受西方民主观念的影响,崇尚婚姻自由的理念,他为迎合当时社会上的民主思潮,对《迦茵小传》进行了重译,将被前

---

[1] 陈佳:《"天书"〈尤利西斯〉将出新译本》,《新京报》,2004年6月18日,http://www.gmw.cn/content/2004-06/18/content_45344.htm,2015年3月11日。

[2] 许渊冲:《从〈红与黑〉谈起》,许钧主编:《文字·文学·文化——〈红与黑〉汉译研究》(增订本),南京:译林出版社,2011年,第22页。

[3] 许渊冲:译者前言,许钧主编:《文字·文学·文化——〈红与黑〉汉译研究》(增订本),南京:译林出版社,2011年,第255页。

译者迫于封建保守观念而隐去的私生子一节全部补齐译出[①]。这一重译或全译招致了前译者和文学批评家的抨击，但也恰恰表明重译有时正是社会巨变、文化革新过程中两种意识形态斗争的产物。杨武能谈到《浮士德》在中国的接受问题时曾说，"每一个时代和每一种形态的社会都提供了不同的接受环境和习尚，每一个研究者、翻译者、演出者和读者都有自己的'先结构'和视角……，所以对不朽杰作《浮士德》的接受也永远不会完结"[②]。在这一段文字中，他的视角实际上已经触及译者与接受者的认知语境问题。作为接受者的读者，其认知语境对译文的影响尚属其次，作为翻译行为主体的译者兼研究者，其认知语境对译文的影响则较为深远。我们似乎可以借用杨武能的说法，正是由于不同译者所处的认知语境不尽相同，所以他们对包括《浮士德》在内的任何名著的重译都"永远不会完结"。

## 第三节 前译面目视角的基本要素

译本永远不可能达到与原著完全相当的程度，这正是杨武能所谓的"文学翻译作为跨文化艺术活动的先天缺陷"[③]。王震民曾断言，在汉英两种语言间"求完美无损的移植不易"[④]。周煦良也说道，就算一个好的翻译家，其译作也是"有些地方成功了，有些地方失败了，有些地方在他当时被认为是成功的，但若干年

---

[①] 马祖毅：《中国翻译史（上卷）》，武汉：湖北教育出版社，1999年，第744-745页。
[②] 杨武能：《百年回想的歌一曲：〈浮士德〉在中国之接受》，《中国翻译》，1999年第5期。
[③] 杨武能、许钧：《漫谈文学翻译主体》，《译林》，2000年第3期。
[④] 王振民：《诗歌的可译性和译好诗的艺术价值》，《中国翻译》，1987年第6期。

后又被否定了"①。在理论意义上本就具有"先天缺陷"的翻译，若再加之转译、删减、增添、讹误等因素，则更会以残缺不全的面目出现，同时也为以订正、修补、进步、超越为目标的重译提供了较大的空间。本节将主要阐述转译与删减因素下的前译面目。

## 一、转译因素下的前译面目

在文学翻译中，编译、节译、选译、转译都是较为常用的手段，其中，尤以转译最为典型。郑振铎曾就中国文学翻译中的转译现象做过如下评价，"如此辗转翻译的方法，无论哪一国都是极少看见的，但在我们中国的现在文学界里却是非常盛行。"②从早期佛经的汉译，到晚清西洋小说的翻译，到20世纪二三十年代欧洲诸国文学作品的翻译，再到三四十年代苏联文学作品和被压迫民族的作品翻译，直至当代非英语作品的文学翻译，转译手段都普遍存在③。

据阿英的记载，晚清时期虽然翻译的数量要大大多于创作，但"真正优秀的并不多"，究其原因，主要有：当时译者不懂西文的居多，翻译时多从日文译本转译，在"豪杰译"盛行的背景下产出的日语译本本就不太忠实，一经转译更是与原文相去甚远；译者惯用中国当时流行的文学传统、样式与观念对原作进行同化；译者"参以己意"对原作进行增删也是较为普遍的现象④。凡此

---

① 周煦良：《翻译三论》，罗新璋编：《翻译论集》，北京：商务印书馆，1984年，第976页。

② 郑振铎：《译文学书的三个问题》，《译文学书的三个问题》，《小说月报》，第12卷第3期，1921年3月10日，转引自王向远、陈言：《二十世纪中国文学翻译之争》，南昌：百花洲文艺出版社，2006年，第134页。

③ 王向远、陈言：《二十世纪中国文学翻译之争》，南昌：百花洲文艺出版社，2006年，第134-135页。

④ 同上，第17页。

造成晚清文学翻译不甚优秀的原因,也恰恰成为此后大规模文学经典重译的动因。在20世纪三四十年代,苏联作品和其他国家及民族的作品许多都转译自英、法、日文。直至80年代初,一些小语种的文学作品仍主要靠转译的手段被介绍过来①。例如,由于西班牙语的人才一直匮乏,从20世纪50年代到80年代,西语文学作品多数从其他语种转译②。现当代文学翻译史上,迫于向民众介绍新文学但又囿于语言的局限,许多作家兼译者都曾采取过转译的手段进行翻译,如吴梼最早据日文转译了契诃夫的作品《黑衣教士》、叶道胜和麦梅生将美国版《托尔斯泰小说集》转译成中文版《托氏宗教小说》③、周作人从英文转译《乌克兰民间故事》与《俄罗斯民间故事》④、傅东华从E.V.里尤的英译本转译《伊利亚特》⑤、许广平曾从日文译本转译《小彼得》⑥、郑振铎据英文本转译了泰戈尔的诗集⑦、梁实秋由英文转译拉丁文名著《阿拉伯与爱绿绮思的情书》⑧、巴金曾从世界语转译日本作家秋田雨雀的《骷髅的跳舞》⑨、水建馥从英译本转译及选译了《蔷薇园》⑩、方平和王科一由英文转译《十日谈》、韩少功从英文转译

---

① 王向远、陈言:《二十世纪中国文学翻译之争》,南昌:百花洲文艺出版社,2006年,第54页。
② 赵稀方:《二十世纪中国翻译文学史》,天津:百花文艺出版社,2009年,第157页。
③ 马祖毅:《中国翻译史(上卷)》,武汉:湖北教育出版社,1999年,第734-735页。
④ 孟昭毅、李载道主编:《中国翻译文学史》,北京:北京大学出版社,2005年,第138页。
⑤ 同上,第336页。
⑥ 王向远、陈言:《二十世纪中国文学翻译之争》,南昌:百花洲文艺出版社,2006年,第91页。
⑦ 同上,第140页。
⑧ 郭著章等编著:《翻译名家研究》,武汉:湖北教育出版社,1999年,第199页。
⑨ 孟昭毅、李载道主编:《中国翻译文学史》,北京:北京大学出版社,2005年,第164页。
⑩ 同上,第577页。

《生命不能承受之轻》[①]、台湾地区远景出版事业公司推出的《诺贝尔文学奖全集》中不少希腊、瑞典、波兰的获奖作品也是从英文或日文版转译而来[②]。

鲁迅曾从普及外国文学的角度肯定了转译在文学翻译之初所起到的积极的、不可替代的作用。梁实秋曾把转译视为"掺了水或透了气的酒",认为文学意味浓厚的作品,一经转译,"气味容易变得更厉害一些"[③]。茅盾对转译的观点非常明确,他在《新文学研究者的责任与努力》一文中说,只要不失去文学作品"特别的艺术色,便转译亦是可贵;如果失了,便从原文直接译出也没什么可贵"[④]。郑振铎对转译的问题表现出了颇为矛盾的心态。一方面,他认为转译是一件"很可伤心的事",会不可避免地导致翻译中差错的产生,另一方面,他也承认在缺乏直译人才的情况下,转译具有"慰情聊胜无"的价值,但应用时需"慎重与精审"[⑤]。郁达夫明确主张"务取直接译而不取重译(即转译,笔者加)"[⑥],"须在万不得已的时候,才能用此下策"[⑦]。转译虽然在特定的历史时期、在某一语言不通的情形下起到了积极的弥补作用,但因其自身距离原著较远、辗转翻译中易产生变异与缺失等"致命的弱点",转译的版本便成为将来重译得以萌发的种子。一个典型的例子便是杨绛对《堂吉诃德》的重译。杨绛的重译虽

---

[①] 王向远、陈言:《二十世纪中国文学翻译之争》,南昌:百花洲文艺出版社,2006年,第135页。

[②] 孟昭毅、李载道主编:《中国翻译文学史》,北京:北京大学出版社,2005年,第599-600页。

[③] 同上,第136页。

[④] 茅盾:《新文学研究者的责任与努力》,《小说月报》,1921年2月10日,转引自陈福康:《中国译学史》,上海:上海外语教育出版社,2011年,第200页。

[⑤] 郑振铎:《译文学书的三个问题》,《小说月报》,第12卷第3期,1921年3月10日,转引自陈福康:《中国译学史》,上海:上海外语教育出版社,2011年,第191-192页。

[⑥] 郁达夫:《语及翻译》,《郁达夫全集》,第6卷,第436页,转引自陈福康:《中国译学史》,上海:上海外语教育出版社,2011年,第225页。

[⑦] 郁达夫:《夕阳楼日记》,《创造季刊》,1922年8月25日,第1卷第2期,转引同上,第225页。

然离不开出版社推出丛书、设定计划等客观动因，但此前《堂吉诃德》众多转译本的存在①，也是促使出版社和译者毅然决定直接从西班牙文重新翻译、以弥补转译之中先天不足的主要因素。

作为一个时代、一种文体介绍之初的普遍现象，转译也是翻译由启蒙走向成熟的必经阶段。但正如林一安所言，"任何转译……都有一种先天性的致命弱点"②。赵稀方③也指出转译过程中或是因为第二语种的翻译不完全，或是因为有不忠实于原作之处，都有可能使"转译者将错就错"。将错就错的前译，便催生了后继译者的不断纠正与超越。

## 二、删减因素下的前译面目

1986 年《查特莱夫人的情人》在国内出版④，但由于意识形态上饱受争议的情节而存在部分删减。经过多处删减的初译呈现出一种不完整的面目。这一面目不完整的初译封存了特定年代的文化与文学特征，却种下了与未来的文化与文学相互抵触的"因"。时隔多年，更为宽容的文化与文学气候，加之文学名著自身公认的文学影响力和超越时代的意义，使得以传达完整内容为己任的重译的出现成为可能。2004 年，人民文学出版社推出了该小说无删减的重译本⑤。米兰·昆德拉的作品《生命中不能承受之轻》，虽然自韩少功于 1987 年翻译出版以来一直畅销,在出版后的几年之中，销量便达到了十几万册⑥，但上海译文出版社和许钧仍决定进行重译，并重新命名为《不能承受的生命之轻》，究其原因，

---

① 赵稀方：《二十世纪中国翻译文学史》，天津：百花文艺出版社，2009 年，第 27 页。
② 林一安：《大势所趋话复译》，《出版广角》，1996 年第 5 期。
③ 赵稀方：《二十世纪中国翻译文学史》，天津：百花文艺出版社，2009 年，第 157 页。
④ 同上，第 6 页。
⑤ 同上，第 7 页。
⑥ 同上，第 208 页。

据赵稀方的观点,"或许因为'被改写的昆德拉'"[①]。可以说,"被改写的昆德拉"直接触及了导致该作品重译的主要原因,即前译的不完善的面目。赵稀方[②]对这一"改写"的方方面面进行了阐述,包括使用了转译手段、使用了为作者所拒绝的英译本、存在为数不少的语言错误,特别是对触动意识形态的敏感之处的删节和篡改。对此,宋炳辉[③]进行了相似的阐释。他一语道破重译的起因:韩译本的"先天不足",主要是迫于意识形态的压力而删减近三百万字的政治文字和性爱描写、一些文字上的讹误等。正是由于前译中这种种的"先天不足",上海译文出版社才在购买作品版权后,出版许钧的重译本,而重译者许钧也通过采用由作者确认授权的法文本和具"忠实性"的翻译策略,弥补了前译的不足。

## 第四节　小结

在本章中,我们通过这三大全新的视角对文学经典重译的史实进行了透视、梳理与反观,初步论证了这一理论框架在对重译历史进行描写的有效性。

搭建的理论框架与选定的研究视角,已经通过对重译历史的透视,初步显示出其合理性。在下一章中,我们将这一理论框架和三大研究视角应用于《老人与海》的重译历史研究,以拓展《老人与海》重译研究的广度与深度,将其提到一个新的高度,并为寻找到适合名著重译研究的一般模式奠定基础。

---

① 赵稀方:《二十世纪中国翻译文学史》,天津:百花文艺出版社,2009 年,第 11 页。
② 同上,第 208-210 页。
③ 宋炳辉:《文学史视野中的中国现代翻译文学——以作家翻译为中心》,上海:复旦大学出版社,2013 年,第 138-140 页。

# 第四章 《老人与海》的重译动因研究

在本章中，我们将以赞助人、译者和前译面目等动因为视角，研究《老人与海》在中国半个世纪的重译历史。在纵向研究中，我们采取由全景考察到核心聚焦、层层递进的方式，在收集到的该作品全部 302 种中文版本的基础上，由对作品在中国的译介历史与过程进行描述开始，逐渐剔除改译本、改写本和编写本等形式的译本，过渡到对 178 种全译本的考察与研究上，然后在此基础上，排除全译本中的重印译本，聚焦到重译本的研究中，最后锁定不同时期最具影响力、最具代表性的 5 种典型译本，进行文本层面的比较评析。横向研究主要涵盖重译动因视角下的历史研究和重译动因视角下的文本研究两大纬度，方法涉及展现历史演变的曲线图表、有关风格标记的数据统计、典型译例对比、美学赏析等。在第一个层面，即重译动因视角下的历史研究中，我们首先在全部译本的基础上，从译本的形态和针对的读者群、译本出版的年代分布两方面入手，对这部著作在中国的译介、重译的历史进行描述，并总结重译历程中的主要特点；然后在全译本的基础上，将作品重译的历史划分为时断时续的翻译起步期、重译中的两次高潮和重译的顶峰期四个阶段，并从三大研究视角对各个阶段的动因进行深入挖掘与阐释。在第二个层面，即重译动因视角下的文本研究中，我们聚焦五种代表性译本，进行重译之中的文本对比及成因研究，基本的思路是先从对各（重）译本风格标记进行的数据统计中，总体把握各译本的风格特征，再深入文本，对各译本的总体特点及成因进行详细的描述与研究，最后再回到风格问题的探讨之中。各个层面的重译研究均紧紧围绕赞助人、译者和前译面目三大动因视角展开。

# 第一节 重译动因视角下的历史研究①

## 一、基于所有中文译本的研究

笔者主要通过两种途径进行《老人与海》中译版本的收集与统计工作。首先，笔者使用中国国家图书馆·中国国家数字图书馆的"馆藏目录"引擎，以"老人与海"为正题名，在"中文文献库"中进行检索；其次，笔者运用国内各大电子图书商城的信息，对在国图查找到的版本进行查缺补漏，以最大限度地拓展译本收集的范围与广度，客观全面地反映《老人与海》在中国的译介与重译情况。通过以上两个步骤的检索、整理与筛选，笔者目前收集到的数据显示，截至 2014 年 12 月，《老人与海》的全部中文版本数量约为 302 个（包括重印、重译、改写、改译、编写等各种形式的中文版本），如果除去重印的版本，译本的数量约为 91 种（面向普通读者与青少年读者同时推出两个版本的译本约有 18 种，统计时也将重复版本排除在外）。

笔者将《老人与海》的中文版本放置于多重纬度构建的脉络中加以考察，便可从总体上总结出该著作在中国传播和重译中的突出特点。

从译本的形态和针对的读者群来看，《老人与海》是同时以经典文学和儿童文学（或青少年读物）两种形态在中国接受传播

---

① 本节以论文《〈老人与海〉在中国的译介》的形式，发表于《北京第二外国语学院学报》2016 年第 2 期，略有改动。

的，且儿童文学的传播形态表现出更强的趋势。这一点可以通过将译本的数据进行细化加以佐证。按照译本的完整程度划分，包括重印版本在内，全译本的数量约为 178 个，编译（或改编、改写）的数量高达 124 个。相比《弃儿汤姆·琼斯》之类号称百万言的大部头经典著作，能在历史上留名的节译本也不过伍光建一人的版本，那么在长度上只能算作中篇小说的《老人与海》缘何会出现如此众多的改编或改写版本？排除了长度与难度的可能因素，答案恐怕只能从读者群入手来找寻了。我们发现，编译（或改编、改写）的 124 个中文版本，绝大多数都是针对中小学生出版的，且大都冠以"教育部新课标推荐书目"的字样。就算在完整保留原著形态、未经任何改动或删减的 178 个全译本之中，也有 51 个版本都明确标明了其针对的读者群——高中生、初中生、小学生。换言之，针对普通读者出版的中译本只有 127 个，而以儿童文学（或青少年读物）的形式出版的中译本却多达 175 个。由此可见，《老人与海》最初经张爱玲和海观在香港和内地分别以经典文学的名义译介到中国后，其传播形态发生了由单纯的经典文学到经典文学与儿童文学并行的演变，且表现出随着时间的推移，儿童文学的传播形态日渐占据上风的趋势。例如，从张爱玲和海观的初译本分别于 1952 年和 1957 年出版直至 1994 年的四十多年间，原作主要是以经典名著的身份被中国读者所接受；从第一个编译本和青少版全译本分别于 1994 年和 2000 年出现起，《老人与海》在重译过程中"增补"了针对青少年读者群而产生的版本，从此针对这一读者群的全译、编译、改写译本便猛然增多，最终超过了面向普通读者群的译本。

  对于导致这一现象的具体原因，我们会在后文中进行详尽的论述，但这一现象本身却也从另一个角度印证了"重译假设"中有关重译"增补性"（supplementarity）的论述。重译的"增补性"是重译本身具备的一个重要的特征，而针对不同的读者群传译出不同形态的译本，则是重译"增补性"得以体现的一种形式。针对普通读者的译作会冠以经典的"标签"，而针对儿童读者的译作便以"儿童读本"的形态出现，两种或多种不同的译作形态互为增补①，共同完成原著通过重译不断完善各种存在形态的演变过程。《老人与海》在中国的传播亦是如此，在长达66年之久、多达数百次的重译进程中，它已改变了"初来乍到"时的模样，通过全译、改译、选编、改写、缩写、编译等多种手段的裁剪，披上了封面各异的衣裳，并以乔装而成的各种样貌继续流传。

从译本出版的年代分布来看，《老人与海》在中国的译介与重译历程可划分为四大阶段：从1952年该作初次译介到"文化大革命"结束前这二十余年的时间，是时断时续的翻译起步期；1978年至1988年十年左右的时间，是该作译介中的第一个高潮期；20世纪90年代中后期至21世纪初十年左右的时间，是译介中的第二个高潮期；由2006年的初显增幅直至2012年达到峰值的一段时期，是译介的顶峰期。在两次高潮期之间、顶峰期到来之前，则是译介上的相对沉寂期。

20世纪50年代至"文化大革命"结束前，这部著作的译介处于时断时续的起步阶段，这一阶段译介的缓慢发展既具有名著翻译初期的共性，又与当时较为谨严的政治气候、中美两国的政治关系与翻译政策不无关联。

到了1978年至1988年的十年间，《老人与海》的译介出现了小小的"高潮"。这一译介高潮并非个别的、偶然的现象，而是属于在改革开放、中美正式建交的大背景下，由"文化大革命"后的读书热推动产生的西方文学名著"重译热潮"中的一股。

90年代中后期，至21世纪初约十年的时间，迎来了该作译

---

① Kaisa Koskinen & Outi Paloposki, "Retranslation in the Age of Digital Reproduction", *Cadernos de Tradução*, vol. 1, no. 11 (2003), pp. 19-38.

介与重译的第二个高潮期。在新增加的译本中,已经出现了针对青少年读者而进行的编译、改写和译写的版本,并以每年增加 2 个新译本的速度逐渐形成另一股与全译本并驾齐驱的潮流。这些改写或编译的译本封面上,大都印有"教育部中学语文教学大纲指定书目"或"教育部新课标推荐书目"的字样,后者依据的应该是教育部分别于 2001 年和 2003 年颁布的《义务教育语文课程标准(实验稿)》和《普通高中语文课程标准(实验)》,而《老人与海》便被新课标列入了阅读推荐书目之中[①]。也是从这一时间段开始,《老人与海》已基本从经典名著的单纯传播形态演变为经典名著与儿童文学(或青少年读物)同时并存的形态。文学价值、赞助人、前译面目、译者等动因共同推动下的重译,因权威教育部门开出的阅读书目而变得愈加复杂起来。

从 2006 年起,中国对《老人与海》的译介与重译开始一路猛增,并在随后的几年中迅速迈向顶峰。这一时期的升温在 2006 年初露端倪,而自 2009 年起,又以每年增加约 10 个译本的趋势迅猛增长,终于形成了持续至今的重译顶峰期。2011 年的新译本高达 30 个左右,2012 和 2013 年的数字更是分别攀升到 55 和 52 个左右,2014 年又逐渐回落到约 31 个。如果按照完整程度进行分类考察,全译本的增长趋势与改写或编译本的增长趋势大致相同。两股潮流均从 2011 年开始迈向译介的顶峰,这其中的原因更为错综复杂。首先,2011 年是海明威逝世五十周年,2011 年后,其作品与翻译便不受版权保护,出版社出版其译本也无须支付版税,这应该是《老人与海》的翻译和重译版本在 2011 年后突然激增的主要原因。其次,新的改写本与编译本在同一时期达到顶峰,除了上述版权的因素外,恐怕与 2011 年教育部正式颁布的新课标

---

① 《现当代外国文学作品几乎不收 "语文新课标" 推荐书目引发争议》,《文汇读书周报》,2003 年 7 月 8 日,http://www.china.com.cn/chinese/RS/361441.htm,2015 年 3 月 11 日。

（即《义务教育语文课程标准》）也不无关系。新课标颁布后，许多出版社打出"依据最新课标推荐"的字样，借机推出多种面向青少年的译本，甚至出现了漫画版、小学高段版、小学生抢先阅读版等，将读者年龄进一步降低，使读者人群进一步扩大。

之所以将编译本囊括在我们的讨论范围之内，是因为这些主要针对青少年编写或改写的版本也是经典名著译介和重译的一种形态，依据罗宾逊①、科斯金恩和帕罗波斯基②等重译研究者的观点，这正是重译"增补性"的应有之义与重要体现。也正是得益于这些版本的存在，中国的青少年甚至小学生才得以在尚不具备对全译本的阅读与鉴赏能力之前，领略到名著的风采。当然，这只是从众多青少版译本积极的一面来看的，其重复出版所造成的人力、物力资源的浪费、市场的混乱与读者选择上的困惑等消极意义也是不言而喻的。如果将编译本排除在外，则无法全面客观地呈现出《老人与海》在中国译介与重译的整体的、真实的图景，观察、研究得出的结论也自然无法反映市场的实际出版情况。将这一客观存在、不容忽视且发展之势大有超越全译本的编译现象纳入研究的视野，从译介传播形态与年代分布两个纬度分别加以考察，为进一步以全译本为主要考察对象的重译研究和细化的文本研究提供了基础性的广博视角。

## 二、基于全译本的研究

对《老人与海》在中国的译介与重译情况有了整体上的把握之后，我们将研究的视角从完整的外部译介研究聚焦到内部的全译本重译研究。编译与改写的版本虽然有助于展示译介的全景，

---

① Douglas Robinson, Retranslation and ideosomatic drift, www.umass.edu/french/people/profiles/documents/Robinson.pdf, 1999.

② Kaisa Koskinen & Outi Paloposki, "Retranslation in the Age of Digital Reproduction", *Cadernos de Tradução*, vol. 1, no. 11 (2003), pp. 19-38.

但一旦进入重译的动因与实证研究，则因其较为明确的翻译动机和较大的自由度而丧失了在动机探究与文本对照研究层面的价值。因此，我们只选取全译本作为本部分的研究对象。截至 2014 年 12 月，《老人与海》全译本的总数量约为 178 种，除去重印译本的数量，重译本约有 91 种。

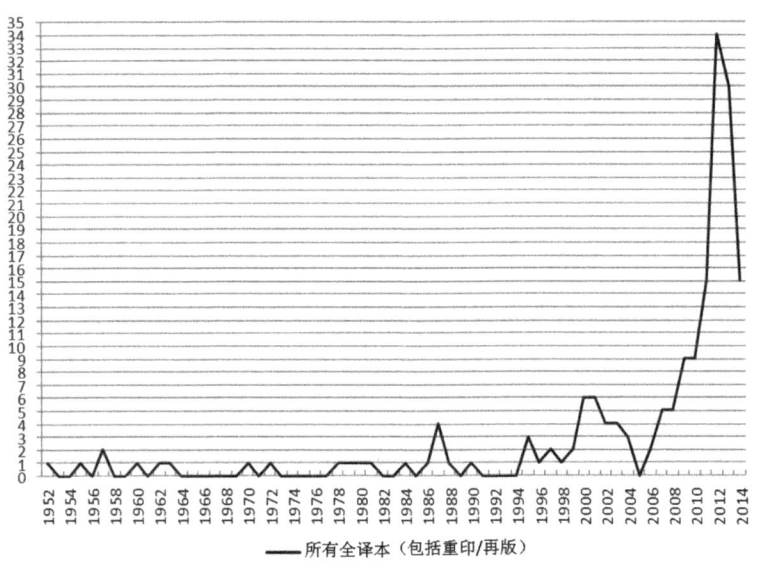

图 2

按照年代分布来看，我们可以从图 2 中得到更为直观的印象。将《老人与海》从 1952 年到 2014 年 63 年间的翻译和重译过程以图表的形式展示出来，可以使我们对其在中国的重译历程有一个较为宏观、清晰和直观的把握。图表中翔实列举的出版年份与相对应的译本数量，更有助于我们将重译的话题置于社会、政治、历史的大背景中加以审视，将翻译和重译真正视为规范制约下的一种社会行为，并从文本外部的社会与历史中细致入微地探究促使重译行为发生的种种可能因素，描绘复杂的因果关系，以弥补文本内部解释力的局限与不足，增加阐释与论证的广度、客观性与可信度。

（一）时断时续的翻译起步期

从 1952 年的第一个译本（张爱玲译本）出现，一直到"文化大革命"结束前这二十余年的时间，《老人与海》的译介基本处于缓慢而不稳定的发展阶段。这一时期有两个突出的特点：翻译在政治意识形态严格的控制下，不仅时断时续，甚至还一度出现了几近中断的现象；港台地区翻译的繁荣景象与内地（大陆）冷清、停滞的翻译状态构成鲜明的对比。

从年代分布上来看，这一时期共出现了九个译本，平均每十年才有三个译本面市，除了在 1957 年出版了两个全译本，促成了该作译介之初缓慢期的一个"小高峰"外，其余年份均以每隔几年一个译本的速度在断断续续缓慢前行。而且就在这相隔二十余年累积而成的、为数不多的九个译本中，新译本仅有三个，仅占总数的三分之一，其余均为已有译本的重印本，仅张爱玲初译本的重印本便高达三个。由此可见，《老人与海》在被初次介绍到中国后长达二三十年的时间内，都处于不温不火的传播状态；而极少数新译者的参与、首批老译者的反复出现、初译本以重印本的面目频频登场的现象，也证明它引起的关注度与接受度是有限的。从出版地区来看，在这仅有的九个译本当中，内地（大陆）出版的译本只占三个，还是海观一人的译本和其重印本；其余六个均由港台的出版社出版，参与其中的出版社多达四家，译者也达三人，这种译介之初便热情高涨、竞相施展译技的现象在经典名著的翻译中是不多见的。一面是港台地区如火如荼、接力赛般延续、持久的积极译介，一面是内地（大陆）唯海观一人独倾其力，除此便几乎无人问津的冷清局面，两相比较下的巨大反差由此可见一斑。

如果将《老人与海》在这一时期的译介置于相应的时代背景与社会政治环境中加以考察，那么上述出现的诸如年代分布上时断时续、一度中断，地区分布上极其不均衡等问题，便都可迎刃而解。而在剖析个中独特的现象、找寻其与现实千丝万缕的联系的过程中，促成重译发生的复杂网络也得以被描绘和勾勒出来。

首先，这一阶段译介的缓慢发展具有同时代名著翻译的共性。在20世纪五六十年代的中国，外国文学作品的选择与引进并非依据艺术标准。与主流政治意识形态"亲和"的苏联文学和亚非拉国家的文学处于多元系统的中心，而与之相悖的欧美现当代文学则处于多元系统的边缘，因而得不到译介[①]。相比之下，《老人与海》已属为数不多的被较早引进、得以保留完整面目的欧美小说之一了。

其次，译介的缓慢发展又与当时较为谨严的政治气候和翻译政策不无关联。从《老人与海》出版的年代来看，当时的中国正值百废待兴之际。在国内，多年征战带给人们的影响与余悸仍未彻底消除；在国际上，中国有待得到更多国家的支持与认可。在这样的形势下，政治斗争意识仍占据首要位置，并且渗透、影响甚至控制着社会生活的各个领域，隶属精神领域的文学，特别是外国文学的引进与翻译，自然受到更多的关注与更加严格的制约。这一政治斗争占据上风的倾向一度在"文化大革命"中发展到了极端，意识形态这一隐形的操控之手从幕后逐渐显形，直接干预甚至阻碍外国文学的译介活动。原本便冷冷清清、疏疏落落的翻译市场更是呈现出一片凋零的景象。

1949年后，海明威的作品因与国内当时热衷于国外古典名著的文学观念和政治意识形态相悖而遭到冷遇[②]。也正是在这样的政治气候中，出现了在二十余年的时间里只有海观一位译者，无人呼应、无人接力的特殊现象。从海观一人译本的出版情况便可

---

[①] 查明建、谢天振：《中国20世纪外国文学翻译史》，武汉：湖北教育出版社，2007年，第568页。

[②] 同上，第570-571页；第637页。

窥见一个时代的整体特点。从初版的情况看，海观的译本在原著出版后的第五年由新文艺出版社推出，较之最早的译本，单纯从时间上判断，尚属于对国外文学把握较为灵敏、反应较为迅速、引进较为及时的翻译之一。但这一看似紧跟国外最新的文学动向、反应迅速、引进及时的译本，其产生的过程远非仅从文学价值的角度判定便匆忙决定引进如此简单。《老人与海》的巨大文学价值，其对美国文学写作手法上的颠覆，普利策奖、诺贝尔文学奖的光环，都未能直接与内地（大陆）第一个中译本的诞生发生直接关联，该译本真正得以发表的最重要原因是它在意识形态上得到了"'合法'译介的依据"①。查明建和谢天振②称，中国文学界对海明威因《老人与海》获得诺贝尔奖一事并没有多大反应，反倒是苏联于1956年7月发表的一篇称赞《老人与海》的文章引起了文学界的关注，这种意识形态上的共鸣直接促成了海观对该部小说的翻译。对于海观译本产生的前因后果，李文俊在其《老人与海》译本的译后记中有着更为翔实的记录。根据他的回忆，1956年，《译文》编辑部的编辑在苏联的《外国文学》杂志上首次读到了经过译载的《老人与海》，当时正值苏联"刮起'解冻'之风"③，中国在意识形态上对于苏联的认同与追随使得出版社萌生了介绍这部作品的想法。杂志社在这一想法得到肯定与批准后，便指定海观开始着手翻译。当然，这部作品能在20世纪50年代通过严格的意识形态的筛选，其译本能在内部发行盛行的情况下公开出版发行，这在那个年代的欧美作品中是极其罕见的，这一极其罕见的事情却在海明威的身上发生了，也或多或少要得益于他在

---

① 查明建、谢天振：《中国20世纪外国文学翻译史》，武汉：湖北教育出版社，2007年，第637页。
② 同上。
③ [美]欧内斯特·海明威：《老人与海》，李文俊译，杭州：浙江文艺出版社，2012年，译后记，第128页。

1941年的中国之行，以及抗日战争时期其作品的流行[①]。由此可见，直接导致翻译行为成功实施的，是意识形态上的认同感、追随感以及试图与所认同的意识形态保持同步的时代感。可以想见，假如没有苏联对《老人与海》的首肯与译介，在诸多现当代著名作家备受冷落的年代，这部作品要顺利翻译出版，可能性是极小的。果真是那样的话，中国的读者不知要再等上多少年，才能一睹海明威的风采。在《老人与海》内地（大陆）首译本的诞生过程中，意识形态之手强势显形。

从重印的情况看，1960年、1963年商务印书馆重印了海观的译本。自此以后，在很长的一段时期内，该译本的出版归于沉寂，由此直接导致了内地（大陆）在《老人与海》译介史上近二十年的断裂期。这近二十年的断裂期，完整地吻合、涵盖了"文化大革命"前后十几年的翻译荒芜期。译介初期成功通过意识形态的筛选、取得"合法"翻译地位的《老人与海》，在遭遇到这期间极"左"的政治思潮和极其严厉的翻译规范之时[②]，其翻译与重译，同大量同样因不符合政治意识形态标准而无法得到译介的欧美作品一样，也陷入停滞状态，最终造成这一时期没有一个新译本出现的局面。所幸在港台地区，翻译政策与选择规范上相对宽松，张爱玲的译本分别于1962年和1972年两次得以重印，1970年又出版了宋碧云的译本，才使得该部著作在中国的翻译与重译史上没有陷入彻底断代的危机。这也是为何这一时期图表曲线的走向中没有彻底断裂的原因所在。但总体而言，这一时期对这部经典的翻译与重译极其匮乏，与海明威世界级文学大师的地位极不相称。

---

[①] 赵稀方：《二十世纪中国翻译文学史》，天津：百花文艺出版社，2009年，第121页。
[②] 查明建、谢天振：《中国20世纪外国文学翻译史》，武汉：湖北教育出版社，2007年，第753-755页。

## （二）重译中的两次高潮与沉寂

1978 年到 1988 年的十年间，以及 20 世纪 90 年代中后期至 21 世纪初的另一个十年，分别出现了《老人与海》重译史上的两次高潮，两次高潮中间是一段短暂的沉寂期。这两次高潮突出的特点是：政治意识形态渐趋宽松，文学意识逐渐增强，翻译与重译发展迅速；新的重译与旧译本的重印齐头并进；港台地区独占鳌头的局面被打破，内地（大陆）的重译呈现出不断上升、取而代之的势头；开启了名家"同台竞技"和翻译丛书化的局面。

由于译介初期发展缓慢的共性和意识形态上的特殊因素，曾一度停止出版的海观译本直到 1978 年由商务印书馆重印，才再次与读者见面，此时距离上一次的重印已经整整过去了十八个年头。上一阶段长时间的停滞，无形中刺激、加快了翻译的脚步和进程。仅隔一年，海观的译本再次出版。这一被视为政治解冻前"试探"性[①]的名著重印，拉开了《老人与海》重译热潮的序幕，也标志着中国"海明威译介热"[②]的到来。1987 年，在前后相隔仅六个月的时间里，人民文学、上海译文等老牌出版社率先引领潮流，造就了翻译名家李锡胤、吴钧燮、董衡巽、吴劳的新译本接连问世、令人应接不暇的局面，这一年因而也成为第一次译介高潮的"顶峰年"。第二次高潮若以年份划分，主要是 1995 年至 2004 年之间的时期，约在 2000 年至 2001 年达到顶峰。这期间，译本的数量激增了二十八个，其中不乏张爱玲、海观、余光中、宋碧云等首批译介者和李锡胤、吴钧燮、董衡巽、吴劳等早期重译者译本的身影，但也涌现出不少新译本，且开始被划归在"海明威文集""世界名著丛书"等丛书的名目之下。老牌出版社集中重印老译本，后起之秀着重推出新译本，两股潮流齐头并进，终于汇聚

---

① 查明建、谢天振：《中国 20 世纪外国文学翻译史》，武汉：湖北教育出版社，2007 年，第 787 页。

② 同上，第 994 页。

成第二次重译的热潮。

与此同时,在第一次译介高潮期间,港台地区的翻译与重译热度不减,除了重印张爱玲、宋碧云早期的译本外,又出现了罗珞珈的新译本与重印版本,形成了两相呼应、共创繁荣的景象。但进入20世纪90年代后,除了远景事业出版有限公司连续两次重印宋碧云的旧译本之外,便再无港台出版社和译者的身影。统观所有地区的译介情况,老译本的重印与新译本的相继问世,不仅一扫前期二十余年译介上的沉寂,而且从根本上改变了初期港台译者独领风骚的局面。也是从这一时期开始,港台地区对《老人与海》的译介开始出现下滑甚至逐渐销声匿迹的征兆,而内地(大陆)的翻译与重译活动正蓄势待发,此刻的热潮正为将来的燎原之势积蓄力量。

经过深入剖析,可以发现造成两次重译高潮的因素主要有三个:

一是外国文学翻译"文化语境"[①]上的转变。查明建和谢天振[②]曾依据佐哈尔的文化多元系统理论,探究了20世纪70年代末直至八九十年代中国的外国文学翻译热潮到来的原因:"文化大革命"结束后,外国文学翻译领域的政治意识形态有所改变,对现当代作品的翻译选择规范相对宽松,文学意识逐渐增强;文化界对人性的反思、读者对外国文学,特别是对现当代文学的渴求都出现了长期束缚后的反弹,加之中国文学正处于变革与"转型状态",急需借鉴和汲取同时代外国作品的养料。正是在这样的文学、文化语境中,外国文学翻译逐渐由系统中的边缘上升到中心位置。此前被搁置的海明威,连同福克纳、萨特等现代作家跃升为译介的重点。到了90年代末,海明威更是成为"最受翻译界

---

① 查明建、谢天振:《中国20世纪外国文学翻译史》,武汉:湖北教育出版社,2007年,第766页。
② 同上,第766—772页。

关注的作家"和"对新时期文学影响最大的四大作家之一"①。

二是文学研究上的促进作用。经过初期的译介,这部作品为文学界引进了崭新的文学观念和创作方法,为作家"怎么写"提供了借鉴②,更是向读者展示了强大的艺术魅力和震撼力。文学界的肯定、作家的推崇和读者的欢迎,推动了进一步的文学研究,《海明威谈创作》《海明威回忆录》等文学研究性的作品纷纷翻译出版,研究上的热情与深入反过来又大大促进了海明威作品的译介工作,这是新译本纷纷登场,以迎合研究、写作与阅读需要的重要因素。进入90年代,有关海明威的回忆录《我的哥哥海明威》、海明威的传记《迷惘者的一生》也陆续翻译出版③,文学研究与翻译、重译之间互为促进的关系仍在继续循环。

三是作为赞助人的出版社的推动作用。翻译与重译的实现最终还要有赖于出版社和杂志社的全力推动。这一点只需稍稍回顾一下海观初译本的产生过程,便可得到证明。虽然种种错综复杂的机缘与因素促成了海观译本的诞生,但有一点是可以肯定的,那就是真正发起翻译行为,最终促成这项工程的是《译文》杂志,海观的译本最初也是以在该刊物上发表的形式与读者见面的。新文艺出版社(即后来的上海译文出版社)的率先出版,商务印书馆、上海译文出版社对初译本的两次重印,人民文学出版社、四川文艺出版社和漓江出版社对新译本的推出与重印,以及时代文艺出版社和内蒙古几家出版社的推陈出新,其冷遇之中逆流而上的开创之功、解冻之初勇气可嘉的探险之旅、高潮前夕推波助澜的蓄势之为、热潮之中乘势而上的凝聚之力,无疑是这部作品在中国的生命得以延续,并形成研究和翻译高潮的关键操纵力量。

---

① 查明建、谢天振:《中国20世纪外国文学翻译史》,武汉:湖北教育出版社,2007年,第997页。
② 同上,第782页。
③ 同上,第994页。

出版社的操纵力量在重译高潮中表现得尤为充分。第一次重译高潮中，人民文学出版社与漓江出版社便将《老人与海》的翻译分别纳入"佳作丛书第二辑"和"获诺贝尔文学奖作家丛书第三辑"的系列辑丛之中，体现了出版社向翻译计划性、规模化和丛书化方向迈进的努力；进入到第二次重译高潮后，时代文艺出版社和上海译文出版社又将该书的翻译分别纳入各自推出的《海明威文集》，上海译文出版社的这套文集于2000年出齐，成为"20世纪翻译出版海明威作品规模最大、最为全面的一套文集"[①]。这样，历经译介恢复期的重印到译介繁盛期的重印与重译过程，加之1999年海明威100周年诞辰文学盛事的推动，海明威《老人与海》的重译终于在此后的一两年内达到顶峰。海明威的这部作品，以及他的《永别了，武器》和《丧钟为谁而鸣叫》等作品，与其他外国文学经典的翻译共同汇聚成了"20世纪中国文学翻译史上的又一次高潮"[②]。

两次高潮的追根溯源就此告一段落，那么重译高潮之间出现的沉寂期又是如何造成的呢？从前文的图 2 中可以观察到，在1992、1993和1994年这三年之中，该著的翻译和重译均出现了空白。造成这一极其特殊现象的主要原因，恐怕是1992年，中国加入了《世界版权公约》和《伯尔尼保护文学艺术作品公约》一事。作为现代文学作品的《老人与海》，版权尚处于保护期，要翻译出版必须首先购买版权，出版成本的增加令它遭遇了与同时期外国文学作品相同的"停滞"期[③]，出现了前后连续三年的"绝迹"。事实上，这一事件对这部作品翻译和重译上的影响，一直延伸至90年代末，而远非图表所示的短短三年。在三年的绝迹后，

---

① 查明建、谢天振：《中国 20 世纪外国文学翻译史》，武汉：湖北教育出版社，2007年，第 996 页。
② 同上，第 766 页。
③ 同上，第 805 页。

1995年起译本又开始陆续出版,直至1999年,在此期间出版的七个译本中,出版社新购版权出版的新译本仅有两个,其余均是早期译本的重印。这就是为何包括《老人与海》在内的外国现当代作品在出版界出现停滞,而图表走向却呈上升趋势的原因所在。依靠原出版社老译本的重印支撑市场,重译几近停止,"翻译远非在真空中进行"的道理清晰可见,翻译行为受翻译政策与规范的摆布程度由此可见一斑。

(三)重译的顶峰期

重译的高潮过后,从2003年起出现了小幅度回落,并一度在2005年降至最低点,创下了全年未出现一个译本的最低纪录。短暂的停歇后,译本数量便一路飙升,直至2012年达到最顶峰。这一阶段的突出特点是:在文学意识与经济意识的较量中,翻译发展速度之快、参与其中的译者与出版社数量之众,都是空前的,译本数量较之前期,呈现出成倍增长和直线上升的态势;政治意识形态与文学意识之间的较量逐渐隐性化,文学意识与经济意识之间的较量渐趋显化;出现了港台地区翻译出版的"停滞"与内地(大陆)翻译"过度繁荣"并存的景象。

若以出版地区来看,港台地区的翻译出版从式微逐渐走向停滞,除了宋碧云、张爱玲的译本分别于2007年和2012年通过重印得以与读者见面以外,便再无任何新译本或重印本问世。与之形成鲜明对比的,是内地(大陆)势如破竹的发展。译介初期做出过巨大贡献的名家译本不断被重印,甚至一直局限于港台地区出版发行的张爱玲与余光中译本,也分别通过北京十月文艺出版社和译林出版社出版发行,与新推出的各种名家译本形成百花争妍的局面。这一时期的重译以前所未有的速度迅猛发展,从2006年到2010年,每隔一年,译本的数量便翻倍增长,2011年、2012年更是达到连年翻倍增长的速度。以2012年为例,译本总数在当年达到约34个,大致相当于从1952年最初译介到2000年近半个世纪之间的译本数量之和。这背后的原因耐人寻味。

翻译和重译顶峰的背后，是文学意识与经济意识相互较量、共同作用的结果。

如果从二者之间相互较量与对峙的角度来考察，在这一时期约 124 个译本之中，可以明显地分出两股力量。一是从译介之初自始至终持续关注与译介《老人与海》的出版社，文学意识是他们出版与计划的主导因素；二是随着近年来该小说译介的持续升温，特别是在 2011 年后，海明威逝世已满 50 年，这部著作过了版权保护期，同年在教育部正式颁布的新课标中又被列为中学生推荐阅读书目之一，许多规模与名气相对较弱，或者从未关注过海明威译介的出版社，也纷纷加入重译的行列。其中不乏将文学价值的衡量标准放在首位的出版社，名家名译登台竞技，译坛新秀脱颖而出。但对另外一些出版社而言，经济因素却是他们翻译出版行为的首要支配因素，较低的出版成本、能确保收益的稳定的读者群、甚至较短的篇幅、较短的翻译出版周期等因素，无不使得该作品成为出版社绝佳的选择。一旦经济意识的支配力量占据上风，译本也难免鱼目混珠、良莠不齐了。总体而言，在二者的较量之中，经济意识的支配力量似乎更占上风。

如果单从文学意识与经济意识较量、对峙的一面来阐释问题，又是无法全面、客观地概括翻译市场的整体面貌的。这次重译高峰的到来，更多的是二者兼而有之、相互交织、共同作用的结果。市场上如雨后春笋般层出不穷的新译本包装越来越精美，宣传越来越能博得读者的眼球，不仅有诸如"诺贝尔文学奖获奖作品""普利策奖、诺贝尔文学奖双料得主""世界经典名著典藏"等有关海明威及其原著的宣传语，更是出现了"名家名译""权威译本""最新译本""最优秀译本"等针对译者和译本的直接宣传。面向青少年群体出版的全译本，宣传的名目更是繁多。除了"新课标必读经典""教育部推荐书目""青少年成长必读丛书""对青少年影响最大的世界名著""最畅销励志名著"等宣传外，有的出版社更是在醒目的位置打着"名师推荐""名家导读""名作家作序"的字样。海明威逝世50周年之际，不少出版社又不失时机地推出"海明威逝世50周年纪念版"。在笔者收集到的《老人与海》全译本中，约有11家出版社在推出普通版译本的同时，又出版了青少版全译本。青少版全译本的不断增加，也是重译不断回升的重要因素。在该作重译高峰的形成过程中，文学意识的支配作用不可否认，经济因素的推动力量同样显而易见。用主流意识形态和文学价值的标准衡量，这部"海明威晚年的完美之作"最能集中体现其"精湛的小说艺术"和"对当代文体影响"（诺贝尔文学奖评语）的著作，当之无愧地成为翻译出版界关注的焦点。而诺贝尔文学奖的光环、教育部的推荐书目、海明威逝世五十周年的时机等最佳"卖点"，又是出版商在2011年后扎堆出版的重要动因。意识形态、文学意识与经济意识共同作用、相互交织而成的错综复杂的动因脉络，终于催生了《老人与海》译介史上前所未有的高峰，而过度重译甚至抢译的不良现象也随之产生。

## 三、小结

如果说，从《老人与海》译介初期的缓慢发展期到两次重译高潮的到来，体现的是政治意识形态与文学意识之间的较量，那么，重译经高潮到沉寂又攀至高峰的过程，则主要是文学意识与经济意识两种力量之间的角逐。译介初期在"政治标准第一、艺术标准第二"的意识形态下断断续续、时有停滞的翻译和重译行为，因政治环境的"解冻"、文学意识的增强而步入高潮，又在强大的经济因素的助推下，登上顶峰。几种意识支配力量在各个阶段所谓的交替更迭只是相对的，一种力量在某一时期显性化，但也可能会在下一时期力量的较量中隐性化。重译发展的历程是在包括赞助人与译者的政治意识、文学意识和经济意识，以及前译的面目等在内的多种动因体系中操纵的结果。

## 第二节 重译动因视角下的文本研究

在文本对比及成因研究中,我们聚焦几个典型的译本作为案例。选取译本的原则主要有:选取各个年代较有代表性与影响力的译者与译本,以保证研究的价值;涵盖这部著作译介的重要时代阶段,以确保译本的历史跨度与研究广度;译者本人对翻译有一定的研究与评论,以利于译本研究的追根溯源;同一年代的译本则选取特点鲜明、差异较大的译本,以保证比较研究的意义。所选译本主要信息如下表所示:

表1

| 出版年份 | 译者与出版社 |
| --- | --- |
| 2012.3(1952年香港中一出版社初版后多次再版/重印,有修改) | 张爱玲,《老人与海》,北京十月文艺出版社 |
| 2012.5(1957年重光文艺出版社初版后多次再版/重印,有修改) | 余光中,《老人与海》,译林出版社 |
| 1957.5 | 海观,《老人与海》,新文艺出版社 |
| 1987.8 | 吴劳,《老人与海》,上海译文出版社 |
| 2013.6 | 孙致礼,《老人与海》,外语教学与研究出版社 |

张爱玲是这部作品的首位中文译者,因此其译本首先纳入了本研究的框架之中。因张爱玲译本有史可查的修订主要发生于1962年重印之时[①],前面的版本又不易得,故选用2012年的版本进行代替,这对研究结果不会造成实质性影响。余光中译本与张

---

① 单德兴:《翻译与脉络》,台北:书林出版有限公司,2009年,第169页。

译虽同属一个时代，但鉴于译者的影响力、译本的鲜明特点、译者的翻译建树，将其选为案例将大大增加本研究的价值。余光中虽于2010年对译本进行过大量修订①，但我们对其译本的研究焦点集中于风格特点，因此用2012年版本代替，也不会对研究产生实质性影响。海观是内地（大陆）首位中文译者，其译本自然也被选中。与吴劳同时代推出译本的重译者不在少数，也均具影响力与权威，但相比之下，吴劳不断重印的译本几乎贯穿了这部作品的整个译介史，因此笔者将这部最持久的译本选为案例（这里选用的是吴劳的初译本）。孙致礼是文学翻译领域与研究领域多产的大家，译笔精湛，译论鲜明独到，其重译本是近年较具代表性的译作。由于种种原因的限制，特别是由于同一时代出版的版本众多，笔者不能将收集到的所有版本详加研究与对比，一些非常优秀的版本，如李文俊译本、谷启楠译本，未能列为专题详加评论，只能留待以后进行研究弥补了。研究选用的英文原著版本，为世界图书出版公司在得到美国海明威国外版权信托授权后于1997年出版的版本（*The Old Man and the Sea*②）。

我们对译本之间的文本对比及各个译本的成因研究，将以宏观层面的风格对比开启，以微观层面的译法评述结束，各个译本的成因会穿插于对比与评价过程中。首先，我们通过风格标记的数据统计与文本细读，对各个译本的整体风格进行对比与评析；然后，按照不同的译者进行划分，在简明扼要地概括每部译作的主要特点后，从风格的传达到语言的理解与表意方面进行总体论述与评价，并挖掘特定（重）译本形成的原因；最后设定评价框架，进行翻译层面上的横向对比。三个部分如交错的经纬线，串

---

① [美]欧内斯特·海明威，《老人与海》，余光中译，南京：译林出版社，2012年，译序，第4页。

② Ernest Hemingway, *The Old Man and the Sea*, 北京：世界图书出版公司，1997年。

联、涵盖了译本文本对比及其成因研究的方方面面。之所以将风格置于首位,并贯穿于对比分析的始终,是因为"大凡艺术的东西,都是以其独特的个性显示其生命力的"①,独特的个性,或曰风格,正是各个重译本赖以区分的最明显、最主要的依据。译家各自独特的风格,就如同自己的标记或"品牌",深深烙印在自己的译作之中。

## 一、(重)译本的整体风格对比

周煦良认为,译作的风格受制于原作的风格、译者的风格、译入语语言的特征和译者所生活的时代②。乔曾锐强调了文学作品翻译中译者风格的干扰性③。正是受制于译入语的特征、译者所处的时代以及译者风格等诸多因素,作品在译介的过程中才会发生一定程度的"流失"现象④。承认这些风格干扰因素与风格的流失性,进而以可辨识与量化的风格标记来衡量各种译本在风格传达中的保留与流失程度,无疑是较为实际、客观的出发点,也为进一步的风格对比与判定奠定了可信的基础。

达斯特杰尔与迪莫哈马迪⑤在比较《傲慢与偏见》不同波斯语译本之间的风格特征时,将肖特(Mick Short)⑥用于分析文学

---

① 许钧:《文学翻译批评研究》(增订本),南京:译林出版社,2012年,第12页。
② 周煦良:《翻译三论》,罗新璋编:《翻译论集》,北京:商务印书馆,1984年,第976页。
③ 乔曾锐:《译论——翻译经验与翻译艺术的评论和探讨》,中华工商联合出版社,2000年,转引自王向远、陈言:《二十世纪中国文学翻译之争》,南昌:百花洲文艺出版社,2006年,第196页。
④ 郑海凌:《文学翻译学》,郑州:文心出版社,2000年,第289-298页。
⑤ Hossein Vahid Dastjerdi & Amene Mohammadi, "Revisiting 'Retranslation Hypothesis': A Comparative Analysis of Stylistic Features in the Persian Retranslation of Pride and Prejudice", *Open Journal of Modern Linguistics*, vol. 3, no. 3 (2013), pp. 174-181.
⑥ Mick Short, *Exploring the Language of Poems, Plays and Prose*, Harlow: Pearson Education Limited, 1996.

体裁基本文体特征的方法与贝克（M. Baker）[①]风格研究的方法论相结合，找到了展现风格特征的三种风格标记，即体现用词丰富程度的类符/型符比率（Type/Token Ratio）、平均句长（Average Sentence Length）与话语再现方式（Speech Representation）。笔者在比较《老人与海》各译本风格的过程中，会对这三种重要的风格标记有所借鉴，但在运用的详略与主次上将有所区分。由于海明威作品，尤其是这部代表作中最突出的特点便是简明、利落短句的频繁使用，因而对其平均句长的数据统计，是考察译本能否反映这一风格的最佳视角。对各个重译本中平均句长的比较，包括通篇字数与句末标点的统计，便成为本部分的研究重点。相比之下，另外两种风格标记则退居其次，特别是从话语再现方式这一视角考察，并非在所有的译本中都有明确的体现。

作为文体学自语料库语言学中继承而来的众多量度之一，"平均句长"是体现作家组织、展现句子风格模式的基本尺度，句子据此也大致可分为长句、中长句与简短句[②]。平均句长是由全篇总字数除以句末标点数量所得。笔者对《老人与海》五种译本句末标点与平均句长进行了统计。

《老人与海》英文原著共约 27000 单词，平均句长约为每句 14.7 个单词[③]。在平均句长方面，最短的译本为余光中译本，最长的为海观译本。由于英汉语之间的转化并非一词对一字的关系，若仅据总字数或平均句长的维度便做出何种译本更接近原著的判断，似乎有失全面。因此，我们将从第二个维度，即句末标点入手，先较

---

[①] M. Baker, "Towards a methodology for investigating the style of literary translator", *Target*, vol. 12, no.2 (2000), pp. 241-266.

[②] Hossein Vahid Dastjerdi & Amene Mohammadi, "Revisiting 'Retranslation Hypothesis': A Comparative Analysis of Stylistic Features in the Persian Retranslation of Pride and Prejudice", *Open Journal of Modern Linguistics*, vol. 3, no. 3 (2013), pp. 174-181.

[③] [美]厄尼斯特·海明威：《老人与海》，李继宏译，天津：天津人民出版社，2013年，附录，第 112 页。

为客观地描述各种译本的断句倾向，再超越单一的依据数据分析的层面，结合文本细读，逐渐延伸至其他特点的描述与归纳。

之所以以句末标点为突破口，是因为较之语言之间的转换，标点符号能较为真实地反映译者与原著或亦步亦趋、或灵活变动的总体倾向，暴露出或整句断句、或句间合并的翻译"惯性"。这里的句末标点包含三类：句号、问号与感叹号。张爱玲与海观的译本在句末标点使用频率上最接近原著，在句级层面上呈现出紧随原著的总体倾向。孙致礼与吴劳译本句尾标点的使用频率略高于原著，表明译者在基本跟随原著的基础上，限制性地使用了将整句断开的译法。与原著标点使用频率出入最大的为余光中，这从一个侧面证明译者较少受到句间约束的总体倾向，以及打破句级层面的阻隔、合并原句的译法。

从句级层面对各个译本有了基本的把握后，我们反观其篇幅与句长，便会获得更为广阔的解读视角。如张爱玲与海观的译本篇幅最长，但不能就此轻易判断这两种译本距原著最远。首先，从句尾标点的使用频率判断，无论是有意为之，还是无意偶得，两位译者的译本都形成了与原作断句保持同步，抑或生硬死板地跟随原著步伐的效果。其次，依据平均句长的标尺来衡量，用词较多的这两个译本又确实显现出有失简练、流于拖沓的特征。三个纬度合而为一，在参照原著、细读译本的同时，将这两个版本放入整体的重译本框架中，我们便可窥见二者风格中的一些共性，即句式偏长、笔墨铺张，多解释性或补足性译语，语气助词时有增添，造成节奏舒缓、详尽有余而收敛不足之感。这恐怕与两个译本均为初译这一事实不无关联。因作品初译时深刻的文化隔膜、作家作品的研究与定位尚未起步，加之首译所特有的传译兼介绍功能，程度详尽地增补与添加、解释与补足，正是首译者为达成使命而付诸努力的体现。当然，译本背后赞助人所要实现与施加的意识形态与诗学观、译者对原著所持的文学观与解读、译者自身的写作风格与能力等，同样是塑造译本最终形态的重要因素。需要强调的是，之所以将二者并置加以探讨，只是出于风格描述之初论证条理的需要，并非二者风格如何相近使然。事实上，除上述几点相似之处，张爱玲与海观在风格的诸多层面都相去甚远，简言之，虽都属句式偏长一类，但张爱玲较注重对原作韵律的体验、感知、追随与表现，海观在韵律传达上似乎稍显散乱；虽都多补足与解释语，但张爱玲的"补足"多用同义重复手段体现，以达成强调或连贯的效果，海观的"解释"多集中于字词表达的烦琐方式上，甚至体现于关系转承与语气助词的增添上，平均句长这一纬度的最高值也在一定程度上体现了海观缺乏去除杂芜、克制表达意识的倾向。而对各文本的深入比较与鉴别，以及背后赞助人、意识形态、诗学观等方面的分析，会在后文中剥茧抽丝，逐层展开。

　　吴劳的重译本与张爱玲、海观初译本相隔二十余年后出版。从标点使用频率来看，仍保持了与原著步调上的基本合拍，但相比之下，句长有所缩短，节奏相应加快。虽然海观选词造句的影子在吴劳译本中偶有显现，但其稍显拖沓、臃肿的风格得到了一定程度的抑制；词句的解释性拓展仍是由海观译本延续至此的主要特点，且吴劳通过颇具个性化的语言，为译本涂抹上一层酣畅活泼、淋漓尽致的文风，但太过追求确切表达的倾向反倒成为延伸过度、偏离原意的导火索。在吴译中，前译言语繁复、句式蔓延的文体有所克制，张爱玲译本中代词的频繁使用、海观译本的特有的"儿"话音的表达，却被部分继承下来，成为译者个性化语言风格显形的标记。

　　同样作为初译本之一的余光中译本，却一反张爱玲、海观唯恐解说不明而娓娓道来的倾向，在篇幅上大大缩减，句尾标点的使用频率也大大降低。首先，句末标点的使用频率低于原著，这一方面是译者打破句间阻隔、合并翻译的讯号，另一方面体现出译者在标点符号使用上的归化倾向。其次，创下了平均句长的最低值，成为该译本句级层面简短、精悍的标志。余译之所以在众多译本中如此卓而不同，固然与他对原著"干净简明"句法①的感悟和有意识的贴近有关，但其本身作为作家、诗人的身份、倡导使用纯粹中文的翻译观，以及"凝练""简劲"的写作笔调②，似乎才起着主要的支配作用。对照原著细读文本后，笔者发现，余译用词在所有译本中最为简约经济，在保持原句基本内容的前提下，发挥四字成语和"自创"词汇的优势，将其他译本需长句表达之处化为短句，短句化为词语。他具有"贴近原文风格"的意识③，但凝练、简劲的笔调与风格在译作中不时自然流露，且从译者主体对自身风格处理的方式来看，似乎未能成功地进行克制，抑或无法彻底加以压制，这使得译本中出现了译者强烈干预的痕迹，换言之，便是译者在文本中的显形。余译本中译者的显形不仅表现在遣词造句中，还体现在标点符号的使用上。译者将原作对话中的标点按照汉语的惯例进行了大面积替换，例如"'Why not?' the boy said. 'Between fishermen.'"一句，余光中不仅如处理原作中诸多句子一样，将引语的前后两段合并为一句"好呀，打渔的还用客气吗！"，还将"the boy said"之后的英文句号，以及全著中几乎所有相同位置与功能的句号，一律依汉语对话的标点习惯，改换成了汉语的逗号。正是由于这种句式与标点处理中的归化方法，余译本中的句末标点频率才会如此之低。在这部作品的诸多重译本中，译者风格的完全消失、译者自身的完全隐形是不存在的，存在的只是自我

---

① [美]欧内斯特·海明威，《老人与海》，余光中译，南京：译林出版社，2012年，译序，第3页。
② 李军：《论余光中散文的句法特点》，《广州师院学报》，1994年第4期。
③ [美]欧内斯特·海明威，《老人与海》，余光中译，南京：译林出版社，2012年，译序，第4页。

风格克制程度的深浅。张爱玲对原作句式传译的忠实程度已近"紧密相随"的地步，我们从中仍能读出译者独有的"苍凉"①"深远"②的笔调。这也在一定程度上解释了同样出现在20世纪50年代译介之初的三个译本，却在篇幅、句长以及标点的使用上呈现出不同走向的现象。

孙致礼译本略长于余光中，较之海观、张爱玲、吴劳译本更短，加之其接近最低值的平均句长，可以帮助我们形成一个初步判断，即在众多译本之中，孙译本当属句式简短、风格简洁之列。深入文本，两相比较，他的某些句式、选词虽与海观有相近之处，但精确、精练程度实现了根本超越；倘若与理解力不相上下的张爱玲相比，孙译本又在凝练程度上胜出一筹；较之用语极为浓缩的余光中，孙致礼选词读来更为平实、舒展。可以说，孙致礼经历一番研读总结出的海明威"简洁凝重的笔法"、"冷静克制的笔调"、"凝练、干脆、生动的特色"③，在其译本中已得到出色地再现了，这是译者理解力、表达力与高超技艺之间最佳结合的结果，也是娴熟的技巧、成熟的翻译观、周密严谨的翻译策略等译者能力的具体体现。至于该译本风格方面的美中不足之处，如并句翻译的习惯使得个别语句失去了应有的停顿之感、读来稍显急促寡淡，少数句式因省略主语而凸显出叙事者的干预程度、加重了强调色彩等，会在下文中详述。

## 二、各（重）译本的主要特点及成因研究

通过对篇幅、句末标点与平均句长的对比分析与文本细读，我们看出，译者对原作风格的解读极其近似，但产生的译作风格

---

① 马若飞：《张爱玲笔下的〈老人与海〉》，《邵阳学院学报》，2007年第4期。
② 孙郁：《张爱玲》，《博览群书》，2009年第11期。
③ 孙致礼：《一切照原作来译——翻译〈老人与海〉有感》，[美]欧内斯特·海明威：《老人与海》，孙致礼译，北京：外语教学与研究出版社，2013年，第2-3页。

却各具特色,正所谓"风格之不同,如人心之各异,而人心之各异,正如人面之各殊"①。对各个译本的风格有了整体把握之后,我们将继续深入文本,对它们进行细致的描述、对比与评价。

在选取样本的过程中,我们并非将整部原著的每个句子都纳入研究的视野,因为那样容易迷失论证的重点,使得对比流于例子的机械堆积。笔者先将原著大体划分为三个部分,依次为入海捕鱼前的开篇场景、捕获大鱼并与鲨鱼搏斗的过程场景、归航后的结尾场景。然后,依据奥德里斯科尔②对案例取样的方法,笔者分别截取了开篇、结尾与中间捕获大鱼的部分场景,作为对比分析的主要样本,剩余的句子视其必要性也会随机选取。在选取译例的过程中,为凸显每位译者独特的风格特点与翻译方法,在从该译者译本中举例说明的时候,均会以脚注的形式同时附上其余四位译者的译文。

(一)张爱玲译本的特点及其成因③

关于张爱玲翻译《老人与海》的始末,单德兴④在其《含英吐华:译者张爱玲——析论张爱玲的美国文学中译》一文中有着较为翔实的史料记载与论述,陈子善⑤也对张译各年代的版本进行过详细考证。这部作品不仅是张爱玲美国文学翻译的起点,也标志着她整个译者生涯的正式开始⑥。这部著作的中文版权取得后,首先由华盛顿新闻总署告知负责推行美国文化战略与意识形态的主要机构美新处,美新处又登报招募译者。张爱玲经负责

---

① 张中楹:《关于翻译中的风格问题》,《学术月刊》,1961年7月号,转引自王向远、陈言:《二十世纪中国文学翻译之争》,南昌:百花洲文艺出版社,第183页。

② Kieran O'Driscoll, *Retranslation through the Centuries: Jules Verne in English*, Bern: Peter Lang, 2011.

③ 该部分所选译例除有特殊说明外,均出自张爱玲译本。

④ 单德兴:《翻译与脉络》,台北:书林出版有限公司,2009年,第159-203页。

⑤ 陈子善:《范思平,还是张爱玲?——张爱玲译〈老人与海〉新探》,《中国现代文学研究丛刊》,2011年第11期。

⑥ 单德兴:《翻译与脉络》,台北:书林出版有限公司,2009年,第163页。

书部的宋淇和文化部主任麦卡锡（Richard M.Mc Carthy）的选拔，一说是经好友宋淇的引荐①，最终在众多应征者中脱颖而出，获得翻译该作的机会②。她的译作一经完成便广受好评，从初受委托提笔翻译到交付译作出版，前后仅两月有余。单行本首先由香港中一出版社出版，三年后该社再版，后先后交由今日世界出版社、台湾英文杂志社、皇冠文化出版有限公司出版、重印、再版③④，几经辗转周折，直到 2012 年，才终通过北京十月文艺出版社的努力，得以在内地（大陆）面市。

对于张译本的评价，可谓仁者见仁，智者见智，总的来说，肯定大于否定。例如，单德兴⑤认为张爱玲美国文学的中译"大抵忠实准确"；李继宏⑥认为张爱玲首句多有"赘辞"；陈子善⑦对李继宏关于张译的批评与张译并非理想译本的论断表示赞同，但同时考虑到受制于种种客观条件与翻译动机，认为译本的不足可以理解，其在这部著作翻译接受史上的地位也不容忽视。

笔者通过客观数据统计、译本对照阅读与文本细读，对单德兴做出的"大抵忠实精确"、偶有"误译、省略、添加"的判断基本赞同。所不同的是，单德兴的判断只是一种主观感受的描述，用语笼统模糊而失之细化，且未有进一步的实例论证与支撑。本部分首先从张爱玲的译序入手，从她对这部著作的解读中析出其主要的翻译目标，即"达出原著的淡远的幽默与悲哀，与文字的

---

① 单德兴：《翻译与脉络》，台北：书林出版有限公司，2009 年，第 164 页。
② 陈子善：《范思平，还是张爱玲？——张爱玲译〈老人与海〉新探》，《中国现代文学研究丛刊》，2011 年第 11 期。
③ 同上。
④ 单德兴：《翻译与脉络》，台北：书林出版有限公司，2009 年，第 159-203 页。
⑤ 同上，第 171 页。
⑥ [美]厄尼斯特·海明威：《老人与海》，李继宏译，天津：天津人民出版社，2013 年，附录，第 115 页。
⑦ 陈子善：《范思平，还是张爱玲？——张爱玲译〈老人与海〉新探》，《中国现代文学研究丛刊》，2011 年第 11 期。

迷人的韵节"①；然后再按照笔者发现的张译本中几个突出特点，如语序尽可能贴近原作、惯用重复手段以突出"韵节"、擅用拆译之法等，结合张译本与其他四种译本之中大量的实例，描述与论证张爱玲如何通过独特的翻译手法，在实现自己翻译观与文学观的同时，体现独具一格的翻译艺术与技巧，揭示译作中译者的创造性、干预性与译者风格的干扰。论述中会兼顾翻译策略、翻译技巧、叙事特点等横向层面与句法、词汇、韵节等纵向层面，而译本中个性化的用语、漏译与误译，以及接受与影响等方面也将有所提及。

1. 语序尽可能紧贴原作

按照图瑞②对"翻译规范"的最高层级"初始规范"的划分，张爱玲译本似乎更多地倾向于对源语句式与内容传达的"充分性"（adequacy）。通过对原著与译作的通读与细致比对，笔者发现，无论是孤立来看，还是在与其他译作的对比之下，张译在语序层面与原著最为贴近。这一点在句末标点的统计中已得到一定印证。文中的实例则更可清楚地证明这一点。

对于可与汉语语序相吻合的英文句子，张爱玲多数予以保留而不刻意改变。请看下面几个例子（为节省篇幅，下列例子中其余译者相应的译文均以脚注的形式呈现）：

> 例 1 …but he had taken it down because it made him too lonely to see it… (p8)③

---

① [美]海明威：《老人与海》，张爱玲译，北京：北京十月文艺出版社，2012 年，译者序，第 4 页。
② Gideon Toury, "The Nature and Role of Norms in Translation", in Lawrence Venuti, ed. *The Translation Studies Reader*, London and New York: Routledge, 2012, pp.168-181.
③ 余光中：可是他已经将它取下，因为看着照片使他感觉过分的寂寞……
吴劳：但他把它取下了，因为看了觉得自己太孤单了……
海观：他看见了就觉得凄凉，因此他把它拿下来了……
孙致礼：但是他一瞧见它就觉得自己太孤单，便把它取下来了……

但是他把它拿下来了，因为看着它使他太寂寞……

例 2 "There are many good fishermen and some great ones. But there is only you." (p15)①

"有许多的渔夫，也有几个伟大的。但是只有一个你。"

例 1 中，孙致礼与海观将因果关系进行了颠倒处理，吴劳在语序上也有稍许变动，完全保持原句语序的只有张爱玲与余光中。例 2 中，如果我们只从句式上考察，将两个"there be"句式均保留的唯有张爱玲一人，且第二句与原文变化最小。其余译本中虽有较为贴近原句的，但都不同程度地或使用"渔夫"做主语，或随自己的理解添加修饰词，人为加重了强调语气。

而对于较难找到恰当的汉语句式予以对应、传达的英文句子，张爱玲一般也努力予以保留，有时甚至为了避免读来太显生硬而不得不稍稍施以技巧，请看下列几例（句中黑体为笔者所加，以下同）：

例 3 "Tomorrow is going to be a good day **with this current**," he said. (p6)②

"明天一定收获好，**有这潮水**，"他说。

---

① 余光中："能干的渔夫很多，了不起的也有几个。可是像你这样的，只有一个。"
吴劳："好渔夫很多，还有些很了不起的。不过顶呱呱的只有你。"
海观："会打鱼的很多，打鱼的能手也不少。可是顶好的只有你一个。"
孙致礼："好渔夫多的是，有些还很了不起。不过只有你是最棒的。"
② 余光中："湾流不变的话，明天准是个好晴天。"他说。
海观："照这样的海流，明天会是一个好日子，"他说。
吴劳："看这海流，明天会是个好日子，"他说。
孙致礼："看这潮流，明天准是个好日子，"他说。

例 4 "There is no such fish if you are still strong **as you say**." (p15)①

"没有这样的鱼，只要你仍旧那么强健，**像你说的那样**。"

例 5 ...and he smelled the smell of Africa that **the land breeze brought at morning**. (p16)②

他也嗅到非洲的气味，**早晨陆地上吹来的风带来的**。

例 6 ...and he opened it and walked quietly **with his bare feet**. (p17)③

他开了门，静静地走进去，**赤着脚**。

例 7 ...he began to row out of the harbor **in the dark**. (p19)④

他开始划到海港外面去了，**在黑暗中**。

---

① 海观："不会有这样的鱼，只要你身上的劲儿还能像你讲的那样大。"
吴劳："这种鱼是没有的，只要你还是像你说得那样强壮。"
余光中："只要你还像自己所说的那么强壮，就不会有这种大鱼。"
孙致礼："只要你还像你说的那样强壮，就不会有那样的鱼。"
② 余光中：还有清晨陆上微风送来的非洲气息。
海观：闻到了地面上的风在早晨送来的非洲的气息。
吴劳：还闻到早晨陆地上刮来的风带来的非洲气息。
孙致礼：闻到早晨陆风送来的非洲气息。
③ 余光中：他便开门，赤着脚悄悄走进去。
海观：他推开了门，光着脚悄悄地走了进去。
吴劳：他推开了门，光着脚悄悄走进去。
孙致礼：他推开了门，光着脚悄悄地走了进去。
④ 余光中：他便在昏暗中划出了港口。
海观：他在黑暗里开始划出了港口。
吴劳：他在黑暗中动手划出港去。
孙致礼：他在黑暗中把船划出港去。

例 8 He knew he was beaten now finally and **without remedy**…(p108)①

他现在知道他终于被打败了，**无可补救地**；……

例 9 …he saw he was already further out **than he had hoped to be** at his hour. (p22)②

他发现他在短短的时间内已经远出海口外了，**他并没有敢抱这样的奢望**。

例 10 Or is it some sign of weather **that I do not know**? (p31)③

还是一种天气的征象，**是我认不出的**？

例 11 "In the American League it is the Yankees **as I said**,"… (p13)④

---

① 余光中：他知道自己现在终于打败，而且无可补救。
海观：他知道他终于给打败了，而且一点补救的办法也没有。
吴劳：他明白他如今终于给打败了，没法补救了。
孙致礼：他知道现在他终于被打垮了，没法补救了，……
② 余光中：他看出自己此时比预计所要划到的海面远出许多。
海观：他才知道他已经远远地超过他希望在此刻能驶到的地方了。
吴劳：他发现自己已经划到比预期此刻能达到的地方更远了。
孙致礼：他发现已经划到了比预期更远的地方了。
③ 余光中：还是变天有什么征兆而我不懂呢？
海观：或者，这是不是我猜不透的一种天气的征兆呢？
吴劳：要不，这是什么我不懂得的天气征兆？
孙致礼：要不就是我摸不透的一种天气征兆吧？
④ 吴劳："在美国联赛中，总是扬基队的天下，我跟你说过啦，"……
余光中："我说过的，美联队还是北美队胜。"……
海观："在亚美利加竞赛组方面，就跟我说的那样，美国佬队赢了。"……
孙致礼："在美国联盟中，就像我说的，扬基队是最棒的，"……

"在美国联赛里就推扬基队了，**我早就说过，**"……

例 12 …and the boy had slept late and then come to the old man's shack **as he had come each morning**. (p110)①

那孩子睡到很晚才起来，然后他到老人的小屋里来——**他天天早上来的**。

从例 3 到例 12，张爱玲尽力紧贴原句语序的倾向可以窥见一斑：英语中诸如"with this current""with his bare feet""without remedy""as I said""as you say""as he had come each morning""in the dark""that the land breeze brought at morning""than he had hoped to be"一类位于句末，或表补足、或表伴随、或表限定的句式结构，一律被她按照原有语序保留在原有的位置上。若说在例 11、12 中，尚有其他译者与之类似，在一定程度上反映了英语的语序与思维习惯，那么像"明天一定收获好，**有这潮水**"，"他也嗅到非洲的气味，**早晨陆地上吹来的风带来的**"，"他开了门，静静地走进去，**赤着脚**"，"他开始划到海港外面去了，**在黑暗中**"，"他现在知道他终于被打败了，**无可补救地**"，"他发现他在短短的时间内已经远出海口外了，**他并没有敢抱这样的奢望**"，"还是一种天气的征象，**是我认不出的**"等类型的句子，无论是在我们所选用的五种例文中，还是延伸开来，在众多的重译本之中，都是独树一帜、绝无仅有的。张爱玲在其译本中展露的这一极为突出、极其特殊的语言特点、翻译方法与语言使用现象，绝不能从单一的纬度与层面、抓住一两个个别的例句、从狭窄的视角去妄

---

① 余光中：男孩睡得很迟，睡起又到老人的茅屋里来，因为他每早照例都要来的。
海观：孩子睡了一个懒觉，跟每天早上一样，醒来后就到老头儿的茅棚这边来。
吴劳：所以孩子睡了个懒觉，跟每天早上一样，起身后就到老人的窝棚来。
孙致礼：所以孩子睡到很晚，然后就像每天早上一样，来到老人的窝棚。

加评判、妄下定论，而是要在整体把握整部译作大量实例的基础上，进行细致的梳理、入微的分析，找寻规律，小心论证。

上文列举的十余例以及译作中更多未被选出的类似表达，句序独特，标新立异，有些读来甚至略感生硬与突兀，似乎并非如单德兴①所说，是出版社推行归化翻译策略的结果（这里的归化似乎应加上"相对于译入语文化"等修饰词以示严谨）。单德兴之所以会做出如此判断，依据之一便是张爱玲今日世界出版社译本对其香港中一出版社版本的几处微小修订。他所列举的三处修改，分别为添加传承关系词、补足漏译与规范外国人名写法，这种将字词上的细微补漏与归化策略联系起来的论法似乎稍显牵强，因为无论在何种策略指导下的翻译，这些文辞疏漏不通之处都会得到订正，况且第三处将人名"狄克西斯勒"改为"狄克·西斯勒"的做法似乎意欲贴近原作。他另外的依据便是，包括张爱玲译《老人与海》在内的今日世界社译丛中，一些颇具代表性的译者的观点，如林以亮、余光中、思果的翻译观，均为"归化、自然化的翻译观"，他据此推断这也是当时的出版社及编辑所遵循、实施的翻译观②。如果说上述例句只是从句法的层面稍稍撼动了关于该译本在内的"译丛"采取了归化、自然翻译观的论断，那么张爱玲对宗教词的处理方法则更使我们对这一说法心生质疑。老人在海上力量枯竭、几近绝望之际，曾多次近乎本能发出"God""Christ"的呼喊，张爱玲一律照实译作"上帝""耶稣"；不仅如此，在极为普通的"I am not religious"（原作p55）一句的表达中，张爱玲翔实地传译为"我不是虔诚信教的"，且不说土生土长的中国人不会将此视为归化，就是今日世界社所针对的海外华人也不会认为这是贴近汉语文化的译法，反而恰恰是与之背道而驰。在

---

① 单德兴：《翻译与脉络》，台北：书林出版有限公司，2009年，第169页。
② 同上，第137页。

真正将归化翻译观践行的余光中译本中，带有浓烈宗教文化意味的表达，如"God""Christ"，绝大部分情况下都被汉语传统的"老天"一词替换下来了，而张译中那句"我不是虔诚信教的"，也只被余光中简单译为"我不信教"。本书无意将张爱玲的译本定性为归化或者异化，因为被单德兴认为归化策略下产生的张译本，在句法、语序与宗教文化的处理中出现了诸多与之违背之处，但若走到另一端，断言张爱玲采取了异化的策略，就果真站得住脚吗？张爱玲一句"许下心愿到考伯的圣母像那里去**进香**"①的译法，便又是对此驳斥的明证，况且张译所谓的语序上贴近原作也只是在一定程度上、相对其他译本而言的，在形容词的翻译中，她则倾向于拆译。就算归化翻译观明确的余光中，也未能将以"老天"替代"God"的译法一以贯之，写出了"主啊，饶了我的抽筋吧"②的译句。可见，所谓归化与异化的策略，放在异常复杂的真实文学翻译场景之中，是无法人为地、理想化地进行划分的。作为"活生生的人"的译者，特别是知名度颇高的作家，在翻译中的角色不是"隐而不见，反而甚为凸显"③。同为受美新处委托、参与译丛的译者，张爱玲却并未体现出与余光中相一致的翻译观与翻译方法，这无疑反过来证实了译者自身及其创造性在翻译中的显形，包括本书在理论框架中所列举的译者的文化、文学、翻译观，译者的职业身份，译者的个人追求，译者的意识形态与所迎合的意识形态，译者的认知语境与翻译能力等诸多因素的干扰与显形。虽为推行美国的意识形态，但美新处除选定书目之外，却给予编辑与译者较大的"自主性"，且存在有意利用译者身为知

---

① [美]海明威：《老人与海》，张爱玲译，北京：北京十月文艺出版社，2012 年，第 40 页。
② [美]欧内斯特·海明威，《老人与海》，余光中译，南京：译林出版社，2012 年，第 43 页。
③ 单德兴：《翻译与脉络》，台北：书林出版有限公司，2009 年，第 136 页。

名作家、学者的名声，抬高作品声望的意图①。在这种情况下，受制于一定的意识形态但拥有较大的翻译自主性，又身为有名望的作家、具有明确的文学观、具备较强的双语能力，张爱玲通过与众不同的语序与独特的翻译技巧来印证自己文学观的做法便可得到合理解释了。

关于印证自己文学观的说法，我们在下文会详加论证，这里拟在上述体现特殊译法的诸多例证基础上，再举一例，以使讨论更为透彻、深入。老人在海上时而低头看着水面，时而抬头望着天空，在张爱玲的译本中，我们读到了这样的句子，"高高在一切之上，又有那种毛毛的卷云，像细瘦的羽毛一样，在那秋高气爽的九月天空里"②（"…and high above were the thin feathers of the cirrus against the high September sky" 原作 p52）。又是按照原句语序如实译出的一个例子，无论是何种短语结构结尾，均原地不动，造就了句意完结后又予以补足的独特语气。如果说前文几例中张爱玲与众不同的译法只是初露端倪，那么这样一句气韵舒展、散发着淡淡悠远气息的译文，则不禁令我们联想到她写的散文，且听这句"一切都兴奋到了极点，大概有些狂乱了吧？在这缤纷繁华目不暇接的春天！"。这是出自张爱玲散文《迟暮》中的一句，若拿"……在这缤纷繁华目不暇接的春天"对看"……在那秋高气爽的九月天空里"，一样的意境，一样的措辞，一样的笔风，这分明是作为作家的张爱玲与作为译者的张爱玲合二为一的结果，或者说，张爱玲的作家身份、笔墨风格、行文习惯、文学倾向在译作中得以显现与流露。而这种以修饰词结尾的"善性西化"句，正是张爱玲"多元调和"的丰富语言中的一种。《倾城之恋》中"或许他有一天还会回到她这里来，带了较优的议和条件"一句，便

---

① 单德兴：《翻译与脉络》，台北：书林出版有限公司，2009 年，120-136 页。
② [美]海明威：《老人与海》，张爱玲译，北京：北京十月文艺出版社，2012 年，第 38 页。

又是典型的一例①。此刻再反观如"他开始划到海港外面去了，**在黑暗中**"之类的译法，便会有恍然大悟之感，而不会像有些论者那样，仅据张爱玲开篇那句看似"赘辞"的译句，便断言她犯了"一种初学翻译的新手容易犯的毛病"，且这种"毛病"在她的译本中是"随处"可见的②。张爱玲开篇之语中究竟有无"赘辞"，又有多少"赘辞"，我们下文自会详论。依这位论者之见，张爱玲那些"随处"可见的"毛病"显然是由于无心或"初学翻译"的"新手"的无能为力造成的。对于这种脱离整个译本、脱离译者身份与认知背景、脱离译者文学主张，摘取一例便妄下定论，草率定性的批评方法，笔者不能苟同。在今日世界社译丛推出之时担任香港"美新处"主任的理查德·麦卡锡，在晚年曾经回忆道，张爱玲的《老人与海》中译本出版之后，便"立即被称许为经典"③。当然，这并非意味着她的译本完美无瑕，笔者从中确也发现了一些漏译与误译之处，但基本从一个侧面证明，将这位中英文俱佳、译作一问世便被称许为"经典"的译家，定位为"初学翻译者"的层次，未免因太过仓促而有失公允。张爱玲那些读来略显奇异、突兀，仿如在有意测验汉语句式的伸缩度、极限与承载力的译句，一旦与她的创作结合起来看，便会发现，有现成的、通顺自然的译法却弃之不用，偏偏选择了紧随语序的"反常"译法，这其实并非无心之失，而是刻意为之，以求散文特有的感叹的韵味与意想不到的文学效果，也恰是她自身文学观的实践、写作风格的流露、主体性的介入与创造性的发挥。因此，仅仅因为她译出了不定冠词"一个""一只""一条"，是不能贸然判定其翻译技巧的高

---

① 余光中：《余光中谈翻译》，北京：中国对外翻译出版公司，2002年，第123页。
② [美]厄尼斯特·海明威：《老人与海》，李继宏译，天津：天津人民出版社，2013年，附录，第115页。
③ 陈子善：《张爱玲译〈老人与海〉》，《文汇报》，2003年9月8日，http://www.china.com.cn/chinese/RS/399498.htm，2015年3月11日。

下的，而只能证明她有着自己不盲从他人的文学解读与翻译追求。诚如她在译者序中所言，"书中有许多句子貌似平淡，而是充满了生命的辛酸，我不知道青年的朋友们是否能够体会到。这也是因为我太喜欢它了，所以有这些顾虑，同时也担忧我的译笔不能达出原著的淡远的幽默与悲哀，与文字的迷人的韵节"①。在笔者读到的译序与后记中，"简洁、凝练、逼真、生动"几乎是所有重译者解读这部著作时最常用的字眼，而张爱玲却单单从"貌似平淡的句子中"读出了"生命的辛酸"与"淡远的悲哀"，而能敏感到欣赏出字里行间"迷人的韵节"的，唯有她一人。可见，将貌似平淡的句子进行平淡地处理并非她所求，写出承载下生命的辛酸与悲哀、散发出迷人韵节的词句，才是她努力创造的方向。而她反复使用重复手段以贯通语气、突出"韵节"，擅用拆译技巧以消解长串修饰之累的译法，正是这一译者主体性与创造性的证明。

2. 惯用重复，突出"韵节"

在原作使用重复手段以达成特殊的文学效果之处，张爱玲尽量予以保持，如将"he let the line slip **down, down, down**…(p34)"译作"他就让这根钓丝滑**下去，下去。下去**"，保留了原句本身具有的显性的"韵节"。对此，许多译者都能如实传达，如余光中用"滑下去，滑下去，滑下去"加以替代。但对于形式上没有明显韵律标记的句子，张爱玲也倾向于采用重复的方法，尤其是通过动作词的重复，凸显了句子的节奏与"韵节"，请看几个典型的例子：

例 13 …he **swung** him **over** the side and **into** the boat. (p30)②

---

① [美]海明威：《老人与海》，张爱玲译，北京：北京十月文艺出版社，译者序，第4页。
② 余光中：接着他便将它摔过了船舷，丢进舱里。
海观：然后他把它从船舷上拉过来，扔到船里去。
吴劳：然后把钓丝呼的一甩，使鱼越过船舷，掉在船中。
孙致礼：然后用力一甩，把鱼拽过船舷，扔进船里。

他随即把他一甩甩**过**船舷，甩**到**船里去。

例 14 ...and he left the smell of the land behind and **rowed out into** the clean early morning smell of the ocean. (p20)①

他把土地的气味丢在后面，**划出去，划到**清晨的海洋的气息中。

例 15 ...he **thumped** his life **out against** the planking of the boat...(p30)②

**敲打着**船板，把他最后的一点生命**就**这样敲掉了。

例 16 ...and **swam between** them (the trailing filaments) and **under** the small shade the bubble made as it drifted. (p27)③

鱼在长须中间**游着**，在那漂流着的气泡小小的阴影中**游着**。

例 17 He **rowed** slowly and steadily **toward** where the bird

---

① 余光中：他把陆地的气息抛在背后，划进了大洋早晨清新的气息。
海观：他已经把陆地的气息抛在后面，驶进了黎明时分的海洋的清新气息里。
吴劳：所以把陆地的气息抛在后方，划进清晨的海洋的清新气息中。
孙致礼：把陆地的气息抛在身后，驶进大洋早晨清新的气息里。
② 余光中：猛拍着船板，直到筋疲力尽。
海观：摔在船板上，……摔得连一点力气也没有了。
吴劳：拍打着船板，……逐渐耗尽了力气。
孙致礼：拍打着船板，到后来一点力气也没有了。
③ 余光中：（小鱼）或在毒丝之间，或在那水泡漂游时所投的阴影里，游来游去。
海观：（小鱼）并且在触丝的中间、在漂浮的气囊所构成的阴影下面游走着。
吴劳：它们在触须和触须之间以及浮囊在浮动时所投下的一小摊阴影中游着。
孙致礼：（小鱼）在那些触须之间和泡囊漂浮时投下的小小阴影里游动着。

was circling. (p25)①

他缓缓地稳定地**划**着，向那鸟盘旋着的那块地方**划去**。

例 18 …that the old man saw now with his lines going straight down into **the water that was** a mile deep. (p31)②

老人的钓丝毕直**垂入水中，水有**一英里深。

例 19 The strange light the sun made in the water,…,**meant good weather** and **so did** the shape of the clouds over the land. (p26)③

太阳照在水里发出那奇异的光，**是好天气的征兆**，陆地上云的式样也同样地**表示天气好**。

从例 13 到 16，我们发现，原文仅用同一动词支配两个介词（或副词）表连续动态时，张爱玲译本中表现出一种持续的有规律的译法，那就是先将这一主要动词进行重复，再与两个介词分别

---

① 吴劳：他慢慢划着，直朝鸟儿盘旋的地方划去。
余光中：他向鸟儿飞旋的地方，继续缓缓地划行。
海观：他缓缓地，一直朝着老鹰盘旋的地方划去。
孙致礼：他缓慢而沉稳地朝那鸟盘旋的地方划去。
② 余光中：还有他的钓索直入一英里深的海中。
海观：在老头儿把他的钓丝笔直地插入一哩深的水里时……
吴劳：还有他那几根笔直垂在有一英里深的水中的钓索。
孙致礼：老人把他的钓绳垂直下到一英里深的水中。
③ 余光中：阳光在水中映出的奇异光辉预示气候晴好，那陆上云堆的形状也是一样。
海观：它在水里所幻成的奇异的光辉，说明了今天天气的晴朗，陆地上面的云彩的形状也说明了这一点。
孙致礼：它在水中变幻出奇异的光彩，说明天气会很好，陆地上空云彩的形状也说明了这一点。
吴劳：阳光在水中变幻出奇异的光彩，说明天气晴朗，陆地上空的云块的形状也说明了这一点。

搭配使用。如"**swung** him **over** the side and **into** the boat","**rowed out into** the clean early morning smell of the ocean","**thumped** his life **out against** the planking of the boat","**swam between**... and **under**...",分别被表达为"**甩过**船舷，**甩到**船里去","**划出去**，**划到**清晨的海洋的气息中","**敲打着**船板，把最后的一点生命**就这样敲掉**了","鱼在……中**游着**，在……中**游着**"。这种反复使用、持续体现的重复手段，在其他译本中极为少见，这一点从笔者列举的另外四种译本例句中也可证实。如在例 13 中，除张爱玲重复使用同一动词"甩过（甩起来）"外，其余译者均进行了替换，分别译为"摔过""拉过""越过"和"拽过"。而在例句 14 中，五位译者中则只有张爱玲通过重复"划出去"的译法，将"rowed out into"中"out"一词译出，体现了老人连续动态之间的过渡性与完整性。如果说重复手法的优势在上述两例中体现得尚不明显，那么从例 15 开始，这一优势则不言自明了。"猛拍……直到筋疲力尽""摔在……摔得连一点力气也没有了""拍打着……到后来一点力气也没有了""拍打着……逐渐耗尽了力气""拍打着……进行垂死的挣扎"等种种译法，若孤立来看，除最后一句引申较远外，其余在表意与句式上均无可挑剔，可一旦遇到"敲打着……把他最后的一点生命就这样敲掉了"一句，则顿时间都黯然失色：关键动词"敲"字被张爱玲创造性地重复运用，不仅达到了让句子衔接紧密、语气贯通的效果，也巧妙地提升了文学性。同样，在例 16 中，"鱼在……中游着，在……中游着"，张爱玲对动词"游着"的重复可谓恰到好处，句式对称，表达从容，既避免了吴劳译本中臃肿、冗长、歧义的表达，又隐约透出"鱼戏莲叶东，鱼戏莲叶西"般的文学韵味。到了例 17、18 和 19，张爱玲将重复一贯到底，既体现了前文论述的紧贴句序的特点，也增添了文学意味，尤其是"毕直垂入水中，水有一英里深"一译，颇有汉语顶针之妙，也初步显露了她对前置修饰语较低的容忍度。

通过以上五种译本中典型例句的类比分析，张爱玲所独有的不厌重复、巧用重复的翻译艺术得以清晰呈现。而这其中所包含的善用动词，巧妙重复，暗合汉语喜重复、恶替代规律的翻译技巧，其无可比拟的优势是不言而喻的。首先，善用重复、还原英文的替代（如例 19）、还原关联词中蕴含的动态，恰是多年从事英汉对比与英汉翻译研究的学者们找寻到的"真谛"——汉语是通过"动词在句子中的分配位置"实现其语义合成的[1]。这一对于其他四位译者只算偶然为之的"重复"技巧，却成为贯穿张译始终、持续而凸显的翻译手段，显然是她作家的职业身份、翻译能力与创造性的显形与干预的结果。谙熟汉语规律、深得重复之妙的张爱玲，通过重复技巧的娴熟运用，既增强了衔接、贯通了语气、提高了译文的可读性，又在一定程度上实现了语序的忠实传达（如例 17 与 18），与她"语序尽可能贴近原作"的主张一气相通。更重要的是，重复手法的运用是张爱玲实现自己翻译观与文学观的重要手段。"在……之间游着，在……之中游着"，语气衔接贯通的同时，展现了韵律的对称之美；"划出去，划到清晨的海洋的气息中""甩过船舷，甩到船里去""敲打着……生命就这样敲掉了"，步步相接，声声相扣，读来又有抑扬顿挫、一唱三叹之感。在译序中，她已为自己的译作定下了调子，明确了自己的翻译观——传达出原著的"迷人的韵节"，而这通过重复遣词创造出的对称之美、一唱三叹之感，正是译者介入、以实现自身翻译观的体现。

译者的介入影响不仅限于此，其写作风格的影响与流露也同样不可小觑。请看这样几段话（粗体为笔者所加）：

在甜梦初醒的时候，她所有的惟有空虚，**怅惘**，**怅惘**自

---

[1] 陆国强：《英汉语义结构对比》，上海：复旦大学出版社，1999 年，第 63-65 页。

己的黄金时代的遗失。

——散文《迟暮》

它噗通噗通地**跳着**，从草窠里，**跳到**泥里，溅出深绿的水花。

——散文《秋雨》

他的妻哀恳道："走到哪儿去呢？"他把妻儿聚在一起，道："走！**走到**楼上去！"……一样是出走，怎样是**走到**风地里，接近日月山川，怎样是**走到**楼上去呢？根据一般的见解，也许做花瓶是**上楼**，做太太是**上楼**，做梦是**上楼**，……

——散文《走，走到楼上去》

读了张爱玲的译句，再读这样几段话，是否会有一种似曾相识的感觉？这正是摘自张爱玲创作的散文与小说中的几句。译文中动态的频频重复、反复吟唱，与作品中的层层铺排、环环相扣，有着异曲同工之妙。作品中的行文表达，延伸至译作，译作中的字里行间，透出作品的影子，难怪林少华[①]表示，翻译中不着自己烙印的情况是不可能出现的，余光中[②]也曾说，"一位作家如果兼事翻译，则他的译文体，多多少少会受自己原来创作文体的影响。"韦努蒂[③]更是做出了翻译向来都是一种"双重写作，是根据本土文化价值观重写原文"的论断。"译者"张爱玲借助"作家"张爱玲的笔触，将创作的技艺用于翻译，将翻译提高到创作的高度，也将《老人与海》译出了散文的味道，凸显了译者独特的创

---

[①] 赵稀方：《二十世纪中国翻译文学史》，天津：百花文艺出版社，2009 年，第 254 页。
[②] 余光中：《余光中谈翻译》，北京：中国对外翻译出版公司，2002 年，第 35 页。
[③] [美]韦努蒂（Lawrence Venuti）著，《译者的隐形——翻译史论》，张景华等主译，北京：外语教学与研究出版社，2012 年，第 347 页。

造性。

3. 张爱玲译本的得与失

张爱玲对原著韵节与韵律的敏感度与传达，还体现在对连接词"and"的保留中。秦秀白①曾颇有见地地指出连接词"and"的神奇功用——可以实现"表达的连贯性与流畅性，像是一口气说出了所有的事实"。海明威研究专家董衡巽更是指出，海明威善用短句，偶尔使用长句之时，也只用"and"来连接，给人一种"连绵不断、宇宙无垠的印象"②。这里是分别从原著第3页、37页和16页摘出的三个句子：（1）"…they spoke politely about the current **and** the depths they have drifted their lines at **and** the steady good weather **and** of what they had seen"；（2）"It was cold after the sun went down and the old man's sweat dried cold on his back **and** his arms **and** his old legs"；（3）"He was asleep in a short time and he dreamed of Africa when he was a boy **and** the long golden beaches **and** the white beaches, so white they hurt your eyes, **and** the high capes **and** the great brown mountains"。如果说（1）、（2）句中连用"and"表达了一气说出所有事实的连贯性与流畅性，句（3）中"and"的四次连用则凸显了老人连绵不断、广阔无垠的梦境。这部著作的"韵律""诗的诙趣"与"精确而高贵的连续节奏"③，在很大程度上便有赖于"and"所创造的连贯、流畅与无垠之美。可见，在这两个句子以及原著中不计其数的此类句子中，"and"的反复使用不仅不是可有可无的随意之笔，而是作家独具匠心的巧妙安排，因此在传译中也是必不可少、尤为重要的。为此，笔者翻阅了多位译者的多种译本，却发现由于对"and"的不甚留意，

---

① 秦秀白编著：《文体学概论》，长沙：湖南教育出版社，2000年，第61页。
② 董衡巽：《海明威评传》，杭州：浙江文艺出版社，1999年，第219页；第223页。
③ [美]古柏曼（Stanley Cooperman）著，《欧内斯·特海明威的〈老人与海〉》，刘云根、王宝玲译，北京：外语教学与研究出版社，1996年，第108页；第128页。

蕴含其中的一气呵成的语气与绵延不断的情感抒发，被或多或少地破坏了。如译者普遍将这两句译为"谈论……，谈论……和……，以及……""汗水在老人的背上、胳膊上和腿上……""梦见……和……，还有……和……"的句式，将"and"隐去不译，或使用其他关系词替换，或只以逗号顿开，打破了"and"之中包含的对称与连绵之意，无疑影响了原作节奏、韵律与韵节的传达。对比之下，张爱玲的译文独具优势，虽也偶有替换，但较之其他译本，张译通过"谈论……，还有……，还有……""汗冰冷地在……上干了，在……上，在……上""梦见……，和……，和……，和……"的句式，明显体现出保留连绵不断、一唱三叹的韵节美的意识与努力。事实上，不仅是连接词，原作中频繁出现的代词与冠词，也被张爱玲完整地保留并如实传达出来。请看这两个译句：（4）"**他**现在知道**他**终于被打败了，……**他**回到船尾，**他**发现那锯齿形的……，使**他**可以掌舵，**他**把口袋围围好……"；（5）"他是**一个**老头子，**一个人**划着**一只**小船在墨西哥湾大海流打鱼，而他已经有八十四天没有捕到**一条**鱼了"（第 1 页）。句（4）是老人拖着大鱼的鱼骨回港后的情景，不仅是此处，通观全著，代词"he"的使用频率颇高，而在如此简短的句子中，有些代词在主语一致的情况下，是可以省略不用的。由此可见，极为注重言辞简洁精练的海明威，能如此不厌其烦、频繁集中地运用，显然是刻意为之，以表达突出强调之意。在所选五种译本中，张译是最为完整加以保留的译本。句（5）是开篇之句，深谙语言运用之道、有着独到翻译追求的张爱玲，不仅将原著使用的所有不定冠词一概原原本本保留下来，还将被其他译者译作"独自"的"alone"一词，刻意表达为"一个人"，形成了明显的以"一个""一个人""一只""一条"为线索的语音、语义上的强调与重复，不仅印证了她一贯的以重复求韵节连贯的翻译手法，而且通过凸显老人这种孤单"一"人、孤独到极点的境地，体现了她于"貌似平淡"的句子中表达"生命的辛酸"的追求。如此一来,如有些论者那样没有对译者整体风格与翻译特点的把握、而仅以"啰唆"与否的主观感受来度量、评判译者的做法,无疑是值得怀疑与反思的。更何况如果平心静气地细读张译本,便会发现,对于置于名词之前、易引起表达臃肿、易破坏韵律的长串修饰语,她的容忍度恰恰是极低的。

例如,小说中对老人居住的小屋有这样一句描写:(6)"On the **brown** walls of the **flattened**, **overlapping** leaves of the **sturdy fibered** guano there was..."。这个句子的显著特点是多个修饰词的连续、密集使用,对此,不同的译者发挥创造性,各显神通。海观保持修饰词的连续状态,译出了"在用带有硬纤维质的'海鸟粪'的叶子按平了交叠着砌成的褐色的墙上"一类"的的不休"①的句子,孙致礼"在这用坚苞壳叶压织成的褐色墙上"一译较为精练,但"坚苞壳叶"中以一个"坚"字的表达来对应"sturdy",似乎省略过简,且漏译"fibered"一词。张爱玲采用了拆译的方法,变形容词为动词短语,将此句译作"纤维坚强的棕树叶子,压扁摊平了,**组成**棕色的墙,墙上挂着……",虽然"组成"一词表达稍显模糊,但这样的拆译有效避免了头重脚轻的臃肿句子,维持了句子的平衡。余光中的方法也与张译类似。张爱玲将长串动词拆译的方法使用频繁,甚至对于形式简短、可直接翻译的形容词,她也惯性地将之拆译,例如,"...feeling the **pebbled** sand under their feet""He rested sitting on the **unstepped** mast and sail......""when he stepped on them with the **horny** soles of his feet"中黑体的形容词,分别被拆译为"脚底**踏着沙,沙里嵌着石子**""**桅竿没有竖立起来,帆也没有张挂起来**,他就坐在那桅竿和帆上休息着""脚底**生着老茧,脚**踩上去",这些形容词明明可作它译,如"夹有卵石的沙地"(余光中、孙致礼),"迄未竖起的桅杆

---

① 余光中:《余光中谈翻译》,北京:中国对外翻译出版公司,2002年,第178页。

和布帆"(余光中),"起了老茧的硬脚底"(海观),张爱玲却仍用拆译之法,应是为追求自己一贯的舒展表达与声音上的悦美、不忍将其强行压缩所致。诚如老舍所言,"一注意到字音的安排,也就涉及字眼儿的选择"①,我们不妨加上一句,涉及字音、字眼儿的选择,也就涉及译法的决策。张爱玲这种字音优雅的翻译追求,也可从其个性化与女性化的译词上窥见一二:

  他脑子里的海永远是"**海娘子**",……他们称他为"**海郎**",那是男性的。(第18页)
  他**心心念念**除了棒球还是赛马。(第14页)
  现在正是黎明前的时候,很冷,他**紧依紧偎着**那木头取暖。(第32页)
  两个钟头后老人湿淋淋地一身汗,**澈骨地**疲倦了。(第54页)
  **微风吹动着灯盏**,那影子便在墙上移动着。(第43页)
  他把手的一边在船板上**揉擦着**,**一星星的磷质**漂浮开来,缓缓地向船尾流去。(第49页)

  海明威在谈到西班牙人对大海的称谓时,分出了女性与男性两种用词,大部分译本中均使用"女性""女人""男性""阳性",张爱玲创造性地译作"海娘子"和"海郎",还有诸如"紧依紧偎""彻骨地""灯盏""揉擦着""一星星的磷质"等用语,均凸显出雅致优美的字音与细腻的情感色彩。
  一方面,张爱玲通过紧贴原作语序、选择独特句式、运用重复手法、巧用拆译技巧,实现其音韵优美、句式舒展、表意效果

---

① 老舍:《出口成章》,转引自秦秀白编著:《文体学概论》,长沙:湖南教育出版社,2000年,第13页。

鲜明的翻译追求；另一方面，重复手法与拆译技巧过于频繁的使用也会带来翻译中的一些弊端，如"正在这时候，船尾那根钓丝绷紧了——那条绳子绕了个圈子**踏在**他脚底下，所以**一踏紧了**他就觉得了"，由于不喜将修饰词压缩于主句之中，她便将其拆译于两句之中，然后用重复的手法加以解释补足甚至添加，但与更为精良简洁的表达相比，"船尾的钓索在他脚下打好绳圈的地方忽地拉紧"（余光中），张译句式稍显拖沓，这也部分地解释了她的译本为何篇幅较长的缘由。句式伸展的另一个可能的弊端便是节奏上的舒缓与语气上的弱化，例如，"'他**得到了一点什么了**'，老人自言自语""他不光是在那里寻找""'乖乖地浮上来，**让我把鱼叉戳到你身上**。好吧。你准备好了吗。你这顿饭吃得时间够长了吗？'"。舒缓的节奏在写景叙事中固然利于韵律的表达与韵味的抒发，但若千篇一律，用来传达老人孤注一掷、殊死一搏时的话语，这样完整的表达与不紧不慢的节奏则显得温柔、淡远有余而紧张感不足。另外，对捕鱼过程的传达，个别之处显得有些力不从心，如"'现在！'他自言自语，他两只手一齐来，重重地打下去，收进一码钓丝，然后他两只手臂轮流甩着，一次一次打在绳子上，用尽手臂的力量，把身体的重量也倚在上面"这一表意不清的句子，也许正是由于她所说的"对于海毫无好感""不感兴趣"，因而对相关场景的不甚熟悉与擅长所致。误译与漏译之处在张译本中也偶有显现，如原著第三页描写渔人将鱼送去市场前有这样的描写，"with two men staggering at the end of each plank"，张爱玲误译为"一头一个人抬着"，想必是疏漏所致，诸如此类偶然出现的现象，本书不再赘述。

　　我们透过张爱玲的译者序、译本以及作品中的蛛丝马迹，确定了她在翻译这部著作时的翻译观与文学观，并从译本的字里行间以及他人译本的对照中，描述与总结出她为实现特定的翻译追求而采取的具体方法，即语序上尽量紧贴原作、惯用重复突出韵节、擅用拆译技巧等，最后通过译作表达繁与简的视角，评析了翻译中的得与失。张爱玲在短短两个多月的时间内完成译作，且是这部著作中文翻译的第一人，出现个别的疏漏与瑕疵在所难免，但瑕不掩瑜，这一一经出版便被奉为经典的译著，其影响力在当时的"华文世界""广泛而持久"，直到现在，仍为人"津津乐道"①。张爱玲以细腻的感触、独特的技巧、灵动的译笔，以及融汇了源自文言成语、俚曲俗谣、旧小说、新文学、西化句的"多元调和"的语言②，书写出韵律优美、散发着淡远的散文气息的《老人与海》，也以首创之功，在这部著作的翻译接受史上书写下浓重的一笔。

（二）余光中译本的特点及其成因③

在深入评析张爱玲译本之后，进入余光中译本之前，恐怕有一个不可回避、不能不谈的问题，那就是《老人与海》首译本的问题。余光中在1957年重光文艺出版社出版的《老人与海》"译序"中写道，"《老人与海》在中国已有好几种译文；最初印成单行本者，恐怕要推《拾穗》月刊的译文，但是《拾穗》之连载本书译文尚迟于《大华晚报》之连载笔者的译文（自一九五二年十二月一日起，至一九五三年一月廿三日止）。因此笔者的译文可说是最早的中译本了"。而在其写于2010年译林版《老人与海》的"译序"中，他再一次明确声称，"我译的《老人与海》于一九五二年十二月迄一九五三年一月廿三日在台北市《大华晚报》上连载，应该是此书最早的中译；但由重光文艺出版社印成专书，却在一九五七年十二月，比张爱玲的译本稍晚"。两篇译序虽相隔多年，且篇幅有限，但余光中却再次对"最早的中译"一事追根溯源、详加考证，足见其试图将自己的译著在这部著作的整个译介

---

① 单德兴：《翻译与脉络》，台北：书林出版有限公司，2009年，第142-143页。
② 余光中：《余光中谈翻译》，北京：中国对外翻译出版公司，2002年，第123页。
③ 该部分所选译例除有特殊说明外，均出自余光中译本。

史上进行定位并获得普遍认可的努力。对于此事，陈子善经详细的考证与缜密的推理，得出了这样的结论，"张爱玲以'范思平'笔名翻译的《老人与海》也出版于1952年12月。余译《老人和大海》还在连载途中，张译《老人与海》已经完整地出版了。……但就全书而言，却无论如何比余译连载完毕要早"①。《余光中译〈老人与海〉面市》一文，除报道余译版本将首次与内地（大陆）读者见面的消息外，也对首译本之争做出了如下判断，"《老人与海》出版于1952年，张爱玲与余光中都在它出版之初即着手翻译。张爱玲译《老人与海》出版于1952年，她也一直被认为是将《老人与海》翻译成中文的第一人"②。余光中对此事的误解，应是对张爱玲译本的各个版本不甚明了所致，但无论如何，至此，为译者念念于心的这段"公案"算是有了一个了结。

余光中虽非《老人与海》的首位中文译者，但在众多的译者当中，余光中以其在文学界的诗人声望，堪称最"引人注目"的译者③，这一点则是无可争议的。余译本也正以其不落俗套的句式、高度凝练的语言与独具特色的文学价值，令译者获得的这一"引人注目"的评价实至名归，诚如《余光中译〈老人与海〉面市》一文所言，余光中的"译文之妙"与"海明威的英文之美"相得益彰、交相辉映。

在这一部分中，笔者拟结合余光中的文学观、翻译观与明确的翻译主张，从其对这部著作的解读与翻译追求入手，按照由词汇层面到句级层面，再到人物整体形象塑造的顺序，运用实例列举与对照分析的方法，论述余光中如何通过"译文之妙"，实现翻译追求的。

---

① 陈子善：《范思平，还是张爱玲？——张爱玲译〈老人与海〉新探》，《中国现代文学研究丛刊》，2011年第11期。
② 舒坦：《新闻一束》，《文学教育（上）》，2010年第11期。
③ 同上。

1. "白以为常、文以应变",压缩用词,声调铿锵

要描述一部译作的主要特点,需以译者个人的文学观、翻译观以及他对所译著作的解读为突破口。在用词上余光中认为,海明威曾"先后校读此书达二百遍之多",因而字词的运用自是"千锤百炼,炉火纯青"①。在句法上,余光中认为原著"简洁紧凑,干净简明"②。而在文体风格上,余光中则用"阳刚、壮阔、朴实简劲"几个字加以提炼概括③。为传达出海明威"千锤百炼、炉火纯青"的用词特点,余光中运用了自己在创作和翻译中"行之已久"的"白以为常、文以应变的综合语法",以达成压缩用词,使译文逼近"原文之老练浑成"、苍劲凝练之境④;而对于原著"简洁紧凑,干净简明"的句法,余光中⑤则对之以"工整的对仗",以达到"语法对称""声调铿锵",将不尽之义融入规整句节的效果。

所谓"白以为常、文以应变",即"在白话的译文里,正如在白话文的创作里一样,遇到紧张关头,需要……压缩用词,则用文言来加强、扭紧、调配"⑥。而翻译《老人与海》这类"朴实简劲"之风尤为凸显的著作⑦,对余光中而言,正是遇到了需"压缩用词"的"紧张关头",此时独具特色的文言正可派上用场。余译本中文言手法的运用,集中体现在词语层面多用文言语汇、善用成语、仿拟自创,在句法层面讲究对仗工整、音韵对称之美

---

① [美]欧内斯特·海明威,《老人与海》,余光中译,南京:译林出版社,2012年,(1957年版)译序,第8页。
② 同上,第7页。
③ [美]欧内斯特·海明威,《老人与海》,余光中译,南京:译林出版社,2012年,译序,第2-5页。
④ 余光中:《余光中谈翻译》,北京:中国对外翻译出版公司,2002年,第190页。
⑤ 同上,第190页;第151页。
⑥ 同上,第190页。
⑦ [美]欧内斯特·海明威,《老人与海》,余光中译,南京:译林出版社,2012年,(1957年版)译序,第7页。

等方面，且看下面的典型译例（为节省篇幅，下列例子中其余译者相应的译文均以脚注的形式呈现）：

例 1 He was too simple to wonder **when** he had attained humility. But he **knew he had attained it** … (p5-6)①

他心地单纯，还不会**自问何时**变得如此谦虚。可是他**自知已变谦虚**……

例 2 …and his **old** legs. During the day he had taken the sack that **covered the bait box** and …tied it around **his neck** so that it **hung down over his back** (p37) ②

……和**苍皱**的腿上。**日间**，他曾把**遮盖饵箱**的布袋……围住**颈项**，**覆在背上**……

例 3 **This far out**, he must be **huge** in this month (p33) ③

---

① 张爱玲：他竟能够这样谦虚——他太单纯了，以至都没有奇怪自己什么时候才达到这样谦虚的地步。但是他知道他很谦虚……
海观：他真够天真，在自己谦卑的时候一点也不以为奇。但是他知道他已经变得谦卑……
吴劳：他心地单纯，不去捉摸自己什么时候达到这样谦卑的地步。可是他知道这时正达到了这地步……
孙致礼：他心地单纯，不会去捉摸自己什么时候变得如此谦虚。但他知道他已变谦虚了……

② 张爱玲：装饵的盒子上盖着的一只口袋，他白天……把那口袋系在颈上，使它挂在他背上……
海观：白天，他把盖在鱼食盒子上的麻袋……裹住他的颈脖子，好让它披挂在他的脊背上……
吴劳：白天里，他曾把盖在鱼饵匣上的麻袋……系在脖子上，让它披在背上……
孙致礼：白天，他把盖在鱼食盒上的麻袋……裹住他的脖颈，让它披在脊背上……

③ 张爱玲：离岸这样远，又是这个月份，一定是条大鱼。
海观：躲在这么远的地方，它这个月一定会长得肥肥的了。
吴劳：在离岸这么远的地方，它长到本月份，个头一定挺大了。
孙致礼：在这么远的地方，长到这个月份，这一定是一条好大的鱼。

这种月份，**远来此处**，一定是条**庞然大鱼**。

  从例 1 到例 3，在所有五种译文中，余译有两个最为明显的特点：一是以白话为主的语句中，频繁夹杂自文言演变而来的词汇，如"自问何时""自知""日间""颈项""远来此处"等；二是多采用"已变""遮盖饵箱""覆在背上"等合并译词。译文中恰当运用文言词汇，首先会给人以表达稳重、"简洁浑成"[①]之感，加之合并译词法的辅助，余译在传达原著朴实简劲之风方面的优势一目了然。以例 1 中"when"与"knew"两个词的翻译为例，其他四种译文大多将其译作"什么时候""他知道"等，余光中却使用了"何时""自知"这两个文言意味较浓的词语进行传译，同时，他舍弃"已经变得"这类通用的表达不用，将之合译为"已变"两个字。同样，在例 2 和 3 中，余译本以"日间""颈项""远来此处"的文言词对应其他译本中的"白天""脖子"（"脖颈"）、"躲在这么远的地方"（"在离岸这么远的地方"）等，以"遮盖饵箱""覆在背上"的合并译法对其他译者"装饵的盒子上盖着的"（"盖在鱼食盒子上的"）、"挂在他背上"（"披在脊背上"）等普通译法。对比之下，繁简之间，高下立现。文言与压缩语言的使用构成了余译本最显著的特色之一，下面是从大量散落于译作之中的文言表达中摘取的例子，以更加客观、全面地展现余译的面目：

  **如今出海已有**八十四天……（第 3 页）
  污秽的地板上还有一处地方，**供炭炊之用**……（第 8 页）
  近来他**久已不甘饮食**……（第 8 页）
  老人也一向认为**如此**，并且遵守这种**良习**。（第 27 页）
  **老人钓她出水，以棍猛击**……（第 35 页）

---

[①] 余光中：《余光中谈翻译》，北京：中国对外翻译出版公司，2002 年，第 109 页。

每个引饵都**倒垂**水中，钩柄藏在**饵鱼腹内**……（第 21 页）
我希望我也能让它看看我是**何许人物**。（第 46 页）
**不晓得**今夜**又将如何**。（第 53 页）
他便**使尽平生之力**，拼命拉扯……（第 68 页）

另外，例 2 与例 3 中"苍皱的"与"庞然大鱼"的表达也颇为引人注目，实属余光中独有与自创。其中，以"苍皱"对应"old"，除覆盖了大部分译本中"衰老"的含义之外，更增加了一层"皱纹"的意象，体现了译者试图将更多意义层面融入更简表达的策略；而为传达原句中"he must be huge"一语，译者更是大胆仿拟成语"庞然大物"，创造了新词"庞然大鱼"。无独有偶，在小说的结尾，当老人拖着疲惫的身子回望大鱼的骨架时，首先映入眼帘的便是"the mass of the head"，译者索性将成语仿拟的功夫发挥到极致，再次创造出"庞然巨头"一词。放眼整部译作，我们发现，这类大胆创新、考验汉语表达极限、造成意外文学效果的个性化语言，绝非偶然现象，而是频频闪现，俨然成为余译的专有标签，将其与别种译作截然区分开来，在此仅列举部分具有代表性的译例，使我们对译者的独创性窥见一二：

自然，那些**掠食**和**结壮**的鸟儿是例外……（第 19 页）
但见**蓝山**的顶部**闪白**，犹如积雪……（第 28 页）
阳光**转烈**，老人觉得颈背开始**受晒**……（第 28 页）
便靠在船头**息下**。他坐在**迄未竖起**的桅杆和布帆上面……（第 32 页）
我宁可做深藏在暗海里的那条**巨鱼**……（第 50 页）
他在船头**藏水一瓶**……（第 18 页）
夜间**鲨鱼来袭残骸**……（第 90 页）
天亮前，有样东西拉住他背后的**诸饵之一**……（第 36 页）

老人的两臂和双手便会**留痕发痛**……（第 25 页）

他便在船板上**撑体取暖**……（第 37 页）

但都不是**独力捕得**……（第 46 页）

左手却**独力撑持**，割得很痛……（第 61 页）

在落日的余辉里闪着金黄，在半空急剧**扭身拍尾**……（第 53 页）

阳光在水中映出的奇异光辉预示着**气候晴好**……（第 24 页）

当然不是在漆黑的时候。可是几乎也**眼明如猫**。（第 49 页）

那钓索……**滴水欲断**……（第 52 页）

这些大量散布于译作之中的自创词汇与表达，在一定程度上打破了语言的常规，而究其根源，显然与余光中对中国语言与语法的独特感悟不无关系。余光中①认为，"中国文法的弹性和韧性是独特的"，而中国文字的"弹性与持久性"也正是中国文学引以为傲的独特优势。"结壮""蓝山""闪白""转烈""受晒""息下""巨鱼"等多重意义合而为一的译法，以及"迄未竖起""藏水一瓶""来袭残骸""诸饵之一""留痕发痛""撑体取暖""独力捕得""独力撑持""扭身拍尾""气候晴好""眼明如猫""滴水欲断"等简化句段为四字结构的浓缩译法，特别是仿照成语创造的"眼明如猫""滴水欲断"与借用气象专业词汇而来的"气候晴好"，表达独树一帜，读来非同寻常，不仅体现了译者高度凝练的创作习惯、翻译理念与创造性，更是他通过译作，对中国文字独特的"弹性""韧性"与"持久性"的一种主动尝试与追求。擅于在"常态"制约下"越界"的诗人身份②开始显形。

---

① 余光中：《余光中谈翻译》，北京：中国对外翻译出版公司，2002 年，第 4 页；第 16 页。

② 余光中：《余光中谈翻译》，北京：中国对外翻译出版公司，2002 年，第 168 页。

例 4 They were strange shoulders, still **powerful** although very **old**…(p10)①

他的两肩很怪，**虽已垂老，却仍孔武有力**；……

例 5 The bird **went higher in the air** and **circled again**, his **wings motionless**. (p25)②

大鸟升向上空，又平举双翼，开始飞旋。

例 6 No flying fish broke the surface and there was no scattering of bait fish. …and another and another rose and they were **jumping** in all directions, **churning** the water and **leaping** in long jumps after the bait. (p29)③

飞鱼已不再破水而出，也无饵鱼四散游泳。……一条接一条跃出水面，跳向四方，把海水搅成一片，又凌空长跃，追赶饵鱼。

---

① 张爱玲：是奇异的肩膀。虽然非常老了，仍旧壮健……
海观：那两个肩膀真奇怪，老尽管老了，依然结结实实的……
吴劳：这两个肩膀挺怪，人非常老迈了，肩膀却依然很强健……
孙致礼：这两个肩膀真够奇特的，尽管人很老了，肩膀依然很强健……
② 张爱玲：那鸟在空中飞得高些，又盘旋起来，翅膀一动不动。
海观：老鹰在天空里越飞越高，还在打着转儿，可是翅膀一动也不动。
吴劳：军舰鸟在空中飞得高些了，又盘旋起来，双翅纹丝不动。
孙致礼：那鸟往空中飞得高些了，又盘旋起来，双翅一动不动。
③ 张爱玲：没有飞鱼冲破水面，作饵的鱼也并没有被冲散。……又一条接一条全都跳起来，它们四面乱蹦，搅着水，一跳跳得老远地追着那饵。
海观：可是没有一条飞鱼冲到水面上来，也没有鱼食散布开去。……别的金枪鱼一个接着一个冒上来，纷纷地跳到四下里去，搅得水花四溅，一跳几丈远地去追鱼食。
吴劳：这时没有一条飞鱼冲出海面，也没有小鱼纷纷四处逃窜。……又有些金枪鱼一条接着一条跃出水面，它们是朝四面八方跳的，搅得海水翻腾起来，跳得很远地捕食小鱼。
孙致礼：可是没有飞鱼冲出水面，也没有饵鱼四处逃奔。……又有一条接一条的金枪鱼跃出水面，朝四面八方跳去，搅得水花四溅，跳出好远去追饵鱼。

例 7 …the bird **dipped again slanting his wings** for the dive and then **swinging them** widely and ineffectually as he **followed the flying fish**. (p26)①

那鸟儿再度潜水，先是**斜着翅膀**，**向下俯冲**，接着又猛烈地、吃力地**拍动翅膀**，追赶飞鱼。

如果说前三个例子只是为我们构建了译者擅用文言、压缩用词、限制之中进行创造的初步印象，那么例 4 到例 7 则开始展示出余译本大量使用成语与四字结构词的突出特点与倾向。例 4 是对熟睡中的老人肩膀的细致刻画，对于两个看似矛盾却和谐地溶于老人形象中的形容词 "old" 与 "powerful"，多数译者均平直地译为，"虽然（或尽管）非常老了，肩膀却依然结实（或强健）"；唯独余光中以 "虽已垂老" 与 "孔武有力" 对译。"孔武有力" 是直接套用中国传统成语，"虽已垂老" 则以文言的方式凑足四字音节。同样，在例 5 中，擅用文言与成语的译者再次主动干预，弃 "在空中飞得高些（或更高），又开始盘旋起来，双翅一动不动（或纹丝不动）" 一类现代、平实的表达不用，将全句融进 "升向上空，平举双翼，开始飞旋" 的四字结构之中，与其 "解除字面束缚"② 的翻译理念正相吻合。当然，以 "升向上空" 来传达 "went higher"，以 "平举双翼" 来对译 "his wings motionless"，这传译之中视角的转变与自由度的限定，尚有可商榷之处，但四字表达在精简笔

---

① 张爱玲：那鸟又落下来了，倾斜着两翅往下飞，然后他狂乱地徒然地扇着翅膀，追逐飞鱼。

海观：那只老鹰又忽然往下一降，歪着翅膀俯冲下去，然后追在飞鱼后面，疯狂地但是徒劳无益地抖着它的翅膀。

吴劳：那鸟儿又朝下冲，为了俯冲，把翅膀朝后掠，然后猛地展开，追踪着飞鱼，可是没有成效。

孙致礼：那鸟斜着翅膀往下冲去，然后疯狂而徒劳地拍动翅膀去追逐飞鱼。

② 余光中：《余光中谈翻译》，北京：中国对外翻译出版公司，2002 年，第 118 页。

墨的同时，造成的简约、对称之美与整齐、清爽之感则是无可否认的。这无疑得益于译者多年作诗的历练与深厚的文言功底。在例 6 与例 7 中，译者锤炼文字、构词成韵的功力更是得以充分展露。较之其他译文中相对而言长短不一、结构松散的表达，余译本显露出明显的句式匀称、整齐划一的特点。"跃出水面，跳向四方"，"凌空长跃，追赶饵鱼"，几个四字词语铺排连用，给人以递进、灵动、跳跃之感，大大增加了句子的气势与神韵；而"先是**斜着翅膀，向下俯冲**，接着又猛烈地、吃力地**拍动翅膀，追赶飞鱼**"与"飞鱼已**不再破水而出，也无饵鱼四散游泳**"两句更是通过四字词语的对称使用与音韵的巧妙搭配，达到了朗朗上口、铿锵有力的效果。

英国现代作家毛姆曾说，"词有其力、其音、其形，惟考虑这些，方能写出醒目入耳之句"[1]。能"创作"出上述醒目入耳的句子，其中音调、意象、意义之间的取舍与调和，不仅"乞援于"译者的直觉[2]，更取决于译者的翻译理念、诗人素养与文言功底。首先，余光中有着明确的翻译观，他曾一再强调，作为一种"艺术"的文学翻译，就是"一种有限的创作"，"字典是死的，而译者是活的"[3]；其次，对字词的灵活调配、对"力""音""形"的高度敏感与对文言词汇，特别是对作为文言精粹的成语的自如运用，源自于译者自身"创作文体的影响"[4]。余译本对成语与四字词组的钟爱程度远非其他译本可以比拟，这可以从以下更多的例子中得到实证：

---

[1] W. Somerset Maugham, *The Summing Up*, 转引自秦秀白编著：《文体学概论》，长沙：湖南教育出版社，2000 年，第 13 页。
[2] 余光中：《余光中谈翻译》，北京：中国对外翻译出版公司，2002 年，第 31 页。
[3] 同上，第 34-37 页。
[4] 同上，第 35 页。

| | |
|---|---|
| 独驾轻舟（第 3 页） | 一鱼不获（第 3 页） |
| 顺流游过（第 19 页） | 本性良善（第 19 页） |
| 低声悲吟（第 19 页） | 从容不迫（第 23 页） |
| 微微隆起（第 23 页） | 四散水中（第 23 页） |
| 寂然一人（第 27 页） | 万点红斑（第 27 页） |
| 七彩棱柱（第 27 页） | 无能为力（第 31 页） |
| 胡思乱想（第 31 页） | 荒无人烟（第 36 页） |
| 牢不可动（第 38 页） | 望而生厌（第 41 页） |
| 胡思乱想（第 42 页） | 随机应变（第 43 页） |
| 积云拥聚（第 44 页） | 纤薄如羽（第 44 页） |
| 独自困守（第 44 页） | 逆来顺受（第 47 页） |
| 乘浪航行（第 49 页） | 有如双翼（第 49 页） |
| 一目了然（第 49 页） | 十全十美（第 50 页） |
| 索索发抖（第 53 页） | 寂然不动（第 53 页） |
| 手膝并用（第 57 页） | 半睡半醒（第 58 页） |
| 动弹不得（第 59 页） | 浪花四溅（第 61 页） |
| 翻来滚去（第 72 页） | 一如往昔（第 73 页） |
| 漠不关心（第 90 页） | |

余光中在强调文言底子对写好文章的重要性时曾说道，"其实，在文章和说话中，要会使用成语紧一下，说白话松一下，一松一紧就好看了"①。他还明确声称，"成语的衰退正显示文言的淡忘，文化意识的萎缩"②。可见，如此大量、频繁地在译作中使用成语与自创的四字词组，是译者自身写作风格的自然流露、词汇丰富的明证，更是他主动干预译文，有意识地调配成语、控

---

① 张雪松：《余光中：提醒读书人任重道远》，《深圳特区报》，2011 年 11 月 11 日，http://www.chinawriter.com.cn/2011/2011-11-11/106103.html，2015 年 3 月 12 日。

② 余光中：《余光中谈翻译》，北京：中国对外翻译出版公司，2002 年，第 152 页。

制节奏，以实现自己文化观与文学观的体现。

例 8 (against **the thrust of the blades in the water**)…and the old man heard **the dip and push of their oars** even though he could not see them now **the moon was below the hills**. (p20)[①]

（借着**桨面拨水之势**）……虽然现在**月落山后**，看不见他们，老人却听得见他们**木桨起落之声**。

例 9 He **lived** along that coast now every night and in his dreams he **heard the surf roar** and **saw the native** boats **come riding through it**. (p16)[②]

如今他夜夜重回那岸旁，在梦中听见波涛拍岸，又看见土人的小舟来去乘潮。

---

[①] 张爱玲：（桨在水里一戳）……月亮已经落到山背后去了……老人虽然看不见他们，却可以听见他们的桨落到水里和推动的声音。
海观：（把桨叶往水里一撑）……这时月亮已经落了山，老头儿虽然看不见那些船，却听得到桨叶落水和划动的声音。
吴劳：（抵消桨片在水中所遇到的阻力）……老人听到他们的桨落水和划动的声音，尽管此刻月亮已掉到了山背后，他还看不清他们。
孙致礼：（借着桨叶在水中的推力）……这时月亮已经落到山后面，老人虽然眼睛看不见，却能听见木桨入水和划动的声音。
[②] 张爱玲：他现在天天晚上住在那海岸上，在他的梦里他听见海涛的吼声，看见土人的小船破浪而来。
海观：现在，他每晚住在海边，在梦中听到了海潮的怒号，看见了本地的小船从海潮中穿梭来去。
吴劳：他如今每天夜里都回到那道海岸边，在梦中听见拍岸海浪的隆隆声，看见土人驾船穿浪而行。
孙致礼：如今他每天夜里都待在那海岸边，在梦中听到海浪在咆哮，看见当地人驾船破浪而行。

例 10 ...and then the surface of the ocean **bulged** ahead of the boat and the fish **came out**. ...His sword was **as long as a baseball bat** and **tapered like a rapier** and he **rose** his full length **from the water** and **then re-entered it**, smoothly, like a diver... (p53)①

接着船前的洋面**庞然隆起**，于是大鱼破水而出。……它的剑嘴**像棒球棒那么长**，又像窄剑那么尖，它全身跃出水面，又像潜水能手那么平稳地**落回海中**……

例 11 He could tell the difference between **the blowing noise the male made** and **the sighing blow of the female**. (p39)②

他能够分辨**雄鲸喷水，声音喧嚣，雌鲸喷水，有如叹息**。

例 12 ...while he watched **the sun go into the ocean and**

---

① 张爱玲：然后，在小船前面，海面凸了起来，鱼出来了。……他又长又硬的唇像一根棒球的棒一样长，
像一把细长的剑一样慢慢尖了起来，他全身都从水里涌出来，然后又重新钻进去，平稳地，像一个潜水者……
海观：然后船前边海面上鼓出了一块，鱼露出来了。……它的吻长得象一根垒球棒，尖得象一把细长的剑，它的全身都从水里露出来，然后又象潜水鸟似的滑溜溜地钻进水里去。
吴劳：接着小船前面的海面鼓起来了，鱼出水了。……它的长嘴象棒球棒那样长，逐渐变细，象一把轻剑，它把全身从头到尾都露出水面，然后象潜水员般滑溜溜地又钻进水去……
孙致礼：这时小船前边的海面鼓起来了，那鱼露出来了。……它的嘴长得像棒球棒一样长，像一把长剑渐渐细下去，它把全身跃出水面，然后又像潜水鸟似的滑溜溜地钻进水里。
② 张爱玲：他可以听得出雌雄的分别，雄的喷水的声音和雌的叹息似的喷水声。
海观：他可以辨别出公的发出的嘈杂的喷水的声音和母的叹息似的喷水的声音。
吴劳：他能辨别出雄的发出的喧声的喷水声和那雌的发出的喘息般的喷水声。
孙致礼：他能分辨出雄海豚喷水声音喧嚣，雌海豚喷水好像叹息。

the slant of the big cord. (p63)①
一面望着太阳落入大洋，粗索斜入水中。

例 13 He **could not see the fish's jumps but only heard the breaking of the ocean**…(p72)②
他看不见大鱼跳跃，只听见海水迸裂……

例 14 First it was dark **as a shoal**…Then it spread **like a cloud**. The fish was **silver and still**… (p84)③
开始它暗暗的，**像一条沙滩**。不久它就散开来，**像一条云彩**。大鱼**银白，死寂**……

例 15 **Pull, hands**, he thought. **Hold up, legs. Last for me, head**. (p81)④

---

① 张爱玲：他一面看着那太阳沉入海洋中，一面也看着那粗绳子的斜度。
海观：同时望着慢慢沉到海里去的太阳和那根倾斜着的粗钓丝。
吴劳：同时望着太阳沉到海里，还望着那根斜入水中的粗钓索。
孙致礼：一面望着太阳沉入大海，粗钓绳斜入水中。
② 张爱玲：他没法看见那鱼的跳跃，只听见海洋的迸爆……
海观：他看不见鱼在跳，只听到海水的震荡
吴劳：他看不见鱼的跳跃，只听得见海面的迸裂声……
孙致礼：他看不见鱼在跳，只听见大海的迸裂声
③ 张爱玲：起初那血暗沉沉的像水底的小洲一样……然后那血像云一样地散布开来。那鱼是银色的，静止的……
海观：先是黑魆魆地象一座浅滩……然后又像云彩似的扩散了开去。那条鱼是银白色的，一动也不动地……
吴劳：起先，这摊血黑魆魆的，如同一块礁石……然后它像云彩般扩散开来。那鱼是银色的，一动不动地……
孙致礼：起先这血黑糊糊的，就像一块暗礁……接着就像云彩一样扩散开了。那鱼是银白色的，一动不动
④ 张爱玲：手，拉呀，他想。腿，站牢。头，看在我份上，再熬下去吧。
海观：曳吧，手啊，他想。站稳啦，腿。替我撑下去，头啊。
吴劳：拉呀，手啊，他想。站稳了，腿儿。为了我熬下去吧，头。
孙致礼：拉呀，手，他想。站稳啦，腿。为我坚持下去，头。

**拉吧，我的手**，他想道。**踩牢了，我的脚**。**撑下去，我的头**。

例 16 But he was such as calm, strong fish and he seemed **so fearless** and **so confident**. (p73)①

可是这条鱼那么沉着而又强壮，像是**勇敢**而又**自信**。

例 17 He took all his pain and what was left of his strength and his long gone pride …and the fish came over onto his side and swam gently on his side, …and started to pass the boat, **long, deep, wide, silver** and barred with purple and interminable in the water. (p83)②

他把自己周身的痛苦、残余的精力，和久已失去的自尊孤注一掷……它游拢舷边，轻轻地侧泳着，开始掠船而过，**修长，深厚，宽阔，银白**……

例 18 Then the fish came alive, with his death in him, and rose high out of the water showing all his great **length and width**

---

① 张爱玲：可是他是那样一个平静、健壮的鱼，他似乎是那样勇敢，有自信心。
　海观：然而它是这样的沉着，这样的强壮，看来它又是这样的毫不惧怕，这样的充满信心。
　吴劳：不过它是一条那样沉着、健壮的鱼，似乎是毫无畏惧而信心十足的。
　孙致礼：不过它是那样沉着，那样健壮，看来又那样无所畏惧，那样满怀信心。
② 张爱玲：他收拾起他所有的痛楚和残余的精力，和他久已丧失了的自傲，他用这一切……他开始在船旁游过去了，又长，又深，又宽，银色的……
　海观：他忍住一切的疼痛，抖擞抖擞当年的威风，把剩下的力气统统拼出来……它开始从船旁边过去，它，那么长，那么高，那么宽，银光闪闪的……
　吴劳：他忍住了一切痛楚，拿出剩余的力气和丧失已久的自傲……它开始在船边游过去，身子又长，又高，又宽，银色底上……
　孙致礼：他忍住一切疼痛，拿出剩余的力气和早已失去的自尊……它开始打船边游过去，身子又长，又高，又宽，银光闪闪……

and all **his power and his beauty.** (p83)①
    于是大鱼垂死奋斗，凌空一跃，高出水面，又长，又宽，又雄伟，又宏美。

余光中译文对仗工整、对照鲜明的特点在例 6 和例 7 中已初露端倪，而在例 8 到例 18 中则清晰可见。在这十一组例句之中，原文本身使用并列、对称或排比手法的只有最后四组，五位译者或多或少地予以传达或保留下来。对于其余未包含任何对照形式的例句，偶有译者译出了对称的意味，如例 11 孙致礼的译句"雄海豚喷水声音喧嚣，雌海豚喷水好像叹息"，对仗工整。但若综观所有译例，无论原作是否工整、对称，能自始至终将或长或短、参差不齐的词句纳入规整的句节、律动的音韵之中，并在全著的翻译中有意识地将其持久贯穿到底的，唯有余光中一人，这也是余译本与其他译本的根本区别之所在。而译本对成语和四字词组一如既往地运用，如"月落山后""庞然隆起""游拢舷边""掠船而过""垂死奋斗""凌空一跃"，也是构成音节押韵、形式对称的主要手段。五种译本的集中对比固然有利于全面衬托出余光中译本的独特之处，但若将此译本的对称之处单独提炼出来，则其译文之美、之妙便会更加一目了然：

　　桨面拨水之势，
　　木桨起落之声。（例 8）

---

① 张爱玲：于是那鱼活跃起来了——死亡到了他身体里面；他从水里高高跳起来，尽情显露了他惊人的长度和阔度，他一切的力与美。
　　海观：接着，鱼又生气勃勃地作了一次死前的挣扎。它从水里一跳跳到天上去，把它的长、宽、威力和美，都显示了出来。
　　吴劳：于是那鱼闹腾起来，尽管死到临头了，它仍从水中高高跳起，把它那惊人的长度和宽度，它的力量和美，全都暴露无遗。
　　孙致礼：这时那鱼死到临头，倒变得活跃起来，从水里高高跃起，把它那超乎寻常的长度和宽度，它的威力和美，全都显现出来。

听见波涛拍岸，
看见来去乘潮。（例9）

像棒球棒那么长，
又像窄剑那么尖，（例10）

它跃出水面，
又落回海中。（例10）

雄鲸喷水，声音喧嚣，
雌鲸喷水，有如叹息。（例11）

太阳落入大洋，
粗索斜入水中。（例12）

看不见大鱼跳跃，
只听见海水迸裂（例13）

像一条沙滩
像一条云彩（例14）

拉吧，我的手，
踩牢了，我的脚。
撑下去，我的头。（例15）

沉着而又强壮，
勇敢而又自信（例16）

周身的痛苦、

残余的精力，

和久已失去的自尊（例 17）

修长，深厚，宽阔，银白（例 17）

又长，又宽，又雄伟，又宏美（例 18）

　　"桨面拨水之势，木桨起落之声"（例 8）、"听见波涛拍岸，看见来去乘潮"（例 9）读来颇有古诗之风，正与余光中"融化文言句法，仿拟古句格调"①的创作特点相吻合，也是译者创作时常用的文言句法延伸至译文之中的体现②。"拉吧，我的手，踩牢了，我的脚。撑下去，我的头"（例 15）、"沉着而又强壮，勇敢而又自信"（例 16）与"周身的痛苦、残余的精力，和久已失去的自尊"（例 17）则隐约透出现代诗、甚至西化诗歌的影子；到了"雄鲸喷水，声音喧嚣，雌鲸喷水，有如叹息"（例 11）几句，则俨然可称作一首对仗整齐、意境优美的抒情诗了。文言的简洁浑成、配以白话的清晰舒展，余光中③将这一张一弛、一缓一急的"弹性的多元文体"运用到了极致，一字一词，在他手中，犹如音乐家指尖的音符，被自如运用、恰当调配，再辅以逗点以捕捉"文气"④，对仗工整、对照鲜明、富有节奏、张弛有度的译文从译者的笔下流淌出来。余光中⑤认为，"措辞简洁、语法对称、句式灵活、声调铿锵，这些都是中文生命的常态"，而他正是通

---

① 李军《论余光中散文的句法特点》，《广州师院学报》，1994 年第 4 期。
② 余光中：《余光中谈翻译》，北京：中国对外翻译出版公司，2002 年，第 35 页。
③ 同上，第 109 页。
④ 同上，第 63 页。
⑤ 同上，第 151 页。

过实践"白以为常、文以应变"的多元文体，使自己的译文遵从、接近中文的生命常态。从这种意义上来说，若以图瑞所谓的"初始规范"加以衡量，则余光中译本在兼顾对原著充分性进行传达的同时，更多地倾向于提升译作在接受语当中的融合度与可读性。

正是由于这一倾向的主导，才使得他在音、形、意三者的取舍与抉择中，偶有偏颇。例如，在译"His sword was as long as a baseball bat and tapered like a rapier"（例10）一句时，为求音节的押韵、形式的对称，他只取"tapered"一词"细、尖"的含义，却遗漏了其"逐渐变细"的动态。诸如此类译者在充分发挥其灵活性与创造性的同时，偶然因为音、形、意未能兼顾而导致的削减、增添之间的得失，当然有可商榷之处，但余光中为再现原著千锤百炼的用词、苍劲凝练的句法和干净简明的文风所耗费的削减锤炼之功，其自如运用成语、规整句节、工整对仗的非凡功力，以及由此赋予其译作的独特文学价值，都是无可比拟、不可抹杀的。

2. 意象优美，韵味浓厚

上文中我们主要将目光集中在余光中译本音节对称、工整对仗的特点上，事实上，余译本的另一大特点——意象优美、韵味浓厚，在上述译例已有所显露，如例9"如今他夜夜**重回**那岸旁，在梦中听见波涛拍岸，又看见土人的**小舟来去**乘潮"（He **lived** along that coast now every night and in his dreams he heard the **surf** roar and saw the native boats **come** riding through it），原文中"lived"一词实为"住在"，译者却为避免歧义、增加意境而将其引申为"重回"；"surf"不作"小船"，而作"小舟"；表示单个方向的"come"一词，为补足音节，变成了"来去"二字。译者通过选用"夜夜重回那岸旁、看小舟来去乘潮"等抒情意味浓重的表达，构建了优美的意象与意境，增添了译文的诗意与怅惘之情，体现了译者的介入。意象是诗歌的灵魂，身为诗人的译者余光中深谙此道，在自己的译文中尤为注重意象的塑造和意境的营造，请看下表：

| 意象 | 原文 | 余光中 | 张爱玲 | 海观 | 吴劳 | 孙致礼 |
|---|---|---|---|---|---|---|
| 太阳 | **the sun** rose thinly from the sea (p23) | 旭日从海底淡淡地升起 | 太阳淡淡地从海中升起来 | 淡淡的太阳从海上升起 | 淡淡的太阳从海上升起 | 太阳淡淡地从海上升起 |
| | in the **morning** it is painful(p24) | 旭日最伤眼睛 | 早晨总是痛 | （太阳光）在早上它却教人痛苦 | 在早上它教人感到眼痛 | （阳光）在早上才会刺痛眼睛 |
| | as it rose clear (p23) | 全轮升尽 | 太阳整个地升起来 | （太阳）越上升越红 | 太阳从地平线上完全升起 | 太阳完全升起来 |
| | (in the evening) look straight into **it** (p24) | 正视落日 | 毕直向太阳里望去 | 直瞪着太阳 | 直望着太阳 | 直盯着太阳 |
| 月亮 | looked out...at the **moon**(p17) | 凝望晓月 | 望了望月亮 | 望一望月亮 | 望望月亮 | 瞧了瞧月亮 |
| | the light that came in from the **dying moon** (p17) | 落月透进来的清光 | 月亮就要落下去了，月光照进来 | 外面射进来的黯淡的月光 | 外面射进来的残月的光线 | 渐渐隐去的月亮透进来的光亮 |
| 寒冷 | the **morning cold** (p17) | 晓寒 | 清晨的寒冷 | 早晨的寒气 | 清晨的寒气 | 早晨的寒气 |
| | it was **cold** (p37) | 海上转寒 | 很冷 | 天气变凉了 | 天气转凉了 | 天气变冷了 |
| 天亮 | before it was **really light** (p22) | 天色透亮之前 | 天还没有完全亮 | 天还没有大亮 | 不等天色大亮 | 天还没有大亮 |
| 黄昏 | in the early dark (p71) | 薄暮中 | 在黄昏里 | 在黄昏中 | 在傍晚时分 | 黄昏时分 |

原著中，老人独自一人在海上漂流，对他而言，一切时空的概念均化为对太阳、星辰、月亮的观察与对天气冷暖、天色明暗的感知，因此，此类意象犹如小说的时间刻度，划分了老人感知世界中的时空。笔者在将几种译本详加对比后发现，余光中在意象的传达中，意象刻画细致、感知敏锐、划分精细、用词考究、词汇多彩丰富，与其他四位译者相比，确实略胜一筹。对太阳、月亮的描述与传达，在不同时段，余光本没有如其他译者一般，将其大而化之，统称为"太阳""月亮"，而是均对应以不同的译

法，如对于早上初升的太阳，余光中表达为"旭日"；太阳完全升起后，译者描述为"全轮升尽"；傍晚的阳光又被冠以"落日"一词。对月亮这一意象的传达，余光中同样细分为"晓月"与"落月"。在对天气、天色的描写中，他也没有满足于"寒冷""寒气""变冷""转凉""大亮""全亮"等译法，而是选用了更具意境的"晓寒""转寒""天色透亮"的表达。"旭日""全轮升尽""落日""晓月""落月""晓寒""转寒""天色透亮""薄暮"，这些意境浓郁、意象优美的词语，且不说在传达如"抒情诗般"①优美的原作时，文采相当，甚至大大增色，单从译作本身而论，如此丰富多彩的表达，如此朦胧美丽的意象，无疑大大开阔了读者的眼界，为他们打开了无尽的想象空间，具有独特的文学价值与审美价值。而下表中译者对"look"一词的各种译法，更印证了我们的判断：

| 原文 | 余光中 | 张爱玲 | 海观 | 吴劳 | 孙致礼 |
|---|---|---|---|---|---|
| look into the east (p24) | 向东方眺望 | 向东方望去 | 望着东方 | 朝东望时 | 朝东看 |
| look straight into it (p24) | 正视落日 | 毕直向太阳里望去 | 直瞪着太阳 | 直望着太阳 | 直盯着太阳 |
| looked up and saw (p29) | 仰见鸟儿 | 抬起头来，看见 | 抬起头来，看见 | 抬眼望去，看见 | 抬头望望，看见 |
| looked up at the sky out to his fish, looked at the sun carefully (p85) | 仰视天空打量大鱼熟视太阳 | 向天上看了看他的鱼仔细看看太阳 | 抬头望一望天看一看鱼把太阳留意地观察了一番 | 抬头望望天空望望鱼仔细望望太阳 | 抬头望望天空望望鱼仔细地望望太阳 |
| looked at him (p45) | 向他凝望 | 向他望着 | 直瞪着他 | 望着他 | 望着他 |
| looked at the moon (p17) | 凝望晓月 | 望了望月亮 | 望一望月亮 | 望望月亮 | 瞧了瞧月亮 |
| looked behind him (p37) | 回头眺望 | 回过头去看看 | 回过头去看 | 回顾背后 | 回头瞧了瞧 |
| watching the stars (p37) | 仰观群星 | 观察星象 | 望着天上的星星 | 观察天上的星斗 | 观察星星 |

---

① [美]Stanley Cooperman，《欧内斯·特海明威的〈老人与海〉》，刘云根、王宝玲译，北京：外语教学与研究出版社，1996年，第121页。

对于"looked""watching"的翻译，余译本之外的其他译本均未超出"望""看""瞪""观察"的词汇范围。而到了余光中笔下，单单"look"一词，便演化出"正视""仰见""仰视""打量""熟视""凝望""眺望"等多姿多彩的表达。老人望向远方，译者便以"眺望"传达；每逢老人抬头观望之时，译者便冠以"仰视"一词，且视支配对象不同而变换，如与星群连用时用"仰观"，与天空连用时用"仰视"，与鸟儿连用时又将"looked up and saw"合译为"仰见"。对介副词的变化，译者未采用其他译者以副词对译的策略，而直接变换动词加以体现，如"looked into"变为"正视"，"looked carefully"变为"熟视"，就连最普通的"looked at"，也译为诗意颇浓的"凝望"，处处凸显出译者的老道、周密、娴熟的技巧与丰富的经验。

译者强烈的文学意识、译本优美的意象与浓厚的意境还体现在形象化语言的使用上，请看下列例句：

例 19 They were as old as **erosions** in a fishless desert. (p2)
只像无鱼的沙漠里**风蚀留痕**一样苍老。

例 20 The clouds over the land now rose like mountains and the coast was **only a long green line with** the gray blue hills behind it. (p26)
陆上的云像群山一般涌起，海岸只余下一痕绿色的长线，背后隐现淡蓝色的山丘。

例 21 ...slapping and banging and **the thwart breaking** and **the noise of clubbing**. ...and **feeling the whole boat shiver**...(p4)
……拍来拍去的响声，坐板给打碎，你用棍子**打得砰砰**

响。……我觉得全船都在震动……

例 22 Eat it so that the point of the hook goes into your **heart**… (p35)
吃吧，让钩尖刺进你的**心坎**……

例 23 …he **remembered**…the time… at Casablanca (p59)
**追忆**自己往日在卡萨布兰卡……

例 24 …the pain from the cord across his back **had alomost passed pain** and **gone into a dullness that he mistrusted**. (p64)
因为他背上粗索的擦痛几已超过痛苦，成了他**不能置信的麻木**。

例 25 …and the sweat salted his eyes and **salted the cut over his eye and on his forehead**. (p77)
咸的汗水打湿了他的眼睛，割痛他眼上额上的**伤痕**……

古柏曼（Cooperman）曾断言，《老人与海》"这部书和一首抒情诗相媲美"①，而海明威在意象方面的着力塑造，尤其是视觉意象、听觉意象、感觉意象②的成功塑造，在这部作品向抒情诗的境界迈进的过程中功不可没。例句 19 在对老人饱经风霜的一双手进行描绘时，塑造了"erosions"这一形象逼真的视觉意象；

---

① ［美］Stanley Cooperman,《欧内斯·特海明威的〈老人与海〉》，刘云根、王宝玲译，北京：外语教学与研究出版社，1996 年，第 121 页。
② 秦秀白编著：《文体学概论》，长沙：湖南教育出版社，2000 年，第 222 页。

例20中，"a long green line"这一视觉意象生动再现了离岸远眺的场景；而到了例21中，则视觉意象、听觉意象（"the noise of clubbing"）、感觉意象（"feeling the whole boat shiver"）卓然浑成，宛如将捕鱼的动态场景进行了一场回放。对此，译者分别对以"风蚀留痕""一痕绿色的长线""打得砰砰响""我觉得全船都在震动"，视觉清晰、听觉响亮、感觉切近，非凡的敏感度与写作功力由此可见一斑。"隐现""心坎""追忆""几已""不能置信的麻木""伤痕"等字眼，虽不起眼，但读来美丽动人、充满诗意，在与句式、意象共同构筑意境之美的过程中功不可没，诚如我国著名作家老舍在著作《出口成章》中说过的，"一注意到字音的安排，也就涉及字眼儿的选择，字虽同义，而声音不同，我们须选用那个音义俱美的"①，注意到细微字眼声音的选择，无疑为译作增添了独特的美感。

3. "带着白手套的老渔夫"

余光中在叙事的传达上对文言与诗意词汇的钟爱与对优美意境的追求，也延伸到了老人的自言自语与思绪的翻译之中，这一点可以通过下面的例子加以证明：

例26 "I have enough line to **handle** him."(p44)②
"我有的是绳子，可以**摆布**它。"

例27 "I am sorry I cannot hoist the sail and take you in

---

① 老舍：《出口成章》，转引自秦秀白编著：《文体学概论》，长沙：湖南教育出版社，2000年，第13页。
② 张爱玲："我的钓丝够长的，可以对付他。"
海观："我有足够的钓丝可以对付它。"
吴劳："我的钓索够长，可以对付它。"
孙致礼："我有足够的钓绳对付它。"

with **the small breeze that is rising**."(p46)①

"微风渐起，很抱歉，我不能扯起布帆，带你回岸。"

例 28 "Then go in and take your chance **like any man or bird or fish**."(p46)②

"然后像人，像鸟，像鱼一样，去碰你的运气。"

例 26 是老人对付大鱼时的自言自语，将含义普通的"handle"一词译为"摆布"，且不说增义多少，仅从这一表达本身来看，在语域上，似乎显得过于正式；例 27 和 28 是老人对飞到船边的鸟儿说的话，隐约透出文言意味的"微风渐起"与音节稳重、读来有板有眼的四字词组"扯起布帆"，在叙事时可增加美感，但用于对话则稍显突兀。一辈子在海上讨生活的老渔夫，口中说出"摆布""微风渐起""扯起布帆"这种文绉绉的字眼，甚至吟出"像人，像鸟，像鱼一样"铺排诗意的句子，这早已为五十多年前的译者所觉察到的"文"气，虽经译者以不要用"太长、太花、太深的字眼或成语"进行了自我告诫，却仍固执地在五十年后的译文中显形了，"老渔夫粗犷的手上"，被译者套上了一副"白手套"③。

带着"白手套"的"老渔夫"不只在译本的对话中显形，在

---

① 张爱玲："现在倒是起了一阵小风，但是我不能够扯起帆来带你走"
海观："我很抱歉，不能趁着现在刮起小风的时候把帆挂起，把你收容到我家里去。"
吴劳："很抱歉，我不能趁眼下刮起小风的当儿，扯起帆来把你带回去。"
孙致礼："很抱歉，我不能趁眼下刮起的小风，扯起帆来把你带回去。"
② 张爱玲："然后你就投身进去，碰自己的运气，也像任何人或是鸟或是鱼一样。"
海观："然后你再试一试你的机会，人，鸟儿，鱼，不都是这样的吗？"
吴劳："然后投身进去，碰碰运气，像任何人或者鸟或者鱼那样。"
孙致礼："然后再出去闯一闯，碰碰运气，像所有的人、鸟、鱼那样。"
③ [美]欧内斯特·海明威，《老人与海》，余光中译，南京：译林出版社，2012 年，译序，第 3 页。

译者对有关老人的叙事中也有所流露。请看下面的例子:

例 29 It was only **a line burn** that had cut his flesh. (p47)①

割破他肉的只是一条**绳伤**。

例 30 The old man looked at the fish constantly to **make sure it was true**.(p89)②

老人时常望着大鱼,唯恐它是**虚幻**。

例 31 …and he was **pleased**.(p45)③
感到**欣然**。

例 32 He was **sorry** for the birds. (p21)④
他总为那些鸟儿感到**恻然**。

---

① 张爱玲:不过是绳子勒在手心里,把肉割破了。
海观:割破他的手的也不过是一根……钓丝。
吴劳:左不过被钓索勒了一下,割破了肉。
孙致礼:他不过是被钓绳勒得割破了肉。
② 张爱玲:老人不停地看着鱼,好确定这是真的。
海观:老头儿不断地望着鱼,想弄明白是不是真有这回事。
吴劳:老人时常对鱼望望,好确定真有这么回事。
孙致礼:老人不断地望着鱼,好确信真有这么回事。
③ 张爱玲:他很高兴。
海观:他很高兴。
吴劳:所以很高兴。
孙致礼:心里觉得很高兴。
④ 张爱玲:他为鸟雀忧愁。
海观:他替鸟雀们伤心。
吴劳:他替鸟儿伤心。
孙致礼:他为鸟儿感到难过。

例 33 He noticed how pleasant it was to **have someone to talk to**...(p113)①

他发现有人**可以对谈**，……真是痛快。

例 34 ...and he knew everyone **was in bed**.(p109)②
他知道大家都已**就寝**。

在译者的笔下，老人手上受的是"绳伤"，老人高兴时会"欣然"，老人伤心时则感到"恻然"，老人与人说话叫作"对谈"，就连老人见他人入睡，都要称为"就寝"，在小说的尾声，老人驾着小船回港，"航行起来"，也显得"飘逸而又平稳"③。一个讲话斯文、富有诗意的老渔人背后，分明藏着文化修养颇高的诗人的影子。译者在主人公形象塑造中的干预作用，不仅体现在为老渔夫带上的这副白手套，还表现在对老人阳刚之气的渲染中，请看下例：

也许它以前上过好几次钩，知道它应该采取这种**战略**。它不晓得，**对抗**它的只有一个人……它吞食钓饵像个**汉子**，拖动小船，像个**汉子**，而且**沉着应战**。不晓得它到底有没有**计划**，或者只是准备**拼命**，像我一样。（第 34 页）
它的选择是远避一切圈套和诡计，**躲到黑暗的深水里**。

---

① 海观：他觉得多么高兴，现在他有人可以叙一叙……
张爱玲：他感觉到这是多么愉快。有个人在这里，他可以对他说话……
吴劳：他感到多么愉快，可以对一个人说话……
孙致礼：他觉得真是快活，能有个人说话……
② 张爱玲：他知道每个人都已睡在床上。
海观：他知道人们都已上床睡去。
吴劳：他知道人们都上床了。
孙致礼：他知道大家都已上床。
③ [美]欧内斯特·海明威，《老人与海》，余光中译，南京：译林出版社，2012 年，第 90 页。

而我的选择是远离人间去那儿找它。远到荒无人烟的地方去找到它。如今我们已经**对上了**，从中午到现在，**双方都没有谁来帮忙**。（第36页）

你只有依赖自己，而且不管天黑还是天亮，现在就得**挣到最后的绳边去**。（第37页）

（臂力比赛）**战况**整夜起伏不定（第51页）

我们等的正是这时候，他想。现在让我们**应战**吧。（第61页）

我们真正的**苦斗**就要开始了。（第62页）

现在我已经尽了力量……让**战斗**开始吧。（第63页）

它们来了。可是**攻势**和那马科鲨不同。（第81页）

老人等它**再度来犯**，可是两条鲨鱼都不出现。（第86页）

他坐下来休息了五次，**才挨到**自己的草屋。（第91页）

在译序中，余光中将《老人与海》的风格定义为"阳刚、壮阔、朴实简劲"，更是将海明威直接定位为长于冷眼旁观的"阳刚体"作家[①]，"阳刚"一词出现两次，可见译者对这部小说的基本定位。而译文中"战略""沉着应战""计划""拼命""躲到""对上了""战况""应战""苦斗""战斗""攻势""再度来犯"一系列属同一感情色彩的词汇，正充当了衔接手段，将译文贯穿，营造出了浓郁的战斗氛围，凸显了整部作品阳刚壮阔的气势与老人身上的阳刚之气。"汉子""挣到""男子汉""挨到"更是在阳刚之上，着意强调了老人坚强的意志。

如果说坚强阳刚的老人形象在其他译本中也时有体现，如海观译本也刻意凸显了老人顽强不屈的一面，但若论老人身上的斯文气，则在余译本中最为突出、最为独特。

---

[①] [美]欧内斯特·海明威，《老人与海》，余光中译，南京：译林出版社，2012年，译序，第2-5页。

### 4. 余光中译本的得与失

余光中曾说，"一个人的翻译，其实就是他自己翻译理念不落言诠的实践，正如一个人的创作里其实就隐藏了自己的文学观"①。他将翻译比作婚姻，强调翻译"是一种两相妥协的艺术。……既不许西风压倒东风，变成洋腔洋调的中文，也不许东风压倒西风，变成油腔滑调的中文，则东西之间势必相互妥协，以求'两全之计'"②。对于文学语言的使用，他极力维护中文的"自然纯净"，推崇"中文从清通到高妙"之中"千锤百炼的一套常态"③。这部著作的翻译过程也正是译者实践自我翻译观与文学观的过程。

在沟通中西之中为求妥协的"两全之计"，译者耗费了巨大的斟酌、磨砺之功。为保证对原意忠实的同时，遵从中文的常态，余光中④展现了化解"当当"不断的句式、消化被动语气、化解消化不良的超长句式的娴熟技巧。对于"when""as"引导的句子，他去除"公式化翻译体"，用"每有""每逢""边……边……"来替代，如"**每有**东风，对湾的鲨鱼厂就会漂来一股腥气"（第5页），"平时他**每逢**嗅到那陆上的微风"（第16页）和"**边**划**边**听飞鱼声"（第19页）；对于消化不良的超长句子，他则通过添加标点，增加节奏感与可读性，如"你看我能不能捉一条大鱼回来，**剖干净了**，超过一千榜？"（第9页）。为传达原著苍劲凝练的用词与干净简明的句法，余光中合理运用了文言、成语与合译之法，同时顺应了中文千锤百炼、自然纯净的常态；为贴近原著阳刚、壮阔、朴实简劲的文体，他又辅之以音节对称、句式对仗、文白相间的多元弹性文体。"白以为常、文以应变"的翻译与创作理念

---

① 余光中：《余光中谈翻译》，北京：中国对外翻译出版公司，2002年，第196页。
② 同上，第55页。
③ 同上，第168页；第201页。
④ 同上，第39-43页。

与大量自创词语的使用，集中体现了译者在原著与译作之间"两相妥协"的努力：不选"的的不休"的啰唆表达，是为避免洋腔洋调；不用现成的词语，是为避免油腔滑调，更是不落俗套的同时，试图最大限度描摹原意的表现。意象优美、韵味浓厚的译作之中，无时无刻不流露出译者诗人的身份与风格。

有时，也恰恰因为译者的诗人身份与写作风格的强势显形，译者的意识有时会压过作者的意识而出现不受原文束缚的痕迹。这一倾向会在段落拆分，句式合并与语序调整，"自由直接思想（free direct thought）"①的表达，词义的引申、加强、误译中有所体现。原作叙述伊始，有一大段篇幅，用来描述露天酒吧内渔人的生活常态，余光中译本将此段进行切分（第5页），在图瑞的翻译规范体系中，这类段落的分割与信息顺序的改变被归为"基本规范（matricial norms）"的范畴，译者是为刻意突出老人凄苦的境遇，还是无意为之，我们不得而知。在句级层面也偶有拆分现象。例如，原著中老人与孩子回忆连续八十七天没有捕到鱼的经历时，用到了这样的句式，"'But remember how you went eighty-seven days without fish and then…'"（p2）；听到孩子请自己喝啤酒，老人又这样回答，"'Why not?' the old man said. 'Between fishermen'"（p3）。译者将第一句拆分为"'可是别忘了：有一次你一连八十七天没捉到鱼，后来……'"，"how"表过程漫长而艰难的语气被隐去，却通过使用"："的标点，添加了宛如讲故事般娓娓道来的语气；对于第二句，译者却将之合并译为"'好呀，打鱼的还用客气！'老人说"，"Why not"表二人关系密切而欣然应允的语气被隐去，两句答语也合为一句。"自由直接思想"是海明威为营造动态、逼真而频繁采用的近乎意识流形态的文学手法，成为这部小说以及海明威其他作品的一大特色。在这一形态中，

---

① Elena Semino & Mick Short, *Corpus Stylistics: Speech, Writing and Thought Presentation in a Corpus of English Writing*, Abingdon: Routledge, 2011, appendix 2, p. 235.

主人公无须受到引号的烦琐限制，而是海阔天空、自由思想。原著中惯用先内容、后介绍的顺序，如 "If they don't travel too fast I will get into them, the old man thought"（p29），而中文中则惯用介绍在先、内容在后的顺序，余光中便多次顺应汉语的表达习惯，将句序颠倒后译为，"老人想，如果它们不是游得太快，我就可以划到它们中间去"（第26页）。而在字词翻译层面，也偶有引申、加强语气和误译的情况。如 "I think so. And there are many tricks"（p6），"That means nothing. The great DiNaggio is himself again"（p13），"He no longer dreamed of storms, …nor of his wife"（p17）三个句子，第一句是孩子问老人是否有足够的力气对付大鱼，译者将答语译为，"我想是有的。而且**诡计多端**"（第7页）；第二句是孩子告诉老人北美队输了，译者将回答译为，"那不算什么。伟大的第马吉奥**重振声威**了"（第13页）；第三句式对老人梦境的描述，译文为"他不再梦见狂风暴雨，……或者**亡妻**"（第16页）。以"诡计多端"对译 "many tricks"，有引申后语义色彩变化之嫌，以"重振声威"对译 "is himself again"，有引申后加重语气的倾向，以"亡妻"对译 "wife"，有添加语气与惆怅意境的痕迹。而在传达老人对海龟的同情之心时，译者误将 "many people are heartless about turtles…"（p28）中的 "heartless" 译为"不忍"，应是不甚留心的笔误。

　　语段的切分、句子的拆分或合并、语序的调整、词语的引申，有时为追求中文的常态、顺应中文的习惯而为，有时为融入译者设定的表达方式而为，体现了译者为提高在译入语中可接受度的强势介入作用，也正与余光中那句"翻译的心智活动过程中，无法完全免于创作"的观点相吻合①。我们将余光中译本中出现的引申与失误加以列举，并非为将瑕疵放大，而只是作为补足，以

---

① 余光中：《余光中谈翻译》，北京：中国对外翻译出版公司，2002年，第31页。

便更为全面地展示译本的总体倾向。瑕疵对每个译本来说都在所难免，更何况余光中译本从整体来看，词汇丰富、文采斐然的同时，也较为忠实于原著，在多种译本翻译出现不同或争议之处，不时体现出胜出一筹的理解力。如老人出海前与孩子谈论棒球比赛时，老人口中的赛况屡屡被孩子证实恰与结果相反，老人说北美队获胜，孩子告诉他今天北美队输了；老人说至少第马吉奥恢复了状态，而孩子紧接着答曰，"They have other men on the team"（p13），多数译者都将之译为，"他们队里还有其他队员（或别的人）"，好像在提醒老人应关注其他队员，与上文营造的老人活在过去、与现实脱节、估计的赛况与实际结果完全相反的效果失去了关联性，而余光中的译句"他们队里换了人"（第13页），正可与上文出人意料的效果紧密衔接，在逻辑上更为合理。

海明威曾不无骄傲地宣称，自己之所以能一直保持这种干净简明的文体，最大的秘诀就在于"将诗融入了散文"[1]。艺术史家伯纳德·贝瑞孙在应海明威之约为《老人与海》题的几句话中，便有"行文像荷马史诗一样平静"这句至关重要的评价[2]。从这一意义上讲，译者余光中无疑是真正抓住作品精髓的那一个。他凭借自己对原著文学风格深刻的领悟与对文字特有的敏感，概括提炼出"干净简明、苍劲凝练"的风格特点；更为重要的是，他以有意压缩用词、摆脱字面束缚的技巧与"自己味道"的无意间流露，接近了原作创作的境界[3]。余光中以诗人的笔触，书写出一首堪与原作相媲美的抒情诗。

（三）海观译本的特点及其成因[4]

海观是内地（大陆）翻译《老人与海》的第一人，其译本先由

---

[1] 董衡巽：《海明威评传》，杭州：浙江文艺出版社，1999年，第225页。
[2] 同上，第214页。
[3] 余光中：《余光中谈翻译》，北京：中国对外翻译出版公司，2002年，第36页。
[4] 该部分所选译例除有特殊说明外，均出自海观译本。

新文艺出版社于1957年出版，随后分别于1960年、1963年、1978年、1979年、1998年和2000年经由商务印书馆、上海译文出版社和人民日报出版社重印与再版。本研究选用的是新文艺出版社1957年出版的海观译本，较之张爱玲和余光中的译本迟了几年。

关于海观译本的由来，前文中已多有论述，这部分的焦点将集中于意识形态因素在文本层面的具体体现。我们梳理了描写翻译理论学派各家学者的主要观点。图瑞的翻译规范理论中与意识形态关联较大的因素，是隶属于"预前规范、决定何时引进何种类型与何种文本"的"翻译政策"[①]；在佐哈尔的多元系统理论中，各个因素之间的竞争与较量直接取决于其在意识形态之中的地位[②]。翻译文学这种独特而积极的系统，通过遵从目的语的文学规范与其他系统产生关联，而在翻译文学内部，不同国别翻译文学所遵从的规范也会因其在系统中所处的中心或边缘地位而定；列夫维尔所谓的改写理论着重描画的，便是实施意识形态因素的"赞助人"（patronage）力量。而赞助人力量也正是本研究创建的理论框架中的三大视角之一，具有施加意识形态、制定翻译政策和文学标准、指定译者甚至重组出版社等多种功能。

翻译政策与多元系统中力量的变迁，不仅决定了一部外国文学作品能否顺利进入译入语文化的命运，而且在翻译伊始便为其传播形态定下了最基本的调子，设定了不可逾越的基本规范。在20世纪五六十年代的中国，政治意识形态跃升为翻译政策中文学翻译选择的首要标准。在严格的政治意识形态与文学观念规范之下，欧美文学，特别是现当代的欧美文学，由于与译入语文化在意识形态上的冲突和文学观念上的抵触，遭到"有意的忽视"，海

---

① Gideon Toury, "The Nature and Role of Norms in Translation", in Lawrence Venuti, ed. *The Translation Studies Reader*, London and New York: Routledge, 2012, pp.168-181.

② Itamar Even-Zohar, "The Position of Translated Literature within the Literary Polysystem", in Lawrence Venuti, ed. *The Translation Studies Reader*, London and New York: Routledge, 2012, pp. 162-167.

明威等20世纪著名作家的作品也遭到"有意的冷落";若将欧美的文学翻译放在当时整个翻译系统中来看,它无疑处于边缘地位,而居于中心地位的当属苏联文学作品的翻译。不仅欧美作品的衡量要依据苏联的"美学趣味",就连作品的翻译与否也要看"苏联有没有译本"。在苏联的文学作品处于首位的形势下,欧美文学对苏联作品翻译规范的遵从也就不足为奇了①。《老人与海》之所以能通过意识形态严格的筛选而得以进入中国的文化语境,并非因为诺贝尔奖对其艺术上的肯定,而主要归功于苏联率先发表的对这部小说称赞的文章②。"政治标准第一、艺术标准第二"的翻译政策与选择标准在此得到了突出的体现。而海观译本在"内容提要"与"译后记"中接连两次提及"苏联及各人民民主国家"对这部作品的"讨论"与认可,便是对苏联文学作品中心地位与规范主动遵从的具体体现。将作者海明威定位为"对庸俗的资产阶级抱有内心鄙视"的作家,将小说定位为带有"淡淡的乐观主义""较接近于现实主义的作品"③,也是做出符合当时的翻译"政治规范的解说",以寻求翻译"合法性"的一种努力④。

若拓展开来,在当时中国整体的文化多元系统中看,处于系统边缘的欧美文学翻译,主要是以遵从目的语文学规范的方式与系统内的其他因素发生关联的,而文学规范与语言规范的制定、翻译标准的制定、意识形态的实施,则掌控在处于权威地位的赞助人手中。作为当时中国文艺的纲领性文件,毛泽东1942年的《延安文艺座谈会上的讲话》奠定了"政治标准第一,艺术标准第二"

---

① 查明建,谢天振:《中国20世纪外国文学翻译史》,武汉:湖北教育出版社,2007年,第561-571页。
② 同上,第637页。
③ [美]厄·海明威:《老人与海》,海观译,上海:新文艺出版社,1957年,内容提要;译后记,第86-87页。
④ 查明建,谢天振:《中国20世纪外国文学翻译史》,武汉:湖北教育出版社,2007年,第570-571页。

的新的文学规范，讲话中提出的文艺作品要认真学习与使用"人民群众"的语言的要求①，也为文学作品翻译设定了基本的语言规范；在1951年出版总署召开的第一届"全国翻译工作会议"上，翻译语言的"生硬难解"现象受到了特别的关注，同年《翻译通报》发表的两篇针对译本中"语言生硬、离奇"和"硬译"问题的批判文章，进一步规范了翻译的语言；1950年中央文化教育工作委员会针对译名中的混乱问题，成立了"学术名词统一工作委员会"，为专有名词的翻译设立了规范②。赞助人为外国文学翻译设立的文学规范、语言规范与译名规范，在海观的译本中都有明显的体现。译名规范体现在文本外部的形态层面，即在海观译本中，从内容提要、到译文正文，再到译后记，所有专有名词，包括国家名、大洲名、海湾名与人名，都无一例外地使用下划线一一加以标识，这是其他所有译本中均未见到的现象，体现了那一时期赞助人从译名规范上对文学翻译的操纵力量。而对赞助人在特定时期设立的文学规范与语言规范的遵从，则具体体现在译者对原著的解读与文本的语言层面，这也是我们在下文中要着重论证的内容。

1. "孤身奋斗"、毅力超凡的老渔人

从海观译本的译后记中，我们可以清晰地看到译者对作者与原著的解读。对于海明威，译者将其定位为"对普通人寄予无限的同情""有良心的正直的作家"。对于海明威作品的普遍思想内容，译者认为一方面歌颂了"普通人的真诚的友爱和精神胜利"，另一方面赞美的却往往是"个人主义的英雄的悲剧"。海观用"独

---

① Elaine Yin-ling Ng. "The Translator's Style in Hemingway's *The Old Man and the Sea* (1956)", in James St. Andre & Peng Hsiao-yen, eds., *China and Its Others: Knowledge Transfer through Translation, 1829-2010*. Amsterdam-New York: Rodopi, 2012, pp.165-188.

② 查明建、谢天振：《中国20世纪外国文学翻译史》，武汉：湖北教育出版社，2007年，第557-561页。

特的风格、简练的语言、充满诗意的散文、细致入微的心理描写"一句话概括了海明威的艺术特色，又用"较接近于现实主义"与"凄凉的情调""反复不已的独白"等几个关键表达概括了其对这部作品写作手法与艺术手法的理解。而对于主人公老渔人的形象，海观则给出了视角独特、带有特定时代烙印的解读。"政治标准第一、艺术标准第二"的意识形态倾向，引导译者更多地从政治视角进行解读：老渔人这一形象的塑造反映了"憎恨强暴""对庸俗的资产阶级抱着鄙视"的海明威在"思想上的矛盾"与在"资本主义制度下"进行探索的"苦闷心境"。在这一前提下，老渔人被译者解读为"孤身奋斗"、有着"超乎寻常的毅力""挣扎中不感沮丧""苦斗中发出呐喊"的形象，这一解读加之意识形态的操纵力量，左右了译者对这一形象的传达。老渔人孤身奋斗的精神、超乎寻常的毅力，成为海观译本着力刻画的重点而得以凸显。下面的例子便向我们展示了这一点（为节省篇幅，下列例子中其余译者相应的译文均以脚注的形式呈现）：

例 1 Yes you are, he told himself. **You're good for ever**. (p82)①

他又自言自语地说：不过，你呀，**你是永远不会垮的**。

例 2 You killed him **for pride** and because you are a fisherman. (p94)②

---

① 张爱玲：你行的，他告诉自己。你永远行。
余光中：不，你受得了，他对自己说。你能够撑到底。
吴劳：不，你是行的，他对自己说。你永远行的。
孙致礼：不，你行的，他对自己说。你永远是行的。
② 张爱玲：你为自尊心而杀死他，也因为你是一个渔夫。
余光中：你是为了面子，为了自己是个渔夫才杀它的。
吴劳：你杀死它是为了自尊心，因为你是个渔夫。
孙致礼：你杀死它是出于自尊，因为你是个渔夫。

你弄死它是**为了光荣**，因为你是个打鱼的。

例 3 He took all his pain and what was left of his strength and **his long gone pride**…(p83)①

他忍住一切的疼痛，**抖擞抖擞当年的威风**，把剩下的力气统统拼出来……

例 4 …and the old man **was still braced solidly** with the line across his back. (p36)②

老头儿呢，照旧**毫不松劲地拉住**背在脊梁上的钓丝。

例 5 **You never went**. This time I'll pull him over. (p81)③

**决不要昏过去**。这一次我会把它曳过来的。

例 6 …but **it has reached the time to play for safety**. (p66)④

---

① 余光中：他把自己周身的痛苦、残余的精力，和久已失去的自尊孤注一掷……
张爱玲：他收拾起他所有的痛楚和残余的精力，和他久已丧失了的自傲……
吴劳：他忍住了一切痛楚，拿出剩余的力气和丧失已久的自傲……
孙致礼：他忍住一切疼痛，拿出剩余的力气和早已失去的自尊……
② 张爱玲：老人仍旧背上背着钓丝，那绳子结结实实地绷在他身上。
余光中：而老人依然紧紧地反背着钓索。
吴劳：老人呢，依然紧紧攥着勒在脊背上的钓索。
孙致礼：老人依旧紧紧地拉住挎在背上的钓绳。
③ 张爱玲：你从来也没有晕倒过。这次我会把他拉过来。
余光中：你从来没误过事。这一次我要把它拉过来。
吴劳：你从没晕倒过。这一回我要把它拉过来。
孙致礼：你从没晕倒过。这一次我要把它拽过来。
④ 张爱玲：但是现在已经到了时候，应当为安全着想了。
余光中：可是现在应该争取安全了。
吴劳：不过已经到了该安全行事的时候。
孙致礼：可是已经到了该稳妥行事的时候。

可是已经到了拿性命当儿戏的时候啦！

例 7 But I must **get him close, close, close**, he thought. (p80)①
他想：可是我应该**使它来得近些，近些，更近些**。

例 8 …and he still held it, **bracing himself against the thwart** and leaning back against the pull. (p35)②
但他依旧把钓丝紧握在手里，坐在座板上**鼓起了劲儿拼命地支撑着**，仰着身子去抵抗鱼拉钓丝的拉力。

例 9 …and lifted the harpoon **as high as he could**…③
然后把鱼叉高高地举起来，**举到不能再高的高度**……

例 10 So now **let us take it**.④
**让我们承担下来吧**。

---

① 孙致礼：可是我必须把它拉近，拉近，再拉近，他想。
吴劳：可是我必须把它拉得极近，极近，极近，他想。
张爱玲：但是我一定要把他拉得很近，很近，很近，他想。
余光中：可是我得把它收近来，越近越好，他想。
② 孙致礼：但他依旧抓住不放，撑着坐板鼓起劲，仰着身子来抵消鱼的拉力。
吴劳：但他依旧攥着它，在座板上死劲撑住了自己的身子，仰着上半身来抵消鱼的拉力。
张爱玲：老人仍旧握着它，他振作精神靠在座板上，身子向后仰着，预料那鱼要往外拉。
余光中：他仍旧握住钓索，把身子靠紧坐板，借着后仰之势，抵抗大鱼的拖扯。
③ 张爱玲：把鱼叉举起来，举得不能再高了……
余光中：又尽量高举鱼叉……
吴劳：把鱼叉举得尽可能地高……
孙致礼：尽可能高地举起鱼叉……
④ 孙致礼：那现在就让我们来承受吧。
张爱玲：现在我们来接受它吧。
余光中：现在让我们应战吧。
吴劳：我们来对付它吧。

第四章　《老人与海》的重译动因研究 | 147

例 11 "Sail on this course and **take it when it comes**." (p92)①

"还是把船朝这条航线上开去，**有了事儿就担当下来**。"

例 12 **It is enough** to live on the sea and kill our true brothers. (p65)②

在海上过日子，杀我们亲兄弟，**够了，够了**。

例 13 He hit it without hope but **with resolution and complete malignancy**. (p91)③

他向它扎去的时候并没有抱着什么希望，但他**抱有坚决的意志和狠毒无比的心肠**。

通过与其他译文的并列呈现，我们可以明显感受到海观译本在传达老渔人的形象时，对其孤身奋斗的精神与超乎寻常的毅力进行了刻意地强化与渲染。在前三个译例中，海观译本中"你是永远不会垮的""弄死它是为了光荣"和"抖擞抖擞当年的威风"几句话尤为引人注目。在译者的建构下，老渔人的形象豁然高大起来：他当年威风凛凛，现在虽年轻不再，却仍毅力不减，不松

---

① 孙致礼："顺着这条航线行驶吧，有了事情就担当着。"
张爱玲："你顺着这条航线行驶，事情来到的时候就接受它。"
余光中："照直走吧，碰上了就拼了。"
吴劳："顺着这航线行驶，事到临头再对付吧。"
② 孙致礼：在海上过日子，杀死我们的亲兄弟，已经让人够受的了。
吴劳：在海上过日子，弄死我们自己真正的兄弟，已经够我们受的了。
张爱玲：我们只须要在海上生活着，杀我们真正的兄弟们。
余光中：能够靠海活命，而且屠杀我们真正的兄弟，也就够了。
③ 孙致礼：他扎下去时并不抱什么希望，但是满怀决心和狠毒。
吴劳：他扎它，并不抱着希望，但是带着决心和十足的恶意。
张爱玲：然而并没有抱着什么希望，不过他是坚决的，而且完全是恶意的。
余光中：这一下并不存奢望，可是下了决心，十分凶狠。

懈、不放弃，坚持为光荣而孤身奋斗，给人以强烈的震撼。但反观原文，我们却发现，那句令人振奋的激励之语"你是永远不会垮的"，其原文只是一句普普通通的"You're good for ever"，用其他译者的话来说，便是感情色彩淡化许多的一句"你永远行的"，而所谓的"光荣"与"威风"，所对应的也只是"**pride**"与"**long gone pride**"一词，其他译本中"自傲"或"自尊"的译法，将海观译文中崇高如英雄般的老人形象拉回现实，较为贴近地展现了其虽年老体衰却仍保有尊严的性格特点。

如果说"不会垮的""光荣"与"抖擞威风"进行了程度上的强化与渲染，那么后面的几个例子则显露出译者对老人形象传译中刻意夸大、添加甚至改变的倾向。例 4 通过被动语态"was still braced solidly with the line"，逼真地再现了老人如缆桩一般，被背上的钓索缠缚、被水中的大鱼牵制的僵持、无奈的情状。有趣的是，从张爱玲到余光中，再到海观，这一被动语态逐渐弱化，主动状态逐渐增强，老人也随之由被"绷在身上"的钓丝所牵制的被动境地，经"反背着钓索"的中间状态，演变为"毫不松劲地拉住"背上那钓丝的主动状态。在海观的译文中，原本充当句子灵魂的谓语"was braced"，退居为宾语的修饰词"背在脊梁上的"，而在原句中从未显形的"毫不松劲地拉住"却被添加并跃居为全句的谓语，老渔人的形象就这样通过语态的改变而陡然高大起来。在吴劳、孙致礼的译本中，或是受到海观译本的影响，或出于对这一改变的认可，也均添加了"攥着""拉住""抓着"的动作，而本用来修饰"braced"的"solidly"一词，也被移花接木，挪去修饰"拉住"这一动作了。

海观对老人孤身奋斗精神与超凡毅力的刻意渲染，在例 5、6、7 中得以继续，且受当时主流政治意识形态的支配与对主题解读的影响，出现了以自己心目中塑造的老渔人形象取代原作老人形象、以自己理解取代原意的现象。如例 5 中"You never went"一句使用过去时态，表示对"从未昏倒"的事实的记载，海观却仍然按照心目中意志坚强的老渔人形象，将其有意或无意地"误读"为激励老人苦斗到底的一句"决不要昏过去"；例6"it has reached the time to play for safety"本表"安全或稳妥行事"之义，这是其他译本最普遍的译法，而海观将其译为"已经到了拿性命当儿戏的时候啦！"，译者固执的解读在翻译中再次显现。不仅如此，译者还通过感叹号与感叹词"啦"的添加，为老人的形象中注入了感情浓烈、无所畏惧的精神元素，而感叹词与语气助词的添加则是海观译本中的另一大特色，这一点会在下文中进行论述。到了例7，其他译本中用以对译"get him close, close, close"的"拉近，很近，极近"，被海观强化为"使它来得**近些，近些，更近些**"，不禁令人联想到表达同样炽烈感情与大无畏精神的那句"让暴风雨来得更猛烈些吧"，浸润于苏联文学之中的海观在译作中表达出了同样的神韵。而从例8到例11，海观译文中的"**拼命地**支撑着"（"bracing himself against"）、"举到**不能再高**的高度"（"as high as he could"）、"让我们**承担下来**吧"（"let us take it"）与"有了事儿**就担当下来**"（"take it when it comes"），更是为老渔人的形象平添了直面困难、敢作敢当、无所畏惧的精神元素。相比之下，总体而言，其他译本在刻画程度上则要显得平静、克制许多。例12与13中海观选用"够了，够了"与"抱有坚决的意志和狠毒无比的心肠"来对译"it is enough"与"with resolution and complete malignancy"，颇有对敌对友爱憎分明之感，也与他对作者一面"憎恨强暴"，一面"对普通人寄予无限同情"的解读思路正相吻合。老渔人感情炽烈、无所畏惧的形象特征通过译者转达其说话时的情状得以强化：

第一组

"它准是捉到什么东西啦，"老头儿**提高嗓子**说。"它不

光是寻找啊。"（第 19 页）

"海水给败坏啦，"老头儿说。（第 19 页）

"它找到鱼啦，"他**提高嗓子说**。（第 22 页）

"大青花鱼，"他**嚷起来**。"它可以当做很好的鱼食。称起来怕有十磅重呢。"（第 23 页）

"来啊，"老头儿**敞开了嗓门说**。"再来一次吧。闻一闻它们看。"（第 25 页）

"要是孩子在这儿多好啊。"老头儿**大声嚷着说**。（第 27 页）

"鱼啊，"他温和地、**高声地说**，"我到死也要跟你在一道儿。"（第 32 页）

"喂，"他**叫了一声**。"手，你别管钓丝啦……"（第 37 页）

"那条鱼也是我的朋友啊，"他**敞开嗓门说**。（第 48 页）

"可是你还得睡呢，老家伙，"他**又嚷起来**。（第 50 页）

"你给我想出了很巧妙的主意，"他**敞开了喉咙说**。"可是我懒得听下去啦。"（第 73 页）

"别胡说八道啦，"他**又嚷起来**。"醒着，掌好舵。也许你的运气还不小呢。"（第 77 页）

第二组

他自言自语地说：别想吧，老家伙。靠在木板上休息去，什么事儿都别去想它。它正在出力干活哩。你呀，（第 42 页）

老头儿想：这就会送它的命啦。它可不能永远这样啊。（第 27 页）

他想：我不懂**干嘛**它把船颠簸得这样东倒西歪的。（第 32 页）

他想：……它是我的兄弟啊。（第 37 页）

他想：……那该是多好的武器呀。那样一来，我俩就会一同跟它们斗啦。……他还觉得活活地痛哩。（第77页）

他说。"……像飞鱼一样，它们都是我们的兄弟啊。"（第29页）

他说。"……我要趁着这一天还没有过去的时候把你弄死啊。"（第34页）

他想，"这种鸟儿啊，生来就柔弱得没有抗拒海水的力量。"（第16页）

这里第一组所列举的"提高嗓子说""嚷起来""敞开了嗓门说""大声嚷起来""高声说""叫了一声""敞开了喉咙说"以及未列举的"拉开了嗓门说"等情状各异的丰富表达，在原作中对应的只是一个"said aloud"，对照其他几位译者的译本，以词汇丰富见长的余光中译本则基本每处都将其译为"大声说"，孙致礼采用了相同的译法，张爱玲将这一简单译法与"自言自语"交替使用，吴劳基本采用了"说出声来"贯穿译本。同时，海观译本的另一大特点也得以暴露出来，即添加与使用大量感叹词与语气助词。两组例子中"啊""啦""吧""呢""呀""哩"等语气助词的频繁使用，是整部译作的一个缩影，使用频率大大超过其他译本。表达各异的情状词，加之频频使用的语气助词与感叹词，使得海观译本中的老渔人形象与其他译本相比，少了几分含蓄与克制，多了几分炽热与浓烈。

现在让我们再回到第二组例句，它们的共同特点是均属于主人公的话语和心理活动。依据英文文体学的分类，主人公自言自语而未加引号表示的用法属于"自由直接引语"（free direct speech），而心理活动中不用任何引号加以限定的手法被称作"自由直接思绪"(free direct thought)①。英文的叙事习惯是将"he said, he thought"等介绍语置于句末或插于句中表补足,以所言所思的内容开启句子。中文的叙事发展到今天,则"他说,他想"置于句首、句中或句末的情况均可接受。从这一组的例子以及海观译本中更多的例句来看,译者多半将自由直接引语和自由直接思绪的介绍语移至句首,并使用冒号,表达引导之义,应是为顺应汉语的叙事手法与表达习惯所为。译者将自己独特的风格,连同那一时代的特征,烙印在自己的译作之中。

译者在译后记中对作家、作品思想、主人公形象的解读,体现出对主流政治意识形态的接受与迎合,并直接作用于自己的译作之中。这左右了译者行文选词的总体倾向,也决定了他对老渔人形象不同于其他译者的独特传达,以及对老渔人孤身奋斗与非凡毅力的主观强化与渲染,将那一时代独特的印记留在了译作之中。此外,对于当时文学规范与语言规范的遵从,还体现在译作的口语化倾向与"言过其意"的翻译方法中。

2. "过于明晰"的译法与口语化倾向

海观译本表意感情色彩浓重、程度强烈的特点不只局限于对主人公形象的传达上,还体现于叙事中勤于解释、引申、添加、扩展的倾向中。将原作隐含的信息显性化虽是翻译中普遍存在的现象,但对原句事无巨细地详加解释、添加,以至表达过于明晰,直白具体的程度几近口语体,则是海观译本突出的特征。其背后的原因仍要回到当时的文化语境中找寻。第一届"全国翻译工作会议"对翻译中"生硬难解"现象的特殊关注、代表翻译导向的权威期刊上对"语言生硬、离奇"和"硬译"问题的着力批评,以及毛泽东《延安文艺座谈会上的讲话》对学习使用人民大众语

---

① Elena Semino & Mick Short, *Corpus Stylistics: Speech, Writing and Thought Presentation in a Corpus of English Writing*, Abingdon: Routledge, 2011, appendix 2, p. 235.

言的倡导，成为当时包括文学翻译在内的文艺创作所严格遵循的规范。海观译本过于明晰化、具体化的译法、口语化的倾向，也在一定程度上体现了译者避免生硬难解、使用平实易懂的大众语言的意图与努力。请看下面的例子：

例 14 …and with his eyes closed there was no life in his face.(p10)①
眼睛一闭，脸**就跟**死人的一样。

例 15 "Martin. The owner."(p12)②
"马丁。**船**老板。"

例 16 The village water supply was two streets down the road.(p12-13)③
村里的**水龙头**在大路那边，有两条街那么远呢。

例 17 …and slept on the other old newspapers that covered

---

① 张爱玲：眼睛一闭上着，脸上就没有生命。
余光中：只要闭上眼睛，脸上便毫无生气。
吴劳：眼睛闭上了，脸上就一点生气也没有。
孙致礼：眼睛一闭，脸上没有一点生气。
② 张爱玲："马丁。那老板。"
余光中："马丁老板。"
吴劳："马丁。那老板。"
孙致礼："马丁。老板。"
③ 吴劳：村里的水龙头在大路上第二条横路的转角上。
张爱玲：村庄里的蓄水，沿着这条路走下去要隔两条街。
余光中：村上的水源要走两条街。
孙致礼：村里要沿着大路过去两条街才有水。

the springs of the bed.(p16)①

睡在铺在**破床**的弹簧上面的旧报纸上。

例 18 "I have,"…(p11)②

"我往常就是**不吃饭先去打鱼的**,"……

例 19 …and unrolled his trousers and put them on.(p16)③

把**当枕头用的**裤子打开,穿上。

例 20 …and put it on his shoulder and started up the road.(p110)④

然后把桅杆扛在肩膀上,**顺着堤坡**往岸上去。

例 21"Between fishermen."(p3)⑤

---

① 张爱玲:睡在垫在床上钢丝上的旧报纸上面。
余光中:睡在铺着旧报纸的弹簧床上。
吴劳:在弹簧垫上铺着的其他旧报纸上睡下了。
孙致礼:躺在床垫弹簧上铺着的旧报纸上睡下了。
② 张爱玲:"我试过了,"……
余光中:"我试过的。"……
吴劳:"我这样干过,"……
孙致礼:"我就是这样的,"……
③ 张爱玲:把卷着的裤子摊开来,穿上去。
余光中:又抖开裤子穿上。
吴劳:摊开长裤穿上。
孙致礼:打开裤子穿上。
④ 张爱玲:然后他背着桅杆开始往上爬。
余光中:接着他捐起桅杆,开始往上爬。
吴劳:然后他扛起桅杆往岸上爬。
孙致礼:然后扛起桅杆,往岸上爬去。
⑤ 张爱玲:"大家都是渔夫。"
余光中:"打鱼的还用客气吗!"
吴劳:"都是打鱼人嘛。"
孙致礼:"都是打鱼的嘛。"

"打鱼的都是**一家人啊**。"

例 22 The boy saw that the old man was breathing and then he saw the old man's hands and he started to cry. He went out very quietly… (p110)①

孩子看见老头儿正在**呼呼地打着鼾**，又看见老头儿的那双手，他**放声大哭起来，于是赶忙一声不响地走开**……

例 23 "He never wants anyone to carry anything."(p19)②
"他**死不肯**要谁去扛一件东西。"

这几个例子都体现了海观译本对原文过度明晰化与具体化的处理方式。在例 14 与 15 中，过度具体化的译法，加之理解程度所限，出现了"脸就跟死人的一样"和"船老板"的误读与误译。原文中的"there was no life in his face"实指"没有了生气"，译者的译法既属程度上的夸大，也属理解的失误，而孩子口中的"Martin"则是给予他们帮助的酒吧老板。作为内地（大陆）第一个中文译本，在参考张爱玲或余光中译本的机会非常渺茫的情况下，受过度明晰化理念的支配，又受限于译者的翻译能力，译本

---

① 张爱玲：孩子看见老人还有呼吸，然后他看见老人的手，他哭起来了。他静悄悄地走出去……
余光中：男孩看出老人还有呼吸，不久又看到老人的双手，便哭了起来。他轻手轻脚地走出茅屋……
吴劳：孩子看见老人在喘气，跟着看见老人那双手，就哭起来了。他悄没声儿地走出去……
孙致礼：孩子看见老人喘着气，随即又看见老人那双手，便哭起来了。他悄悄地走出去……

② 张爱玲："他从来不要别人帮着拿什么。"
余光中："他从来不要别人拿。"
吴劳："他从来不要别人帮他拿东西。"
孙致礼："他从不让别人拿什么东西。"

中便不可避免地出现了诸如此类带有较强主观臆测意味的翻译。例句 16 至 20 是海观过度明晰化与具体化译法的继续。以"村里的**水龙头**""**破床**""**我就是不吃饭先打鱼的**""**当枕头用的裤子**"和"**顺着堤坡**往岸上去"对应原文中的"water supply""the bed""I have""trousers"和"started up the road",是试图将表达中的模糊信息明晰化、将语境中的隐性信息显性化的译法。使用类似译法的例子在海观译本中并非少数。如此凸显的翻译现象,如此频繁稳定的翻译规律,已将译者的翻译理念及其背后的支配因素暴露无遗:唯恐出现含混"难解"或衔接不清的表达,令当时的人民大众读者难以接受。因此,在例 16 中,译者不取"水源、蓄水、供水"等表意程度相当的译法,而将含义笼统的"water supply"具体化为"水龙头",出现了以偏概全的风险;例 17 中,译者将"bed"一词译作"破床",可能是据报纸铺在弹簧上的表达或据老人的境遇推测而来;例 18 的"I have"是对话中为避免重复而常用的省略之法,译者将省略的部分一一补齐;而在基本不会产生误解的例 19 与 20 中,译者仍不厌其烦地加以补足说明,其过度明晰化、具体化的译法可见一斑。最后三个译例除了暴露译者这种一贯的理念外,还引入了用词习惯、用词意图等更为复杂的译者干预因素。"between fishermen"(例 21)被海观转译为"打鱼的都是一家人",拉近了二人之间的关系;"放声大哭"(例 22)提高了"cry"的感情浓烈程度,"于是赶忙"则为原句没有而译者添加的词语。将老人与孩子的关系描述为如一家人般亲密,而孩子对老人的关切之情也超出原作本身,与译者对老渔人与孩子之间关系的解读有关。海观[①]从海明威憎恨强暴、对普通人无限同情的视角出发,将老人与孩子的关系描绘为"温暖的友爱"。而"呼呼地打着鼾"(例 22)、"死不肯"(例 23)则更多地揭示出

---

① [美]厄·海明威:《老人与海》,海观译,上海:新文艺出版社,1957 年,译后记,第 86-87 页。

译者感情色彩夸张的用词习惯。

从上述译例中我们可以看出，海观在多种可能的译法中使用了过度明晰化、具体化的翻译决策。这一文本语言层面的决策受制于文化语境、意识形态的更高层面的制约，而特定时代的文化语境限定了他对作品解读的视角，导致了他在翻译中对心目中读者的过度关照。当时看来为关照大众读者而加以明晰化的翻译理念，时过境迁后，以现在的翻译观再加衡量，成为译者越俎代庖、对读者仅有的"一点点思索的权利"的剥夺①。这样的译法在后世的译本中也逐渐弱化、消失了，这又侧面反映了翻译理念在时代发展中的变迁，也促使我们从翻译观发展的角度更加全面地评价译介初期的译本。回到20世纪五六十年代的中国，文学翻译实践尚不成熟，翻译理论上的探讨无从谈起，特别是对译者的创造与叛逆、创造之中的限度等问题更是鲜有论及，出现一定程度的误读、添加、语气与程度上的夸大也情有可原。而译者这种在译本中持续出现、贯穿到底的翻译方法，其背后的因素又不仅局限于此，而是异常复杂的。一个译者的翻译能力、认知语境、用词习惯、时代局限等因素，共同构建了译本的翻译面目，显化了译者的干预。

与同一时代出现的张爱玲、余光中译本相比，海观译本除了上述对老人毅力的刻意渲染与过度明晰化的特点之外，另一个显著的区别便是其中明显的口语化倾向。

> 我应该在这一天**好好儿**钓鱼**才成**。（第24页）
> 于是他又想：心里总是惦记着**这个玩艺儿**。（第29页）
> **管它呢**，**横竖**太阳已经不那么刺眼，只要我不直瞪着它**就得啦**。（第33页）

---

① 孙致礼：《一切照原作来译——翻译〈老人与海〉有感》，[美]欧内斯特·海明威：《老人与海》，孙致礼译，北京：外语教学与研究出版社，2013年，第7页。

"**得**，"他把手晒干的时候说，"我非要吃小金枪鱼不可了。"（第 36 页）

虽然他**压根儿**不承认他的痛苦。（第 41 页）

他想：**得**！现在它已经跳了十几次（第 54 页）

他对自己说：你真蠢。把另一条飞鱼吃下去**得啦**。（第 55 页）

我**巴望**得很急呢。（第 58 页）

他想：**这一遭**我一定要把它曳到**跟前**来，我受不住听它**再来好多转儿了**。（第 60 页）

他想：况且，**说到究竟**，这一个总要去杀死那一个。（第 70 页）

"我们一定要弄来一杆能够**把鱼扎死**的好矛"（第 83 页）

这是海观译本对老人所思、所想、所说的翻译。这些在原文中本属于口语体的句子，在其他译本中也得到了相应程度地传达。但相比之下，海观颇具特色的口语用词，如"这个玩艺儿""横竖""得啦""巴望""跟前"等，将他的译本推向了语体层级的极端。颇为有趣的是，正如余光中将文言文雅词汇由叙事延伸至对话，海观译本的口语化倾向也不仅局限于对话，而是延伸到了叙事之中。请看下面的例子：

例 24 They walked up the road together to the old man's shack...(p18)[①]

他俩**打路上一道**走到老头儿的茅棚前面……

---

① 吴劳：他们顺着大路一起走到老人的窝棚……
孙致礼：他们顺着大路一起走到老人的窝棚……
余光中：他们一同走到老人的小屋……
张爱玲：他们一同沿着路走上去，来到老人的小屋里……

### 第四章 《老人与海》的重译动因研究

例 25 They had eaten with no light on the table…(p16)①
他俩吃饭的时候，桌上**连个灯也没有**……

例 26 …and the neck was still strong too …(p10)②
**颈脖子**也是这样……

例 27 …and it was cutting his forehead.He was thirsty too and …reached the water bottle with one hand. He opened it and drank a little. (p36)③
脑门**都**给草帽**勒痛**了。他也**渴得要命**……他揭开水瓶盖子，喝了一点儿水。

例 28 It was difficult in the dark …and made a cut below his eye. The blood ran down his cheek a little way. (p43)④
在黑暗里干起活来**真麻烦**……眼皮下也划破了一个口子。血打他的腮帮子上流下来一点儿……

---

① 孙致礼：他们刚才吃饭时，桌上也没点个灯……
余光中：他们用餐时，桌上没有灯光……
张爱玲：他们刚才吃饭，桌上并没有电灯……
吴劳：他们刚才吃饭的时候，桌上没点灯……
② 余光中：颈项也仍强健……
张爱玲：颈项也强壮……
吴劳：脖子也依然很壮实……
孙致礼：脖子也依然很壮实……
③ 孙致礼：把脑门勒得好痛。他觉得口渴……他打开瓶盖，喝了一点水。
余光中：这时额头磨得发痛。同时他又感到口渴……他打开瓶子，喝了一点。
张爱玲：现在他额上被那草帽割伤了。同时他也口渴……他打开它，喝了点水。
吴劳：这时勒得他的脑门好痛。他还觉得口渴……他打开瓶盖，喝了一点儿。
④ 余光中：暗中行动困难；……在他眼下撞出伤痕。他脸上留下了一点血……
张爱玲：在黑暗中很困难，……眼睛下面割破了一个口子，血顺着他的面颊流下来……
吴劳：摸黑干很困难，……眼睛下划破了一道口子。鲜血从他脸颊上淌下来。
孙致礼：摸黑干可不容易，……眼睛下面划破了一道口子。血从他的脸颊上淌下来……

"打路上一道走到""连个灯也没有""渴得要命""眼皮""水瓶盖子""颈脖子""腮帮子"等为海观译本特有的日常口语中通俗、直白的表达,被译者用于叙事部分的传译之中,为译作奠定了浓重的口语体底色,而译文中更多诸如此类的通俗表达,如"饭盒子"(第9页)"花名册子"(第11页)"后脖颈子"(第24页)"打着结子"(第31页)等,也成为该译本区别于后世译本的主要标志。海观译本口语化倾向的另一个标志是"儿"化音的大量使用,仅举部分例子为证:

老头儿(第3页)　　　　　一些儿淡淡的气息(第3页)
这会儿(第3页)　　　　　你也险些儿给送了命(第3页)
我自个儿的孩子(第4页)　好好儿睡吧(第12页)
绳结儿(第14页)　　　　 字眼儿(第16页)
顽皮的事儿(第16页)　　 钩儿(第17页)
尖儿(第17页)　　　　　 多余的卷儿上(第17页)
靠近水流一点儿(第19页) 好好儿钓鱼(第24页)
什么一回事儿(第24页)　 没有半点儿踪影(第25页)
还有些儿记得(第25页)　 钓丝卷儿(第26页)
好好儿吃吧(第26页)　　 钓钩的尖儿(第26页)
一点影儿也没有(第27页) 鼓起了劲儿(第27页)
免不了的事儿(第29页)　 一道儿(第32页)
正在这当儿(第34页)　　 我的活儿(第35页)
慢慢儿(第37页)　　　　 好好儿嚼(第37页)
压根儿(第41页)　　　　 很有体面的样儿(第49页)
铲尖儿(第71页)　　　　 它的长吻儿(第76页)

"儿"话音的使用无疑属于译者用词习惯的范畴,但若达到一定数量乃至充斥全篇的程度,则在客观上增加了译作的俚俗气,加强了其口语化倾向。这一儿化音的用词特点除在吴劳译本中有一定程度的显现,在其他译本中并未成为规律性的现象。我们由面及点,由对话、到叙事的整体特点,到儿化音的特殊焦点,发现、揭示、证实了海观译本不同于其他译本的口语化倾向。

3. 海观译本的得与失

海观译本中惯用的儿化音、感叹词、语气助词,当属余光中所谓的"虚字"之列①,这些词在补足语气、表达情状的同时,增加了文章的烦琐程度。但在余光中看来,最令文章"听来琐碎,看来纷繁"的虚字却是"的"字。海观译本中"的"字的频繁使用,也导致了译文在一定程度上的臃肿与烦琐,请看译本中的例子:

第一组
海面是一平如镜的。(第17页)
现在海水是深蓝色的了。(第20页)
很多人对待海龟是残忍无情的(第21页)
你飞去的地方总是风狂浪涌的。(第35页)
他的钓丝是结实的,用来钓大鱼的(第27页)
阳光照在海滨酒店,天气是十分可爱的。(第3页)
凡是能给大鱼碰到的,都是香喷喷的,挺有滋味的。(第17页)
喜欢它们的优雅的动作……它们恋爱的方式是奇怪的(第21页)
那双眼啊,跟海水一样蓝色,是愉快的,毫不沮丧的。(第1页)
它的脊背蓝蓝的象是旗鱼的脊背,肚子是银白色的,皮

---

① 余光中:《余光中谈翻译》,北京:中国对外翻译出版公司,2002年,第137页;第183页。

是光滑的，漂亮的。（第 66 页）

我拣到的也只是正在喂大鱼的那些青鱼中间一条失了群的（第 23 页）

味道挺不坏的。（第 37 页）

把结子拉得紧紧的。（第 31 页）

（钓丝）攥在手里很轻松的（第 24 页）

它这个月一定会长得肥肥的了（第 25 页）

说话又生硬又刺耳，性子真够执拗的。（第 11 页）

"你爱我，我爱你的。"（第 29 页）

也许它太狡猾，不肯跳来跳去的。（第 29 页）

那并不一定意味着它就要跳，然而它可能跳起来的。（第 33 页）

第二组

那最后的一根钓丝（第 32 页）

刮飓风的月分的天气（第 38 页）

它的沿着脊骨的液囊里（第 33 页）

它的长长的深紫色的触丝（第 20 页）

它的灵巧的、抖动得迅速的尾巴（第 22 页）

从他曳在肩头的钓丝上透过来的那条大鱼的重量（第 31 页）

它们的阔大的、扁平的铲尖儿似的头，以及那带白尖儿的宽宽的胸鳍（第 71 页）

第三组

他所看到的也只是从深邃的蔚蓝的海水里映出的辉煌夺目的光柱（第 24 页）

太阳跟他的手指头的不断的活动，现在使他左手上的抽

筋完全停止了。(第43页)

（他）跟比他所看见过、所听说过的鱼都要大的一条最大的鱼连在一起。(第40页)

那么他的胳膊和手就会有那种如同从有毒的常春藤和橡树上感染到的伤痕和肿痛。(第21页)

（他）看见深蓝色的水里纷纷筛出的红色的游走的小生物，和太阳幻成的奇异的光辉。(第20页)

但是他可以望见深黑的水里的灿烂的光柱，望见伸到前面去的钓丝以及那种平静的奇异的波动。(第38页)

除了几片黄色的、给太阳晒得变白了的马尾藻、除了那紧靠着船边漂浮的一个紫色的、成形的、虹彩灿烂的海水母的胶质的气囊以外，什么东西都没有。(第20页)

译本中"的"字的使用按照不同的用法可分为三组，颇有些蔚为壮观的意味。第一组"的"字主要用以协助动词为主，第二组则用来协助名词与代词，第三组是"的的不休"的长句。我们无意指责译者，只是客观展现与描述译本的面目，并将其放回历史的语境，揭示其背后的原因。译者海观生于1908年，曾参加过郭沫若领导的文化工作委员会，20世纪50年代在《译文》杂志社工作[①]，作为文化工作委员会与杂志社的负责人，他直接肩负落实意识形态、设定文学与语言规范的职责，那么这些现在看来略显罗列、冗余、超乎常态的表达，对当时的译者而言应是自然、贴切、符合文学与语言规范的译法，否则身为编辑的他，也不会放任不合规范、不合常态的词句浸染自己的译作。出现这种特殊的语言现象，除了与译者自身的语言习惯、认知语境相关，还应回归文化与历史背景，发掘其背后的渊源。

---

① 查明建、谢天振：《中国20世纪外国文学翻译史》，武汉：湖北教育出版社，2007年，第650页。

据余光中①考证，五四初期的文人学者为摆脱科举遗风的影响，"大半都反对文言"，这一趋势发展到20世纪二三十年代，则呈现出一发不可收拾的态势。作家要改写白话，于是纷纷朝着与文言相反的方向找寻，其结果便是转而推崇"西化"与"俗化"。俗化语言的标志便是儿化语之类的"俚词俗语"和包括"的"字在内的"虚字冗词"。海观由青年至中年翻译风格与语言风格形成的过程，也正是中国文学与翻译文学从20年代至50年代发展的历程。下面仅举几例，以展示这一以独特面目显现的译本产生的渊源：

> 月光是隔了树照过来的，高处丛生的灌木，落下参差的斑驳的黑影，峭楞楞如鬼一般；弯弯的杨柳的稀疏的倩影，却又像是画在荷叶上。②

> 白色的鸭也似有一点烦躁了，有不洁的颜色的都市的河沟里传出它们焦急的叫声。有的还未厌倦那船一样的徐徐的划行。……不知是在寻找沟底的细微的食物，还是贪那深深的水里的寒冷。③

> 埋起这堕落的，自私的，不幸的，社会病胎里的产儿，个人主义的末路鬼！④

> 我们的车子赶进一家旅店的院子，我觉得那地方是那么

---

① 余光中：《余光中谈翻译》，北京：中国对外翻译出版公司，2002年，第135页。
② 朱自清：《荷塘月色》，转引自余光中：《余光中谈翻译》，北京：中国对外翻译出版公司，2002年，第137页。
③ 何其芳：《雨前》，转引自余光中：《余光中谈翻译》，北京：中国对外翻译出版公司，2002年，第185-186页。
④ 老舍：《骆驼祥子》，转引同上，第187页。

新奇和生疏，我立即放弃了与辟果提先生家的一些人在那里相遇的潜藏的希望，或许连与小爱弥丽相遇的希望也放弃了。①

对照之下，我们发现，译作中"那最后的一根钓丝"（第32页），"它的长长的深紫色的触丝（第20页）"明显带有那一时代深刻的烙印，而"（他）看见深蓝色的水里纷纷筛出的红色的游走的小生物，和太阳幻成的奇异的光辉"（第20页）则与何其芳那句"不知是在寻找沟底的细微的食物，还是贪那深深的水里的寒冷"有着非常类似的笔法。五四以来的白话文，经历20世纪二三十年代的演化，直至四五十年代的发展，其特殊的文学规范、语言规范与翻译规范在海观译本中留下了深深的印记。

作为中国内地（大陆）《老人与海》第一位中文译者，海观在没有相关文学研究与译介研究可供参考的情况下，表现出了可贵的探索精神，尤其是在保持或创造词句的对称方面，做出了有益的探索，例如：

> 他**望着**飞鱼一再从水里冒出来，**望着**那只老鹰的徒劳无益的行动。（第20页）
> 鱼可能**一忽儿游上来，一忽儿游下去**。（第25页）
> 然而它是**这样的沉着，这样的强壮**，看来它又是**这样的毫不惧怕，这样的充满信心**。（第54页）
> 特别是那些弱不禁风的黑色的小海燕，它们**永远在飞翔，永远在张望**，然而多半是**永远找不到任何东西**。（第16页）

---

① [英]狄根斯，《大卫·科波菲尔》，董秋斯译，建文书局，转引自思果：《翻译研究》，北京：中国对外翻译出版公司，2004年，第213页。

整齐对称的传译无疑为译作增添了一丝散文的气息，尤其是最后一个例句，原作中作家以"always flying and looking and never finding"三个连绵不断的进行式，凸显海燕觅食艰难、弱不禁风之态。对此，译者对之以"永远在飞翔，永远在张望，永远找不到任何东西"三个持续连动的短语，精准地抓住了作家的意图与作品的精髓，对对称形式的把握与传达胜过其他译本。

海观译本为外国文学界对海明威及这部作品的研究奠定了基础，成为当时及后世外国文学与翻译学者学习和研究的素材与样本，其开创性的译介功能与影响力不可低估。1979年由上海译文出版社出版的、周煦良主编的《外国文学作品选》（第四卷现代部分），在介绍与解读《老人与海》时，便受到海观对其解读视角与思路的影响：

> 他失败了，但是这老渔夫在同鲨鱼搏斗中却表现了非凡的毅力，他的劳动人民"硬汉"性格经过这次搏斗，就象琢磨过的钻石一样，更加光芒四射。作品用象征的手法说明现实世界的残酷无情，但人应该勇敢地面对现实。这部作品发表后，被一致誉为海明威后期的杰作，一时洛阳纸贵，并迅速被译成许多国文字。①

评论重点强调了老渔夫同鲨鱼搏斗时展现的非凡"毅力"，将作品定位为"说明现实世界的残酷无情"，这正是海观解读老人形象与作品思想时使用的关键词，体现出作品选对海观研究的认可与继承。而在作品选读部分，编选入册的底本正是1960年出版的海观初译本的重印版，选择的范例为老渔夫与第一只鲨鱼进行搏斗以及回航后与孩子对话两个片段。1981年吉林人民出版社出

---

① 周煦良主编：《外国文学作品选（第四卷 现代部分）》，上海：上海译文出版社，1979年，第580-581页。

版的《外国文学史4》①，在"海明威"一节中，讲述《老人与海》情节与思想内容的过程中，细节描述均引自海观译本；1982年山东教育出版社推出了刘念兹等②编著的《欧美文学简编》，在"海明威和《老人与海》"一节中，编者论及主人公的性格与作品特色时，曾多次引证作品中的细节描写，如"后颈上凝聚了深刻的皱纹，显得又瘦又憔悴"一段、老人与鲨鱼搏斗时的那句"一个人并不是生来要给打败的，你尽可把他消灭掉，可就是打不败他"等，经笔者的比对验证，发现均从海观译本引用而来。在20世纪七八十年代的外国文学史及选读类著作中，对老人的解读，大都是以海观的观点与译本中塑造的毅力惊人的老人形象为基点进行生发的。仅此几例，便可证明海观译本在译入语中的接受与影响，也侧面反映出该译本不可或缺的地位与当时这部著作在译介上严重不足的状况。

译者海观在政治意识形态占据首位的文化语境中，顺应主流诗学观，采用口语体与过度明晰化的翻译方法，着力渲染和强化了老渔人孤身奋斗的不屈精神与逆境中苦斗的非凡毅力。如果说张爱玲笔下的老人淡漠悠然中透出些许的无奈与辛酸，余光中临摹的老人老练沉稳中透着几分诗意，那么海观译本中的老渔人则性格刚强、感情浓烈。海观译本在完成自身译介使命的同时，囿于翻译能力、认知语境以及当时文学研究与翻译研究水平的限制，也为后世的重译留下了空间。但它将一个时代的文学、语言与翻译规范加以封存，呈现出特有的面目；它填补了《老人与海》内地（大陆）翻译、引进与介绍的空白，为海明威及其作品的文学研究与翻译研究奠定了基础，其在译介史上所具有的独特价值

---

① 二十四所高等院校：《外国文学史4》，吉林：吉林人民出版社，1981年，第276-287页。
② 刘念兹等编著：《欧美文学简编》，济南：山东教育出版社，1982年，第597-598页。

与做出的开创性贡献,都是独一无二、无可争辩的。

(四)吴劳译本的特点及其动因①

吴劳是《老人与海》译介史上拥有译本版本最多、版本时间跨度最大的一位译者。自1987年译本初版后,先后历经约13次重印与再版,直到2014年还有再版版本发行。从这个意义上来说,将他称为《老人与海》翻译队伍中的"专业户",似乎也不为过。在该部分中,我们选用的是吴劳众多版本中出版于1987年的初译本。与吴劳同年出版的译本还有李锡胤译本、吴钧燮等人的译本和董衡巽等人的译本。

1. 重译的动因:赞助人、前译本的面目

对于出现这部著作译介史上重译高潮与"高峰年"的原因,我们在本章第一节中已有较为详细的论述,归纳起来,主要有:在20世纪八九十年代的中国,时代变迁中政治意识形态减弱、文学意识增强,文化界开始对"人"与"文学"进行反思,读者对现当代外国文学的渴求,转型期的本土作家对国外文学手法的探求,导致了外国文学翻译"文化语境"上的转变;海明威的作品为我国作家"怎么写"提供了有益的借鉴,文学界的肯定推动了文学研究,研究上的热情与深入反过来又促进了海明威作品的译介工作,这是出版社集中推出新译本,以迎合研究、写作与阅读需要的重要原因;诺贝尔奖的效应凸显,翻译向计划性、规模化和丛书化迈进的要求,促使出版社积极探索,推陈出新,其作为赞助人的操纵力量同样不可忽视②。具体到吴劳重译的原因,则除了以上意识形态的因素、赞助人的操纵、文学研究的推动以外,前译本即海观译本的面目与作品译介本身严重不足的状况也是重

---

① 该部分所选译例除有特殊说明外,均出自吴劳译本。吴劳译本由于是重译本,故小标题中使用"动因"一词,区别于前三种译本的"成因"。

② 查明建、谢天振:《中国20世纪外国文学翻译史》,武汉:湖北教育出版社,2007年,第766-772页。

要的动因。海观译本在成功完成其引进与介绍的历史使命的同时，也在理解与表达、原著的风格传达、主人公形象的塑造等方面为后世留下了重译、超越的空间，而其译本在推出后长达三十年的时间里，又几乎成为国内对这部作品进行研究的唯一蓝本。这种形势呼唤《老人与海》的重译，吴劳的译本应运而生。

从吴劳译本的代序中，我们发现，他在翻译这部著作的过程中紧跟时代前沿、把握最新成果，做了大量的资料收集与研究工作。他不仅参考了美国文学研究专家董衡巽翻译的《海明威谈创作》和文学研究杂志《世界文学》，还参考了《时代》周刊、沃特·威廉斯著的《欧内斯·特海明威的悲剧写作艺术》与卡洛斯·贝克的《老人与海》前言等国外一手研究成果，揭示了他寓研究于翻译之中的特点，也体现了八九十年代海明威及其作品研究上的进展。而序文本身也有诸多对国内文学研究成果的借鉴之处。1981年吉林人民出版社的《外国文学史》在引证海观译本细节的基础上进行了阐发，认为不同学者对《老人与海》有着不同的解读，或将其理解为"对孤独与苦难的赞美"，或解读为"对人的英雄主义精神的肯定"，并据此指出其思想内容上的复杂性、矛盾性与寓言性，以及作家写作特色中冷静的、客观的白描手法[①]。这些文学研究的新成果在吴劳的代序中多有体现。例如，吴劳[②]开篇便声明，这绝非一个简单的故事，从艺术手法而言，它采用了丝丝入扣的"白描手法"，从故事本身而言，它是"一部现实主义力作""一曲英雄主义的赞歌"，但作者同时又煞费苦心地将多层含义融入这看似简单的故事中，因此在故事之外它又是一部寓言。吴劳对著作艺术手法与思想内容上的解读，一方面体现了他对海观解读视角的部分继承和对文学研究成果的关注与借鉴，另一方

---

[①] 二十四所高等院校：《外国文学史4》，吉林人民出版社，1981年，第284-286页。
[②] 吴劳：《〈老人与海〉的多层次涵义》，[美]海明威：《老人与海》，吴劳译，上海：上海译文出版社，1987年，第3-14页。

面将作品定位为现实主义力作,并凸显其"乐观色彩"的一面,也体现了译者更好地融入主流意识形态与诗学的努力。

初版于20世纪80年代末的吴劳译本,在我们选作案例研究的五种译本中,年代上正处于承上启下的中间阶段,而深入其文本语言层面后,我们也发现,这一译本既有对海观译本的继承、对张爱玲译本的借鉴,更为重要的是在继承与借鉴的基础上进行了超越与创新,为后来的译者提供了宝贵的参照。从这种意义上来看,吴劳译本在《老人与海》的译介史上起到了上承开端、下启新秀的不可或缺的作用。

2. 重译的动因:重译者

(1) 吴劳笔下的老人形象——"少了几分英雄气,多了几分乐观劲"

笔者通过找寻译本中的蛛丝马迹,发现吴劳对海观译本有所继承,又对张爱玲译本有所借鉴。但在老人形象的传达上,较之海观对老渔人大无畏精神与超凡毅力的渲染,程度上有所收敛,而较之张爱玲对老人淡然、无奈情状的刻画,又多了几分乐观的劲头,因此我们似乎可以用"少了几分英雄气,多了几分乐观劲"来大致概括吴劳译本中老人形象的突出特征。而在对前人译本借鉴的基础上进行重译,这本身便体现了译者在一定程度上对这些译本的不认同,体现了其对作品独到的理解、独特的翻译观与文学观,而作为文学翻译权威出版社的编辑,译者的这次重译又是迎合一个时代的意识形态与诗学的典型缩影。因此,这一打上吴劳烙印的、崭新的老人形象,不仅是译者对前译的超越,也是他依照新时代的规范对原著进行的一次重述。下面我们分别从译者对海观、对张爱玲译本的继承与借鉴出发,逐渐过渡到他对原著进行的重述,并通过列举典型译例,层层论证,以使吴劳译本中的老人形象逐渐清晰可见。

在语体上,吴劳译本与海观译本有一定程度的相似,主要表现在儿化音和口语词的频繁使用上，如：

第一组
明儿（第7页）　　　　好好儿（第7页）
这种事儿（第8页）　　没准儿（第8页）
今儿（第10页）　　　　当儿（第56页）
腿儿（第56页）　　　　压根儿（第72页）
悄没声儿（第81页）

第二组
**腮帮上**有些褐斑……（第1-2页）
我是不愿打开**饭匣子**的……（第10页）
"他**满**可能跟我们一起出海的。"（第16页）
"我**满**想陪那了不起的迪马吉奥去钓鱼……"（第11页）
紧扣在**脑瓜**上，这时勒得他的**脑门**好痛……（第28页）
你还是**好歹**回到最末的那根钓索边……（第32页）
**敢情**是钓索在它高高隆起的背脊上滑动了一下。（第33页）
我**巴望**能喂那条大鱼，他想。（第37页）
**临了**，他放下桅杆，站起身来。（第80页）

儿化音的使用（第一组），"腮帮上""饭匣子""脑瓜""脑门""好歹""巴望""临了"等口语词的使用以及"满""敢情是"等语气词的运用（第二组），使得吴劳译本也呈现出较为明显的口语体倾向。而其对海观译本的继承，主要体现在大量语气助词的使用以及对老人不屈精神的刻画等方面，例如（为节省篇幅，下列例子中其余译者相应的译文均以脚注的形式呈现）：

例 1 ...and the old man **was still braced solidly** with the line across his back. (p36)①

海观：老头儿呢，照旧**毫不松劲地拉住**背在脊梁上的钓丝。

吴劳：老人呢，依然**紧紧攥着**勒在脊背上的钓索。

例 2 ...and he still held it, **bracing himself against the thwart** and leaning back against the pull. (p35)②

海观：但他依旧把钓丝紧握在手里，坐在座板上**鼓起了劲儿拼命地支撑着**,仰着身子去抵抗鱼拉钓丝的拉力。

吴劳：但他依旧攥着它，在座板上**死劲撑住了**自己的身子，仰着上半身来抵消鱼的拉力。

例 3 The shack was made of the tough bud-shields of the royal palm which are called ***guano***.(p7)③

海观：茅棚是用大椰子树的坚硬的苞壳，叫做"**海鸟粪**"的东西做成的。

吴劳：窝棚用大椰子树的叫做"**海鸟粪**"的坚韧的苞壳做成。

---

① 孙致礼：老人依旧紧紧地拉住拷在背上的钓绳。
张爱玲：老人仍旧背上背着钓丝，那绳子结结实实地绷在他身上。
余光中：而老人依然紧紧地反背着钓索。
② 孙致礼：但他依旧抓住不放，撑着坐板鼓起劲，仰着身子来抵消鱼的拉力。
张爱玲：老人仍旧握着它，他振作精神靠在座板上，身子向后仰着，预料那鱼要往外拉。
余光中：他仍旧握住钓索，把身子靠紧坐板，借着后仰之势，抵抗大鱼的拖扯。
③ 孙致礼：窝棚是用王棕树上名叫 guano 的坚硬苞壳搭成的……
张爱玲：小屋是用一种棕树结实的嫩叶造成的。
余光中：小屋是用一种叫做"瓜诺"的白干棕护心韧皮盖成……

例 4 He held the tiller **under his arm** and soaked both his hands in the water… (p99)①

海观：他把舵柄**夹在胳肢窝里**，双手泡在水里……

吴劳：他把舵柄**夹在胳肢窝里**，双手浸在水里……

例 5 It would be wonderful to do this with a radio. Then he thought, **think of it always**. (p38)②

吴劳：干这行当有台收音机才美哪，接着他想，**老是惦记着这玩意儿**。

海观：要有收音机听一听多快活。于是他又想：**心里总是惦记着这玩艺儿**。

例 6 "We must get a good **killing** lance ..." (p113)③

海观："我们一定要弄来一杆**能够把鱼扎死**的好矛……"

吴劳："我们得弄一支**能扎死鱼**的好长矛……"

例 7 But they **went through this fiction** every day. (p8)④

海观：可是他们每天都要**编一套这样的谎话**。

吴劳：然而他们每天要**扯一套这种谎话**。

---

① 张爱玲：他把舵柄挟在胁下，把两只手都浸在水里……
余光中：他把舵柄夹在胁下，他一面把双手浸到海水里去……
孙致礼：他把舵柄夹在腋下，双手浸在水里……
② 孙致礼：干这一行的有一台收音机该多美。接着他又想，老是想这玩意。
张爱玲：如果打鱼能够带一个收音机，那该多好。然后他想，应当永远想着这桩事。
余光中：要是打鱼能听收音机，那就好极了。接着他又想道，一直想着这大鱼吧。
③ 孙致礼：能致命的……
张爱玲：好的锋利的……
余光中：上好的……
④ 孙致礼：可是他们每天都要把这戏重演一遍。
张爱玲：但是他们每天总是假造着，来这么一套。
余光中：可是他们每天还是要这么扮演一番。

例 8 The village **water supply** was two streets down the road.(P12-13)①

海观：村里的**水龙头**在大路那边，有两条街那么远呢。

吴劳：村里的**水龙头**在大路上第二条横路的转角上。

例 9 When the old man saw him coming he knew that this was a shark **that had no fear at all and would do exactly what he wished**. (p90)②

海观：老头儿看见它来到，知道这是一条**毫无畏惧而且为所欲为**的鲨鱼。

吴劳：老人看见它在游来，看出这是条**毫无畏惧而坚决为所欲为**的鲨鱼。

例 10 **The sun and his steady movement of his fingers** had uncramped his left hand now…(p57)

海观：**太阳跟他的手指头的不断的活动**，现在使他左手上的抽筋完全停止了……

吴劳：**阳光和他手指不断的活动**，使他那抽筋的左手这时完全复原了……

孙致礼：**太阳的照射和他手指的不停动弹**，这时使他左手的抽筋完全好了……

从例 1 和例 2 中可以看出，在对老人无畏精神的渲染中，吴

---

① 张爱玲：村庄里的蓄水，沿着这条路走下去要隔两条街。
余光中：村上的水源要走两条街。
孙致礼：村里要沿着大路过去两条街才有水。
② 孙致礼：老人一见它来了，就知道它是一条**毫不畏惧、为所欲为**的鲨鱼。
张爱玲：老人看见他来了，他知道这条鲨鱼是什么都不怕的，要怎样就怎样。
余光中：老人看见它跟了上来，知道这种鲨鱼毫无忌惮，一意孤行。

劳译文是所有译文中与海观最为接近的一个。吴劳将"was still braced solidly"与"bracing himself against the thwart"分别译作"紧紧攥着"和"死劲撑住了",相对于海观的"毫不松劲地拉住"与"鼓起了劲儿拼命支撑着"两个表达,虽然在对老人坚强意志的刻画与对其超凡毅力的强调程度上略显弱化,但综观其他译本,"死劲""拼命支撑"一类过度夸大的词语已基本消失,有的译本还将老人主动抗争的精神还原为应有的被动忍受的状态。相互对比之下,吴劳译本显示出对海观继承的痕迹。这种继承还体现在一些特色鲜明的选词中。从例 3 到例 6,海观将西班牙语"guano",翻译为极具特色、意象特殊的"海鸟粪",将"under his arm"与"it(radio)"分别译为口语味道颇浓的"胳肢窝"与"这玩艺儿",把"killing"译为表意直白的"能够把鱼扎死"。在所选五种译本中,仅吴劳将这些表达一一继承下来。例 7 中海观对"fiction"一词的贬义化译法"谎话",例 8 中"water supply"的引申化译法"水龙头",也完全被吴劳采用。在例 9 与例 10 中,吴劳继续保留了海观译本对鲨鱼"毫无畏惧而坚决为所欲为"(had no fear at all and would do exactly what he wished)的描摹,以及"太阳跟他的手指头的不断的活动"(the sun and his steady movement of his fingers)一类略显生硬的表达,对此,孙致礼的译法"太阳的照射和他手指的不同动弹",通过补足"太阳"的动态,提升了译文的可读性。

　　吴劳对海观的译本虽有一定程度的继承,但在老人形象的刻画上又体现出明显的不同之处。海观笔下的老渔人感情浓烈,毅力不同寻常,而吴劳塑造的老人形象则在感情浓烈程度上明显弱化,请看下列译例的对比:

　　例 11 The breeze had risen steadily and **was blowing strongly** now. (p109)

海观：海风越刮越大，现在**更是猖狂了**。

吴劳：海风一步步加强，此刻**刮得很猛了**。

例 12 But it is **rougher** where you are going until you make the shore. (p47)

海观：可是，在你没有飞到岸上去的时候，你飞去的地方总是**风狂浪涌的**。

吴劳：但是你去的地方**风浪较大**，要飞到了岸上才平安。

例 13 …and **slamming onto** the top of the shark's broad head. (p102)

海观：朝鲨鱼的宽大的头顶**狠狠地劈去**。

吴劳：**砰的一声打在**鲨鱼宽阔的头顶上。

例 14 You **violated your luck** when you went too far outside. (p105)

海观：你走得太远，把运气**给败坏啦**。

吴劳：你出海太远了，把好运**给冲掉啦**。

例 15 Yes you are, he told himself. **You're good for ever**. (p82)

海观：他又自言自语地说：不过，你呀，**你是永远不会垮的**。

吴劳：不，你是行的，他对自己说。**你永远行的**。

例 16 You killed him **for pride** and because you are a fisherman. (p94)

海观：你弄死它是为了**光荣**，因为你是个打鱼的。

吴劳：你杀死它是为了**自尊心**，因为你是个渔夫。

例 17 He took all his pain and what was left of his strength and **his long gone pride** …(p83)

海观：他忍住一切的疼痛，**抖擞抖擞当年的威风**，把剩下的力气统统拼出来……

吴劳：他忍住了一切痛楚，拿出剩余的力气和**丧失已久的自傲**……

例 18 But I must **get him close, close, close**, he thought. (p80)

海观：他想：可是我应该**使它来得近些，近些，更近些**。

吴劳：可是我必须把它拉得**极近，极近，极近**，他想。

例 19 …but **it has reached the time to play for safety**. (p66)

海观：可是**已经到了拿性命当儿戏的时候啦**！

吴劳：不过已经到了**该安全行事的时候**。

例 20 …and lifted the harpoon **as high as he could**…(p83)

海观：然后把鱼叉高高地举起来，**举到不能再高的高度**……

吴劳：**把鱼叉举得尽可能地高**……

例 21 So now **let us take it**. (p72)

海观：**让我们承担下来吧**。

吴劳：**我们来对付它吧**。

例 22 **It is enough** to live on the sea and kill our true brothers. (p65)

海观：在海上过日子，杀我们亲兄弟，**够了，够了**。

吴劳：在海上过日子，弄死我们自己真正的兄弟，**已经够我们受的了**。

例 23 …but **with resolution and complete malignancy**. (p91)

海观：但他抱有坚决的意志和狠毒无比的心肠。

吴劳：但是**带着决心和十足的恶意**。

例 24 You never went. (p81)

海观：决不要昏过去。

吴劳：你从没晕倒过。

例 25 "Sail on this course and **take it when it comes**." (p92)

海观："还是把船朝这条航线上开去，**有了事儿就担当下来**。"

吴劳："顺着这航线行驶，**事到临头再对付吧**。"

这里的十五个译例仅展现了两个译本在老人形象传达中的部分面目，却以其一定的篇幅与典型性，证明了吴劳对海观译本的不认同，具体体现在老人形象的临摹之中。我们在引用这些译例的过程中，只选用了吴劳与海观的两个译本，以更加凸显二者的差异。例 11 仅是对海上风势的客观描写，海观却选用了贬义色彩较浓的"猖狂"一词，吴劳的译文"刮得很猛"，在感情色彩上收敛许多。同样，在例 12 中，老人告诉鸟儿，它要去的地方风浪更大（rougher），海观却将其强化为"风狂浪涌"，吴劳则更为忠实地译为"风浪较大"。例 13 与 14 生动地描绘了老人与鲨鱼搏斗的场面与失败后的沮丧状态。描写老人敲击鲨鱼的动态词"slamming onto"，被海观添加了"狠狠"的姿态，老人失败后恍恍惚惚、念念有词的情状（you violated your luck），在海观译本中成为对自己的质声谴责——"把运气给败坏啦，别胡说八道啦"，老渔人这种视鲨鱼如仇敌般的愤慨和对搏斗满怀的不屈不挠、无所畏惧的精神与勇气，一直延续到海观后面的几个例子中。如果反观吴劳的译文，"砰的一声打在""把好运给冲掉啦""别傻啦"等表达，在情感上更为收敛克制。在例 15 至 25 的几组译文中，吴劳刻画的老人形象，对鲨鱼仇敌般的愤慨情绪减弱了，对搏斗满怀的无所畏惧的精神在一定程度上淡化了，明显地表现在将命令祈使句"决不要昏过去"（例 24）还原为原作中的陈述语气"你从没晕倒过"（you never went），将"有了事就担当下来"（例 25）的直面困难、主动迎战的斗志，恢复为沉着应对的准备——"事到临头再对付吧"（take it when it comes）。无所畏惧的老渔人由海观译作走入吴劳的译本，身上隐约少了几分英雄气概，下文译例中老人情状的变化，更说明了这一点：

"它准是捉到什么东西啦，"老头儿**提高嗓子说**。（海观，第 19 页）

"它逮住了什么东西啦，"老人**说出声来**。（吴劳，第 20 页）

"它找到鱼啦，"他**提高嗓子说**。（海观，第 22 页）
"它找到鱼啦，"他**说出声来**。（吴劳，第 23 页）

"大青花鱼，"他**嚷起来**。（海观，第 23 页）
"长鳍金枪鱼，"他**说出声来**。（吴劳，第 24 页）

"来啊,"老头儿**敞开了嗓门说**。"再来一次吧。"(海观,第 25 页)

"来吧,"老人**说出声来**。"再绕个弯子吧。"(吴劳,第 26 页)

"要是孩子在这儿多好啊。"老头儿**大声嚷着说**。(海观,第 27 页)

"但愿那孩子在这儿就好了,"老人**说出声来**。(吴劳,第 19 页)

"鱼啊,"他温和地、**高声地说**。(海观,第 32 页)
"鱼啊,"他**轻轻地说出声来**。(吴劳,第 33 页)

"喂,"他**叫了一声**。(海观,第 37 页)
"行了",他**说**。(吴劳,第 38 页)

"那条鱼也是我的朋友啊,"他**敞开嗓门说**。(海观,第 48 页)

"这条鱼也是我的朋友,"他**说出声来**。(吴劳,第 48 页)

"可是你还得睡呢,老家伙,"他**又嚷起来**。(海观,第 50 页)

"不过你还没睡觉呢,老头儿,"他**说出声来**。(吴劳,第 50 页)

"你给我想出了很巧妙的主意,"他**敞开了喉咙说**。"可是我懒得听下去啦。"(海观,第 73 页)

"你给了我多少忠告啊,"他**说出声来**。"我听得厌死啦。"

（吴劳，第 73 页）

"别胡说八道啦，"他**又嚷起来**。（海观，第 77 页）
"别傻了，"他**说出声来**。（吴劳，第 77 页）

同样是"said aloud"，海观译文中的老人时而"提高嗓门"，时而"大声嚷着"，时而又"敞开喉咙"，斗志昂扬的老渔人形象跃然纸上。吴劳以"说出声来"对译原词，既保持了用词的一致性，也大大淡化了海观为原著抹上的强烈感情色彩。海观译作中的老渔人到了吴劳的笔下，英雄气少了几分，却平添了几分乐观劲头，请看下面的例子：

例 26 海观：他已经记不起他是在什么时候第一次独自高声说话的了。往年他曾经独自**在歌唱**，有时候在夜里歌唱，……他们的**交谈**是在更深夜静，在风涛险恶得不能开船的天气里。……可是现在他把他心里想说的话**高声地说出好多次了**，……"但是既然我没有发疯，**我就毫不在乎**。"（第 23 页）

吴劳：他记不得他是什么时候第一次开始在**独自待着的当儿自言自语**的了。往年他独自**待着时曾唱歌来着**……他们在夜间**说话来着**，要不，碰到坏天气，被暴风雨困在海上的时候。……可是这会儿他把心里想说的话**说出声来有好几次了**，……"不过既然我没有发疯，**我就不管，还是要说**。"（第 24 页）

例 27 海观：把你的手**弄好**（第 73 页）
他又把麻袋**围**在肩膀上（第 79 页）
"那么也把那地方**好好儿调理一下**吧，"（第 84 页）

吴劳：把你的手**弄弄好**（第73页）
他把麻袋在肩头**围围好**（第79页）
"把这个也**养养好**，"（第84页）

例28 海观："也许他**会**跟我们一道去了。"（第10页）
吴劳："他**满**可能跟我们一起出海的。"（第11页）

例29 海观：老人很想把那只手在盐水里放的时间久些，……**抖抖精神**……**割破他的手的也不过是一根飞快地滑出去的钓丝**……所以他不愿还没有开始的时候就让手给割破了。（第35-36页）

吴劳：老人巴不得让他的手在这盐水中多浸一会儿，……**打叠起精神**……**左不过被钓索勒了一下，割破了肉。**……**不喜欢还没动手就让手给割破。**（第36页）

例30 海观：**什么叫做"鸡眼"？**（第44页）
吴劳：骨刺是**什么玩意儿**？（第44页）

例31 海观：**是它饿得发慌**，还是有什么东西在夜里惊扰了它呢？（第54页）

吴劳：**敢情饥饿使它不顾死活了**，还是夜间被什么东西吓着了？（第54页）

在例26中，若从语体和语气上来比较，则吴劳的译文中"独自待着的当儿""待着时曾唱歌来着""说话来着"等用词，较之海观译文，口语意味更浓；例27中三个叠声词"弄弄好""围围好""养养好"与例28中语气词"满"的使用，不仅暴露了译者个性化的语言特色，成为译者在译作中显形的标志，同时也为老人的形象增添了几分俏皮与乐观；例29中的"巴不得""打叠起精神""左不过""不喜欢还没动手就让手给割破"，例30中的"什么玩意儿"与例31中"敢情饥饿使它不顾死活了"等用语，在意志坚强的老人形象之上，平添了些许性情随意、满不在乎之感。特别是例句26中，吴劳以"我就是不管，还是要说"一句，对译原文中的一句"I do not care"，而"还是要说"显然是原作没有、译者依照自己的主观意识进行添加的词语，老人率性而为的形象呼之欲出。在与海观译本的对比之中，我们发现，吴劳在传达老人的话语时，大量使用了带有个人烙印的、个性化词语，使得在苦斗精神上有所弱化的老人，透出几分悠闲，多了几分乐观，有更多的例子为证：

> 它像个大气泡般**高高兴兴地**浮动着（第21页）
> **高高兴兴地**吞食僧帽水母时闭上了眼睛。（第22页）
> "**轻松愉快地**浮上来吧，让我把鱼叉刺进你的身子。得了。你准备好了？"（第27页）
> "在美国联赛中，总是扬基队的天下，我跟你说过啦，"老人**兴高采烈地**说。（第10页）
> "**多棒**的鱼啊，"他说。"它正把鱼饵斜叼在嘴里，带着它在游走呐。"（第27页）
> "可是我要把它宰了，"他说。"不管它多么了不起，**多么神气**。"（第42页）
> "它咬饵啦，"他说。"现在我来让它**美美地**吃一顿。"（第27页）
> "飞鱼生吃味道是**呱呱叫**的。"（第42页）
> 从前我在黑暗里能看得很清楚。可不是**在乌漆麻黑的地方**。（第43页）
> **敢情**是钓索在它高高隆起的背脊上滑动了一下。（第33页）

在老人的眼里，大水泡浮动时"高高兴兴"，大海龟吞水母时"高高兴兴"，连大鱼浮上来时都是"轻松愉快"的；他谈论棒球联赛时"兴高采烈"，称赞大鱼"多棒""多么神气"，飞鱼吃美了"味道呱呱叫"；在"乌漆麻黑"的地方与大鱼斗智斗勇时，他都颇为轻松地惊呼一句"敢情是"。在激烈、紧张气氛中苦斗的老人，隐隐透出几分悠闲之态与乐观向上的劲头。

在语体的选择、语气助词的运用、老人意志的刻画、特色词语的使用等方面，我们可以看出吴劳对海观译本沿袭或继承的痕迹，但吴劳却以30年后的翻译观、文学观为指引，将20世纪八九十年代的意识形态带入自己的译作，在老人形象的塑造中体现出更为客观、语气更为收敛克制的倾向，使得老人身上少了几分英雄气概，添了些许乐观悠闲之态。这无疑是他对海观译本部分否定的基础上进行的超越。由前译的面目催生的重译，其中的超越还有方方面面的诸多表现，我们会在后文中有所论述。

（2）前译笼罩下的重译与自由补足的倾向

吴劳译本显现出了前译的影响，或曰"笼罩"，而所谓的前译决非仅仅局限于海观的译本，张爱玲的译作也应包含在内。吴劳译作在行文中有与张爱玲相似之处：如两位译者均喜用代词，译作中代词的使用频率大大高于其他译本；有些译文在选词造句方面有着异曲同工之妙：

例 32 But I was more intelligent than he was. Perhaps not, he thought. (p92)

Because it is all I have left. That and baseball. (p93) [①]

---

① 余光中：可是我比它更精。也许不然，他想。
因为我别无办法了。只剩这件事和棒球而已。
海观：可我比它更聪明。也许不吧，他想。
因为我剩下的只有想想了。除了那个，我还要想垒球。
孙致礼：但是我比它更聪明。也许不是这样，他想。
因为我只剩下这件事可干了。这件事，还有棒球。

张爱玲：但是我比他聪明些。**也许不**，他想。

因为我只剩下**这个**了。**这个**，还有棒球。

吴劳：但是我比它更聪明。**也许并不**，他想。

因为我只剩下**这个**了。**这个**，还有棒球。

例 33 …and lifted the skiff and slid her into the water. (p19)①

张爱玲：他们把小船抬起来，**让她溜到水里去**。

吴劳：他们抬起小船，**让它溜进水里**。

例 34 "And what a miserable fish raw. I will never go in a boat without salt or limes." (p69-70)②

张爱玲："生吃多么难吃。以后倘使我不带盐或柠檬，**我再也不乘船了**。"

吴劳："生吃可难吃死了。以后不带盐或酸橙，**我绝对不再乘船了**。"

例 35 …and into the fish's side just behind the great chest fin that rose high in the air to the alttude of the man's chest. (p83)③

---

① 余光中：把船抬起，推下海去。
海观：把船解开，轻轻地滑到水里。
孙致礼：他们抬起小船，把它推下水去。
② 余光中："可是生吃真是难吃。以后我上船，一定要带点盐巴或白柠檬。"
海观："生鱼的味道又是多难吃。没有盐没有白柚子，我再不出海了。"
孙致礼："生鱼好难吃啊。以后出海一定要带上盐或酸橙。"
③ 余光中：对准鱼腰上高及老人胸部的那片大胸鳍后面的部分……
海观：正好在那大胸鳍后面的鱼腰里，那个胸鳍高高地挺在空中，高得齐着一个人的胸膛。
孙致礼：就在那大胸鳍后面一点的地方，这胸鳍高高地挺在空中，跟老人的胸膛一般高。

张爱玲：正是那巨大的胸鳍后面，**那胸鳍高高地竖在空中，高齐那老人的胸膛。**

吴劳：就在大胸鳍后面一点儿的地方，**那胸鳍高高地竖立着，高齐老人的胸膛。**

例 36 …etching themselves against the sky over the water, then blurring, then etching again and he knew no man was ever alone on the sea. (p51)①

张爱玲：映在海上的天空里，清楚地刻划出来，然后模糊起来了，然后又清楚地刻划出来。于是他知道，一个人在海上是永远不会孤独的。

吴劳：在天空的衬托下，身影刻划得很清楚，然后模糊起来，然后又清楚地刻划出来，于是他发觉，一个人在海上是永远不会感到孤单的。

例 37 They sailed well and the old man soaked his hands in the salt water and tried to keep his head clear. There were high cumulus clouds and enough cirrus above them…(p89)②

张爱玲：他们航行得很好，老人把手浸在那盐水里，

---

① 余光中：背着天空，贴着水面，飞影清晰，一会儿模糊，一会儿又清晰，才发现一个人在海上是永远有伴的。
海观：蚀刻似的映衬在天空，它们一忽儿消失了，一忽儿又在天空出现，他知道一个人在海上决不会孤单的。
孙致礼：在天空的映衬下现出清晰的身影，接着又模糊不清了，随即又清晰起来，他知道，人在海上是从不孤独的。

② 余光中：他们顺利地航行，老人把两手浸在咸水里面，力求清醒。头顶有高高的积云，还有够多的卷云……
海观：它们在海里走得很顺当，老头儿把手泡在咸咸的海水里，想让脑子清醒。头上有高高的积云，还有很多的卷云……
孙致礼：他们行驶得很顺当，老人把手泡在海水里，尽量保持头脑清醒。头上有高高的积云，还有不少的卷云……

努力使头脑清醒。积云堆得很高，上面又有相当多的卷云……

吴劳：他们航行得很好，老人把手浸在盐水里，努力保持头脑清醒。积云堆聚得很高，上空还有相当多的卷云……

以上五例只是众多译例中较为典型的几个，从中我们可以看出，吴劳在保留代词的倾向上（例32 "这个"）、在选词上（例33至35 "溜进水里" "不再乘船了" "高齐老人的胸膛"），与张爱玲有诸多相似之处；在句式结构上也有不少不谋而合之处，例如例句36与37，二者在选词、造句方面，与其他译者相比，都最为贴近。这是张爱玲对吴劳译本产生"笼罩"的种种迹象。

吴劳译作虽受到海观译本的影响，又呈现出与张爱玲诸多近似之处，但在补足性译法与代词的使用上却独具特色，与前译产生了明显的区分。吴劳译本第一个较为凸显的特点是在原文意义已完整传译后，又进行解释性补足。解释性补足的译法使得其译文呈现出一定程度的自由倾向，请看译本中的例子：

例38 "The Yankees cannot lose." "But I fear the Indians of Cleveland."(p9)

"扬基队不会输。" "可是我怕克利夫兰印第安人队**会赢**。"

例39 The old man opened his eyes and for a moment he was coming back from a long way away. (p11)

老人张开眼睛，他的**神志**一时仿佛正在从老远的地方回来。

例 40 …and the took his trousers from the chair by the bed and, sitting on the bed, pulled them on. (pp17-18)

孩子从床边椅子上拿起他的长裤，坐在**床沿**上穿裤子。（第 14 页）

例 41 Each bait hung head down… (p22)
每个**由新鲜沙丁鱼作的**鱼饵都是头朝下的……

例 42 "I could make the line fast." (p36)
"我可以把钓索**系在船舷上**……"

例 43 …at an early morning place that served fishermen. (p18)
他们在一家供应渔夫的清早就营业的**小吃馆里**……

例 44 Now the man watched the dip of the three sticks over the side of the skiff and rowed gently…(p23)
这时老人紧盯着那三根**挑出**在小船一边的钓竿，**看看有没有动静**，一边缓缓地划着……

例 45 …and clubbing her across the top of her head until her color turned to a color almost like the backing of mirrors, …(p40)
连连朝它头顶打去，直打得它的颜色变成和镜子背面的**红色**差不多……

在例 38 中，孩子表现出对克利夫兰印第安人队的惧怕心理，译者添加了"会赢"一词加以延伸；例 39 中，老人听到孩子的呼唤，仿佛从远方回来，译者添加"神志"一词进行细化。同样，从例句 40 至 42，译者将原文语境中隐含的信息进行显性化添加或细化延伸，因此"bed"一词被细化为"床沿"，"bait"一词被扩展为"由新鲜沙丁鱼作的鱼饵"，而"make the line fast"之后也添加了系钓索的位置"船舷上"。如果说上述几例尚属将原文隐含意义进行了显性化的处理，那么后面的几例则显露出一定上自由发挥的倾向。译者在例 43 中将简单的"place"一词具体化为"小吃馆"；在例 44 中，在添加表示钓竿状态的"挑出"一词后，又添加了老人"看看有没有动静"的动态；例 45 中的"红色"，是译者对表意模糊的"color"一词进行的精确化处理。译者进行的补足译法，既有为读者考虑进行的解释性延伸，也有根据主观臆测进行的添加，体现出一定程度的自由倾向。在代词的翻译中，译本又沿着相反的方向发展，即对原作中使用的代词亦步亦趋地保留，下面的例子可以清晰地展示这一倾向：

例 46 If he doesn't maybe he will come up with the moon. If he does not **do that** maybe he will come up with the sunrise. (p37)①

如果它不上来，也许会随着月出浮上来。**如果它不这样干**，也许会随着日出浮上来。

例 47 ...and the old man had always considered **it so** and

---

① 张爱玲：假使他不，也许他会和月亮一同上来。假使他仍旧不，也许他会和太阳一同升起来。
海观：要不然，也许它在月亮出现的时候上来。再不然，也许它在太阳出来的时候上来。
余光中：不然，它也许会在月升时上来。再不然，它也许会在日出时冒上来。
孙致礼：如果到这时还不行，也许月出时会上来。如果这时还不行，也许日出时就上来了。

respected it. (p30)①

老人一向认为**的确如此**，始终**遵守它**。

例 48 That did not necessarily mean that he would jump. **But he might**. (p44)②

这不一定表示它会跃出水来。但它**也许会这样**。

例 49 I'm learning how to do it, he thought. **This part of it anyway**. (p64)③

我渐渐学会该怎么做了，他想。反正至少在这一方面**是如此**。

例 50 Make **him** pay for **it**. (p72)④

让**它**为了**这个**付出代价吧。

例 51 But he had finished **it** anyway and before anyone had

---

① 张爱玲：老人也一直认为是如此，而且遵守着这规矩。
海观：老头儿也抱这样的看法，因此他就尊重这一桩品德。
余光中：老人也一向认为如此，并且遵守这种良习。
孙致礼：这被视为一种优点，老人一向这么看，也加以遵从。
② 张爱玲：那并不一定表示他会跳跃。但是他也许会。
海观：那并不一定意味着它就要跳，然而它可能跳起来的。
余光中：那未必表示它会跳出水来。但是已有可能。
孙致礼：这并不一定意味它会跳。不过它也可能会跳。
③ 张爱玲：我渐渐学会了怎样应付了，他想。至少这一部份我学会了。
海观：他想：我现在知道怎样去做了，至少这一方面的活儿是知道了。
余光中：这件事我还得学呢，他想。至少眼前这一步。
孙致礼：我渐渐学会怎么办了，他想。至少在这方面我学乖了。
④ 张爱玲：让他付相当的代价。
海观：要叫它吃苦头。
余光中：我要它赔。
孙致礼：要让它为钓绳付出代价。

to go to work. (p60)①

但是他反正把**它**结束了，而且赶在任何人上工之前。

例 52 It has **its** perils and **its** merits. (p65)②
这玩意儿有**它的**危险，也有**它的**好处。

例 53 **It** had backed a little further into the northeast and **he** knew that meant that **it** would not fall off. (p95)③
**它**稍微转向东北方，他明白这表明**它**不会停息。

例 54 …and he felt the harshness as he leaned back to pull…(p44)④
他向后仰着身子来拉，感到**它**硬邦邦的，……

例 55 Inside the shack **he** leaned the mast against the wall. In the dark **he** found a water bottle and took a drink. Then **he** lay

---

① 张爱玲：但是无论如何，他又把它结束了，而且也没有耽误任何人上工。
海观：但是他总算已经弄出分晓来了，而且还没到人们去干活的时候。
余光中：可是他还是赛完了，让赌客都及时去上工。
孙致礼：不过他总算结束了这场较量，而且还赶在大家得去上工之前。
② 张爱玲：这有它的危险，也有它的好处。
海观：这件事儿有危险，也有好处。
余光中：拖力有风险，也有好处。
孙致礼：这样做有危险，也有好处。
③ 张爱玲：风是稳定的。它再稍微退回东北去一些，他知道这是表示这风不会停息。
海观：风在不住地吹，稍微转到东北方去，他知道，这就是说风不会减退了。
余光中：微风不断地吹。但风向已稍微转向东北，他知道这表示微风不会停止。
孙致礼：风不停地吹着，稍微转向了东北方，他知道这意味风不会减退。
④ 张爱玲：他身体向后仰着，拉着绳子，感到那绳子的粗糙……
海观：他把身子仰到后面去拉钓丝的时候就觉得硬邦邦的动也不能动……
余光中：他仰面猛拉，只觉得牢不可动……
孙致礼：他向后仰着身子来拉的时候，只觉得硬梆梆的……

down on the bed. **He** pulled the blanket over his shoulders and then over his back and his legs and **he** slept face down on the newspapers... (p110)①

进了窝棚，**他**把桅杆靠在墙上。**他**摸黑找到一只水瓶，喝了一口水。然后**他**在床上躺下了。**他**拉起毯子，盖住两肩，然后裹住背部和双腿，**他**脸朝下躺在报纸上……

例 56 **Its** jaws were working convulsively in quick bites against the hook and **it** pounded the bottom of the skiff with **its** long flat body, **its** tail and **its** head until **he** clubbed **it** across the shining golden head until **it** shivered and was still. (p63)②

**它**的嘴被钓钩挂住了，抽搐地动着，急促地连连咬着钓钩，还用**它**……直到**他**用木棍打了一下**它**的金光闪亮的脑袋，**它**才抖了一下，不动了。

---

① 张爱玲：在小屋里面，他把桅杆倚在墙上，他在黑暗中找到一只水瓶，喝了些水。然后他在床上躺下来。他把毯子拉上来盖住肩膀，然后把背脊和腿也都盖上，他脸朝下睡在报纸上……

海观：走进茅棚以后，他把桅杆靠在墙上。他摸着黑找到了一个水瓶，喝了一口水就躺到床上去。他把毯子盖到他的肩膀上，又裹住背脊和两腿，就脸朝下躺在报纸上……

余光中：进了草屋，他把桅杆靠在墙上。暗中他找到一瓶水，喝了一口。接着他便在床上躺下。他把军毯盖住肩头、背脊和两腿，俯睡在报纸上面……

孙致礼：进了窝棚，他把桅杆靠在墙上。他摸黑找到一只水瓶，喝了一口水。然后他躺到了床上。他拉起毯子盖住两肩，然后裹住脊背和双腿，脸朝下趴在报纸上……

② 张爱玲：它的嘴抽搐地一动一动，迅速地咬着钓子，它用它……老人用木棒在那光亮的金色的头上打了一下，它方才颤抖着，不动了。

海观：它那钩在鱼钩上的嘴一张一合，急促地抽缩着，它那……直到老头儿用棍朝它那发光的金黄色的头上打去，这才打得它浑身颤抖，最后动也不动了。

余光中：它两颗痉挛张合，频咬钓钩，……直到他用棍子乱打它那金闪闪的头，打得它索索发抖，寂然不动。

孙致礼：它那钩在鱼钩上的嘴一张一合，急促地抽搐着，还用它那……直至老人用棍子朝它那金光闪亮的头上打去，它才抖了抖不动了。

例 57 **They** were not the ordinary pyramid-shaped teeth of most sharks. **They** were shaped like a man's fingers when **they** are crisped like claws. **They** were nearly as long as the fingers of the old man and **they** had razor-sharp cutting edges on both sides. (pp89-90)①

**它们**和大多数鲨鱼的不同,不是一般的金字塔形的。**它们**象爪子般蜷曲起来的人的手指。**它们**几乎跟这老人的手指一般长……

在例 46 中,对于原句"if he does not do that"中的代词"that",其他四位译者基本采取了省略译法,只有吴劳一人将其保留下来,译作"如果它不这样干";同样,对例 47 中"respected it",吴劳的译文为"遵守它",以"它"严格对应原文中的代词"it",而其余译者或将之还原为名词,如张爱玲的"这规矩",余光中的"这种良习",海观的"这一桩品德",或直接进行省略,如孙致礼的"加以遵从"。吴劳喜用代词的倾向以另一种形式在例句 48 与 49 中体现出来。例 48 中的"but he might"与例 49 中"this part of it anyway"一句,因谓语动词与前句重复,均被省略,对照五种译文,唯有吴劳分别用代词"这样"和"如此",替代被省略的谓语动词。从例句 50 至 54,无论"him"与"he"用来指代老人或大鱼,也无论"it"指代的是"拖钓索""比手劲",还是水里拖拽的"障碍物"、钓大鱼用的"钓索",抑或海上吹起的"微风",在

---

① 张爱玲:这牙并不是普通的鲨鱼金字塔形的牙齿。这牙齿的式样像一个人的手指,不过这手指蜷曲起来像爪子一样。这牙齿差不多有老人的手指一样长……
海观:跟寻常大多数鲨鱼不同,它的牙齿不是角锥形的,象爪子一样缩在一起的时候,形状就如同人的手指头。那些牙齿几乎跟老人儿的手指头一般长……
余光中:这些牙齿和许多鲨鱼常有的金字塔形的牙齿不同,倒像卷如兽爪时的人指。它们和老人的手指差不多长……
孙致礼:跟大多数鲨鱼不同,它的牙齿不是角锥形的。这些牙像人的手指蜷成爪状。它们几乎跟老人的手指一样长……

吴劳的译文中，都一律被保留为"他"或"它"，这在其他译文中是极为罕见的现象，就算在代词使用频率上与之非常接近的张爱玲译本，也在部分保留原文代词的同时，穿插使用了名词还原法。

从第 55 至 57 的最后几个例句，是连续使用代词的典型代表。在例句 55 中，作家连用五个"he"，将所表达的内容断成短句，绵延不断的短句、串串联动的状态，如同频频切换的镜头一般，近距离生动再现了老人在黑暗的小屋内每一个惯常熟悉而又异常艰难的动作。从某种意义上来说，作家充分利用了英语中代词的优势，营造了紧凑急促的节奏感与孤身一人淡淡的凄凉感。吴劳将这五个代词一一如实传达出来，张爱玲与他如出一辙，其他几位译者通过一两处的省略，将句子进行了合并。若从汉语表达的习惯上来衡量，代词的频繁使用在一定程度上背离了汉语常规；但若以描摹原著的节奏与状态来判断，则减省代词便合并了句式，在客观上改变了原文的节奏，体现了译者的干预。例 56 中吴劳运用了同样的保留之法，在代词的翻译中，他与其他译者最大的不同表现在对"he"的传达中，吴劳以"他"进行对应，而除余光中之外，其余四位均将其还原为名词表达"老人"或"老头儿"。例 57 中，"灰鲭鲨的牙齿"在初次出现后，便以"they"进行替代，符合英语的使用习惯；张爱玲、海观、余光中和孙致礼均依据汉语的常态进行了全部或部分的名词还原，吴劳依然延续了自己保留代词的一贯译法。

3. 吴劳译本的得与失

上文中我们以赞助人、前译本的面目和重译者为视角，从老人形象的塑造入手，总结了吴劳对海观译本的继承与超越之处。由海观译本的影响谈起，延伸至张爱玲译本的"笼罩"作用，并以吴劳与张爱玲译本在代词翻译方面的相似性为基点，生发开来，就吴劳译本最突出的代词保留法与解释补足法进行了详尽的论证与描述。

总体而言，吴劳译本对《老人与海》的重译，既体现了意识形态与诗学的发展变化，也暴露出翻译研究在一定程度上的局限性。解释性补足法的自由倾向便暴露了当时翻译界对创造性与自由度之间关系探讨的不足。而对词语感情色彩的选择，更集中地说明了这一点，请看下面的译例：

> 如果她干出了任性或**缺德的事儿**来，那是因为她由不得自己。（第17页）
> "Agua mala,"老人说。"你这**婊子养的**。"（第21页）
> 然而它们正是海里**最欺诈成性的**生物（第22页）
> 不知道它有没有什么打算，还是就跟我一样地**不顾死活**？（第30页）
> 由于我**干下了欺骗它的勾当**，它不得不作出选择了，老人想。（第31页）
> **真可耻**，它竟会抽筋。（第40页）

"缺德的事儿""婊子养的""最欺诈成性的""不顾死活""干下了欺骗它的勾当""真可耻"，这一系列带有明显贬义色彩的词语，既有老人对大海的认知，对水生物的评价，也有对自己、对不听使唤的那只手的诉说，贬义色彩浓重的词语，似乎与老人将大海、将鱼视为兄弟的基调产生了些许抵触，也在老人形象的塑造中显露了译者的用词习惯与干预作用，同时，有关翻译理论上的研究不足也被暴露出来。

虽然吴劳译本在译法上存在个别可商榷之处，但较之前译，特别是海观的译本，总体而言，无论是在理解上，还是在表达方面，都有较为明显的进步；在专有名词的研究与注解上，也向更为规范的方向迈进。笔者在此仅举几例加以展示：

第一组

He could not see the green of the shore now... (p31)

海观：现在他看不见**绿色的海岸**了，

吴劳：他眼下已看不见**海岸的那一道绿色**了，

...and the line began to rush out over the gunwale of the skiff. In the darkness he loosened his sheath knife and taking all the strain of the fish on his left shoulder he leaned back and cut the line against the wood of the gunwale. (pp 41-42)

海观：钓丝开始从船边上**冲出去**。他在黑暗里去掉他那把小刀的刀鞘，身子往后一仰，**拼命忍住**大鱼压在他左肩膀上的重量，把钓丝抵在船边上割断。

吴劳：于是那根钓索越过船舷**朝外直溜**。他摸黑拔出鞘中的刀子，用**左肩承担着**大鱼所有的拉力，身子朝后靠，就着木头的船舷，把那根钓索割断了。

第二组

海观：看见深蓝色的水里纷纷筛出的红色的游走的小生物，和太阳幻成的奇异的光辉。（第20页）

吴劳：只见深蓝色的水中穿梭地闪出点点红色的浮游生物，阳光这时在水中变幻出奇异的光彩。（第21页）

海观：除了几片黄色的、给太阳晒得变白了的马尾藻、除了那紧靠着船边漂浮的一个紫色的、成形的、虹彩灿烂的海水母的胶质的气囊以外，什么东西都没有。（第20页）

吴劳：只有几摊被太阳晒得发白的黄色马尾藻和一只紧靠着船舷浮动的僧帽水母，它那胶质的浮囊呈紫色，具有一定的外形，闪现出彩虹般的颜色。（第21页）

在第一组例句中，吴劳"海岸的那一道绿色"较之海观"绿色的海岸"，在忠实原意的同时，保留了原句的形式，增加了文学意味；"朝外直溜"较之"冲出去"减少了突兀感，表达更为生动贴切；"左肩承担着"较之"拼命忍住"在表意中更为中肯客观。在第二组例句中，吴劳在翻译技巧上更为成熟。前译中"的"字贯穿的长句，通过译者词性转换技巧的运用，化解为句式匀称、表达自然、更符合中文常态的表达。

在总体风格统计中，吴劳译本较之海观译本，篇幅简短了两千多字，句长也相应缩短。这从另一角度证明吴劳译本在风格上更为贴近原著。风格上的贴近、理解上的进步、表达上的精简，都是吴劳译本对海观前译的超越。这一超越是意识形态中政治意识与文学意识更迭的缩影，是时代与诗学变迁的反映，是文学研究与翻译研究进步的标志，也是译者认知语境与翻译能力等因素共同作用的结果。

《老人与海》是吴劳翻译生涯中的代表作，赢得了广泛的赞誉[①]。正如 20 世纪 80 年代所有外国文学翻译所发挥的作用一样，吴劳译本对本土创作的影响主要表现在促进文学观念与创作手法的变革上，为与其他翻译活动一起共筑"共时性的世界文学语境"贡献了一分力量[②]。20 世纪 90 年代末至 21 世纪初，上海译文出版社推出了《海明威文集》，无论在规模上，还是从作品的全面性上，在国内都是首屈一指的，其中《老人与海》的中译选用的便是吴劳的译本。吴劳通过对前译的超越，实现了重译的真正价值，也通过其传达的英勇之中略带几分乐观的老人形象，在众多重译本中独树一帜，在《老人与海》译介史上得以留名。

---

① 查明建、谢天振：《中国 20 世纪外国文学翻译史》，武汉：湖北教育出版社，2007 年，第 1059 页。

② 同上，784-785 页。

（五）孙致礼译本的特点及其动因①

孙致礼重译的《老人与海》最早于 2012 年 5 月由人民出版社出版，2013 年外语教学与研究出版社将该译本收入"名著名译汉英双语文库"，2014 年中国盲文出版社出版了该译本的大字版。本研究选用的是 2013 年外语教学与研究出版社的版本。事实上，曾因"勤奋的研究和出色的译著"而先后被列入"《中国翻译家词典》《翻译家词典》《世界接触领先人物名人录》和《世界五千名人录》"的孙致礼，早在重译这部著作之前，就已开始并一直继续着自己浩大的"名著重译工程"了②。而在百花齐放的《老人与海》的翻译世界里，孙致礼的重译本更是以其对原著精准的理解与把握、忠实的翻译理念、冷静克制的笔调，向接近原作的境界迈进了一步。

在孙致礼进行重译之前，中国已经出现了近 80 个译本，在这样的背景下，重译的动因便显得尤为复杂。首先从赞助人视角来分析。按照我们在本章第一节中对该著作译介史的划分来看，孙致礼的译本属于 2011 年后重译的顶峰时期。这一孕育于 2006 年，在 2011、2012 两年终达巅峰的译介顶峰期，其形成的主要动因是海明威逝世五十周年的文学盛事与盛事之后的经济因素。海明威的作品及其翻译失去版权保护后，作为赞助人的出版社在出版中节省了大量版税，加之该著作本身具有的"普利策奖"和"诺贝尔文学奖"主要贡献者的双料光环，无论从经济因素，还是从文学价值因素来衡量，都确保了这部译著的稳定市场份额与收益。另外，出版社选定的译者有着文学翻译名家的身份，其权威与名声会提升译本的权威，这也是出版社选定名家翻译、以增加

---

① 该部分所选译例除有特殊说明外，均出自孙致礼译本。孙致礼译本由于是重译本，故小标题中使用"动因"一词，区别于前三种译本的"成因"。

② 刘霁：《博采众长 自成特色——记中年翻译家孙致礼》，《中国翻译》，1994 年第 3 期。

市场竞争力的重要策略。在笔者就名著重译的原因与外语教学与研究出版社一位编辑探讨时，这位编辑给出了这样的回答，"有的出版社考虑打名家翻译这个牌子，所以，就会出现很多重新翻译的名著"。作为翻译名家，大都有自己精辟独到的翻译理念，甚至形成了系统的翻译理论与体系，出版他们的名著重译本，是在严肃的文学意识支配下的选择，也是经济利益驱动的结果，是文学价值与经济利益兼而有之的产物。

其次，从译者视角来看，孙致礼的文学观、翻译观、翻译能力以及对原著的解读是关乎重译行为及其效果的重要因素。译者认为，海明威在对人物形象、心理活动和周围环境进行描写时，遵循所谓的"冰山"原则，采用所谓的"电报式文体"。他"克制自己的感情""不露声色"，以"简洁凝重的笔法"，"一扫19世纪亨利·詹姆斯以来一派冗繁芜杂的文风"，文章中的"冗言赘词"被"斩伐"得无影无踪。经过修剪斩伐之后的作品，现出了原本的清爽面目，并在"疏疏落落"、久经"锤炼"的文字之间，散发出浓浓的"寓意和诗化之美"。在海明威"冷静克制"的笔触下，一个虽"历尽千难万险却能屹立不倒"、处于重压下却"仍能保持优雅风度"的老人形象树立在我们眼前[①]。译者按照自己"神似与形似兼顾、直译与意译并用不悖"的翻译观，依据具体层面"先从直译试起""直译不能完全达意"则采取意译等补偿措施的操作原则[②]，将"忠实地展示原作的艺术风格"定为重译的最终目标。具体到翻译策略与翻译方法上，在风格传达层面，译者"似乎完全'归顺'了海明威，……最大限度地尊重海明威，尽量把自己埋没起来，一切照原作来译"；在语言文本传译层面，可以用四个"尽量"来概括其翻译策略，即"尽量展示作者用词凝练、干脆、

---

① 孙致礼：《一切照原作来译——翻译〈老人与海〉有感》，[美]欧内斯特·海明威：《老人与海》，孙致礼译，北京：外语教学与研究出版社，2013年，第1-3页。
② 孙致礼：《文学翻译应该贯彻对立统一原则》，《中国翻译》，1993年第4期。

生动的特色""尽量采取原文的表意方式""尽量追步原文的句法结构""尽量体现原文的陌生化手法"①。

在众多译本层出不穷、百花争鸣的时代语境中，孙致礼以"一切照原作来译"的翻译原则，擅用合并译法、转换角度等翻译技巧，塑造出克制冷静、重压下仍能保持优雅风度的老人形象，同时也传达出原作凝练、干脆、生动、流畅的特点与文风，并还原著以修剪枝丫后的"清爽"面目，真正实现了前译笼罩之下的超越。

1. 冷静克制、重压下仍能保持优雅风度的老人形象

孙致礼译本中冷静克制、重压下仍能保持优雅风度的老人形象，既是通过译者自身的语言风格与用词特点塑造出来的，也是在与前译的鲜明对比中凸显出来的。

首先，在叙事与对话的传译中，孙致礼采用相对正式的语体与文雅的用词，塑造出重压下风度优雅的老人形象。请看下面的例子（为节省篇幅，下列例子中其余译者相应的译文均以脚注的形式呈现）：

例 1 "Then we would have that for all of our lives." (p13-14)②

"那样一来，我们就会有一段**终生难忘**的回忆了。"

例 2 …and he knew it was too early in his dream…(p17)③

---

① 孙致礼：《一切照原作来译——翻译〈老人与海〉有感》，[美]欧内斯特·海明威：《老人与海》，孙致礼译，北京：外语教学与研究出版社，2013年，第3-9页。

② 张爱玲："那就够我们快乐一辈子的。"
余光中："那真够我们乐一辈子了。"
海观："那样一来，我们一辈子也忘记不了的。"
吴劳："这样，我们可以一辈子回味这回事了。"

③ 张爱玲：他在梦里也知道是太早……
余光中：他在梦中也知道是太早……
海观：他在梦里知道时间太早了……
吴劳：他在梦中知道时间尚早……

他在梦中知道**为时过早**……

例 3 The hands have done their work…(p88)①
我这双手已经**尽职尽责**了……

例 4 "I am still an old man. But I am not unarmed." (p93)②
"我依旧是个老头。不过我不是**手无寸铁**了。"

例 5 "It makes everything wrong." (p99)③
"真是**一错百错**。"

例 6 …and he did not like to be cut before it started. (p47)④
不想事情还没开始就**负伤**。

---

① 张爱玲：两只手已经做过了它们的工作……
余光中：双手已经完工……
海观：我的手已经干完了它们的活儿……
吴劳：我这两只手已经尽了自己的本分……
② 张爱玲："我仍旧是个老头子。但是我不是没有武器。"
余光中："我还是一个老头子。可是我有武器了。"
海观："我照旧是个老头儿。不过我不是赤手空拳罢了。"
吴劳："我照旧是个老头儿。不过我不是没有武器的了。"
③ 张爱玲："这把一切都弄得不对了。"
余光中："什么事情都弄糟了。"
海观："从头错到底啦。"
吴劳："这把一切都搞糟啦。"
④ 张爱玲：现在事情还没开始倒已经把手割破了。
余光中：当然不愿搏斗尚未开始，就把手割伤。
海观：所以他不愿还没有开始的时候就让手给割破了。
吴劳：不喜欢还没动手就让手给割破。

例 7 …and you have been many hours with the fish. (p49)①

你跟这鱼已经**周旋**了好几个钟头了。

例 8 "I missed you" (p113)

"You get your hands well old man." (p113)

"You must get well fast…" (p114) ②

"**我可想念你**"

"你把你的手**护理好**，老人家。"

"**你赶快好起来**……"

例 9 "And make a dream you've killed a man." (p108)③

"做个梦，梦见**你们弄死一个人**。"

例 10 He went into the Terrace and asked for a can of coffee. (p111)④

---

① 张爱玲：你已经和这只鱼搅了许多钟头了。
余光中：而是你守大鱼好几个钟头了。
海观：你跟大鱼已经搞了好些钟头了。
吴劳：你跟这鱼已经打了好几个钟点的交道啦。
② 张爱玲："我很想念你""老头子，你把你的手养好了。""你一定要快快地好起来……"
余光中："我一直想念你""你把两手弄弄好，老人。""你要快一点好起来……"
海观："我很想念你""你也要把你的手养好，老大爷。""你得赶快好起来……"
吴劳："我很想念你""你把你的手养好，老大爷。""你得赶快好起来……"
③ 张爱玲："你们去做个梦，梦见你们杀了个人。"
余光中："做个梦，梦见你杀了一个人吧。"
海观："做你们的梦去，梦见你们弄死了一个人吧。"
吴劳："做个梦吧，梦见你杀了一个人。"
④ 张爱玲：他到露台酒店去，要了一罐咖啡。
余光中：他走进平台，要了一罐咖啡。
海观：他走到海滨酒店去，要了一罐咖啡。
吴劳：他走进露台饭店，去要一罐咖啡。

他走进露台餐馆，**要一罐咖啡。**

例句 1 到例句 5 均为老人的语言与心理活动，孙致礼使用"终生难忘""为时过早""尽职尽责""手无寸铁""一错百错"等成语分别对译原文中的"have that for all of our lives""too early""done their work""not unarmed""everything wrong"，几个例句中的情景既有出海打鱼前的回忆，梦境中的思绪，也有与大鱼和鲨鱼搏斗中的自言自语与所思所想。而译者让在苦斗中的老人说出"尽职尽责""手无寸铁""一错百错"一类的成语，相对于其他译本中的选词，如例 2 中的"太早"，例 3 中的"做过了它们的工作""干完了它们的活儿""尽了自己本分"，以及例 4 中的"没有武器"，无形中为老人的形象增添了几分文雅的气质与优雅的风度。而例 6 与 7 中孙致礼选择的"负伤"与"周旋"两词，用以对译老人心理活动中的"be cut"和"been…with"两个表达，相对于其他译者的"割破""割伤"和"搅了""搞了""打交道"等用语，在语体上显得更为正式，提升了老人形象中文雅的一面。

例句 8 是老人回航后与孩子的一段对话，老人一句简单的"I missed you"，体现出他孤身一人在海上漂泊时对孩子的思念之情，而孩子一句"You must get well fast"，更是表现出孩子对老人的关切与依赖之情。孙致礼将表达二人深厚感情的两句话分别译为"我可想念你""你赶快好起来"。"我可想念你"相较于其他译本中的"我很想念你""我一直想念你"的表达，在感情的浓烈程度上更为弱化，而"你赶快好起来"与"你一定要快快地好起来""你要快一点好起来""你要赶快好起来啊"等用语相比，少了"一定""要""啊"等语气助词，在传达孩子关切与焦急的感情程度上更为淡化，以一个"赶快"对应原句中的"must"，其本身也是语气弱化的一个证明，而该译本中"护理好、调理好"等表达，较之"养好""弄弄好"，也增添了对话的正式感与说话者之间的疏远感。感情浓烈程度上的相对弱化、关切程度上的相对淡化，使得孙致礼译本中的老人形象更为克制与冷静。这一译句也开始呈现出孙译本的简化用词对老人形象传达的影响。如果说例8只是初步显露了孙译本用词简化与弱化的倾向，那么例9与例10则集中体现了该译本省略语气助词的特点。"梦见你们弄死一个人，要一罐咖啡"相对于另外四位译者的"梦见你杀了一个人""梦见你们弄死了一个人"以及"要了一罐咖啡""去要一罐咖啡"，虽只是一字之差，但少了这看似不起眼的助词，却改变了传译的语气。特别是用"梦见你们弄死一个人"来翻译"make a dream you've killed a man"一句中的现在完成时态，造成语气略显不足的同时，也使得老人在情感表达中稍显收敛。

译者在老人的自言自语、心理活动以及对话中使用成语、选用语体相对正式的词语、简化或省略语气助词，正是将自己解读中提及的作家克制的笔调、作品"去除芜杂"的特点，连同自己"忠实地展示原作艺术风格""一切照原作来译"的翻译理念一并在译作中实现的结果，在客观上传达出情感相对克制冷静、气质相对优雅的老人形象。

其次，与海观的译本相比，孙致礼译本在多处均显现出前译的影响与"笼罩"作用，但又在继承的同时表现出较大的区别。这一区别集中体现在语气助词的减少和语体正式性的提升两个方面。孙致礼重译本中老人的面目便有所不同，老人热烈的感情得以收敛，冷静克制、风度优雅的特点得以强化。我们首先看一下海观译本对孙致礼的笼罩作用：

例 11 The sea was very dark and the light made prisms in the water. The myriad flecks of the plankton were annulled now by the high sun and it was only the great deep prisms in the blue water that the old man saw now with his lines going straight

第四章 《老人与海》的重译动因研究 | 205

down into the water that was a mile deep. (p31)①

海观：海水是**黑魆魆的**，阳光在水里映出五彩斑斓的光柱。游走的生物所幻成的万点霞光，已经被高空的太阳所淹没，在老头儿把他的钓丝笔直地插入一哩深的水里时，他所看到的也只是从深邃的蔚蓝的海水里映出的辉煌夺目的光柱。

孙致礼：海水**黑魆魆的**，阳光在水中映出五彩斑斓的光柱。那不计其数的斑斑点点的浮游生物，这时被高空的太阳照射得都看不见了，老人把他的钓绳垂直下到一英里深的水中，所能看到的只是蓝色海水深处那巨大的光彩夺目的光柱。

例 12 For an hour the old man had been seeing black spots before his eyes and the sweat salted his eyes and salted the cut over his eye and on his forehead. (p76)②

海观：有一个钟头光景，老头儿都看见眼前有黑点儿在晃动，汗水**渍痛了**眼睛，**渍痛了**他眼皮上和脑门上的伤口。

孙致礼：有一个钟头光景，老人一直看见眼前有黑点，

---

① 张爱玲：海水非常深暗，日光在水中映出七彩的倒影。太阳高了，海藻的亿万细点现在完全消灭了，老人只看见那蓝色的水里映出大而深的七彩倒影。老人的钓丝毕直垂入水中，水有一英里深。

余光中：海水颜色深暗，阳光在水中映出缤纷的七彩。浮游生物的万点红斑，已因太阳高升而逐渐隐去，老人只看到蓝色深处大片七彩棱柱，还有他的钓索直入水中一英里深的海中。

吴劳：海水颜色深极了，阳光在海水中幻成彩虹七色。那数不清的斑斑点点的浮游生物，由于此刻太阳升到了头顶上空，都看不见了，眼下老人看得见的仅仅是蓝色海水深处幻成的巨大的七色光带，还有那几根笔直垂在有一英里深的水中的钓索。

② 张爱玲：老人眼花了，看见眼睛前面有些黑点子，已经有一个钟头之久；汗水把盐腌着眼睛，把盐腌着他眼睛上面割伤的口子，和额上的伤口。

余光中：老人看见眼前出现了黑点，咸的汗水打湿了他的眼睛，割痛他眼上额上的伤痕，这样已经一个钟头。

吴劳：老人看见眼前有些黑点子，已经有一个钟点了，汗水中的盐份沤着他的眼睛，沤着眼睛上方和脑门上的伤口。

汗水**渍痛**了他的眼睛，**渍痛**了他眼睛上和脑门上的伤口。

例 13 You violated your luck when you went too far outside. (p105)①

海观：你走得太远，把运气给**败坏**啦。

孙致礼：你出海太远，把运气给**败掉**了。

例 14 But it is rougher where you are going until you make the shore. (p47)②

海观：可是，在你没有飞到岸上去的时候，你飞去的地方总是**风狂浪涌的**。

孙致礼：不过，在你没有飞上岸以前，你飞到哪儿都**会是风狂浪涌的**。

例 15 "Sail on this course and take it when it comes." (p92)③

海观："还是把船朝这条航线上开去，有了事儿就**担当下来**。"

孙致礼："顺着这条航线行驶吧，有了事情就**担当着**。"

---

① 张爱玲：你出海太远，你冲犯了你的运气。
余光中：你出海太远，已经折福了。
吴劳：你出海太远了，把好运给冲掉啦。
② 张爱玲：但是你去那地方还更艰苦，一直要飞到岸上方才平安。
余光中：可是在你到岸之前，苦头还更多呢。
吴劳：但是你去的地方风浪较大，要飞到了岸上才平安。
③ 张爱玲："你顺着这条航行行驶，事情来到的时候就接受它。"
余光中："照直走吧，碰上了就拼了。"
吴劳："顺着这航线行驶，事到临头再对付吧。"

例 16 …and he worked his way back to the bow…(p43)①
海观：于是他硬撑着走回船头那边去，靠在木板上。
孙致礼：于是他硬撑着回到船头，靠在木板上。

例 11 至例 16 展现的是海观对孙致礼的笼罩与影响。在这些例句中，孙致礼无论在遣词、造句、行文，还是在断句习惯、表达顺序、用词特点方面，都体现出诸多与海观的相似之处。从表达顺序与断句习惯上看，二者显示出亦步亦趋的走向；从用词特点上看，"黑魆魆的"（例 11）、"渍痛"（例 12）、"败掉（败坏）"（例 13）、"风狂浪涌"（例 14）、"担当下来"（例 15）等其他译者均未选用而仅为海观、孙致礼译本所独有的用词，体现出二者的影响与继承关系。例 11 中"黑魆魆"一词已被有些学者归为"老化词语"（archaic lexis）②，由海观译本走入孙致礼译本，体现了后者对前者的借鉴；对于例 12 中"salted his eyes"，译者们各显神通，吴劳用"盐份沤着他的眼睛"对译，张爱玲译作"把盐腌着"，余光中将其弱化为"打湿了他的眼睛"，众多译者中，唯有海观与孙致礼选用了"渍痛"一词，这一表达明显有别于其他译文，但正因其较少的使用频率，较为贴切的表达，才被孙致礼所吸收，揭示出两个译本的继承关系；同样，例 13 中海观用于对应原句"violated"的"败坏"一词，在表达色彩上除具有鲜明的贬义外，还常用于价值判断，孙致礼"败掉"的译法，在词语色彩上，比其他译者都更为接近海观的表达；在例 14 中，海观将"rougher"一词强化为"风狂浪涌的"，在几种译文中，只有孙致

---

① 张爱玲：他又设法往回挪，挪到船头上，靠在那木头上休息着。
余光中：他努力挣回船头，靠着木板息下。
吴劳：于是他挪动身子回到船头，靠在木船舷上歇息。
② Elaine Yin-ling Ng. "The Translator's Style in Hemingway's *The Old Man and the Sea (1956)*". In James St. Andre & Peng Hsiao-yen,eds., *China and Its Others:Knowledge Transfer through Translation, 1829-2010*. Amsterdam-New York: Rodopi, 2012, pp.165-188.

礼译文选用了同样的表达,其余译者均进行了不同程度的弱化与还原。海观译本对孙致礼的笼罩作用还可通过下面的例子进一步加以佐证:

例 17 "You can let the cord go, hand, and I will handle him with the right arm alone until you stop that nonsense." He put his left foot on the heavy line that the left hand had held and lay back against his back. ... "Because I do not know what the fish is going to do." (p50)①

海观:"手,你别管钓丝啦,当我还在抽筋的时候,我会单独用右胳膊去对付它的。"他用左脚踩住原先拿在左手里的沉甸甸的钓丝,把身子仰到后面去撑住压在他脊梁上的拉力。……"因为我不知道大鱼还要**干什么**。"

吴劳:"你可以放掉钓索勒,手啊,我要单单用右臂来对付它,直到你不再胡闹。"他把左脚踩住刚才用左手攥着的粗钓索,身子朝后倒,用背部来承受那股拉力。……"因为我不知道这条鱼还要**怎么着**。"

孙致礼:"你可以放掉钓绳了,手,我可以只用右臂来对付它,直到你不再胡闹。"他用左脚踩住原先用左手抓住的粗钓绳,身子朝后仰,用背部来顶住钓绳的拉力。……"因为我不知道这条鱼还会**怎么着**。"

---

① 张爱玲:"手,你可以放开那条绳子,我单用右手的手臂来对付他,等你不胡闹了再交给你。"他把左脚踏在刚才用左手握着的那根粗钓丝上,他背上的压力很大,他向后仰着,保持均衡。……"因为我不知道这鱼又会使出什么招数来。"
余光中:"你可以放松绳子了,我的手,在你停止胡闹之前,我可以单用右臂操纵大鱼。"他用左脚踩在左手握过的粗索上,然后往后靠,以钓索的拉力为支持。……"因为我不能预料大鱼会怎样。"

例 18 When the old man saw him coming he knew that this was a shark that had no fear at all and would do exactly what he wished. (p90)①

海观：老头儿看见它来到，知道这是一条**毫无畏惧而且为所欲为**的鲨鱼。

吴劳：老人看见它在游来，看出这是条**毫无畏惧而坚决为所欲为**的鲨鱼。

孙致礼：老人一见它来了，就知道它是一条**毫不畏惧、为所欲为**的鲨鱼。

例 19 "It is a strong full-blooded fish," he thought. (p49)②
海观："这是一条**肉很壮、血很旺**的鱼，"他想。
吴劳："这是条**壮实而血气旺盛**的鱼，"他想。
孙致礼："这是一条**既壮实、血又旺**的鱼，"他想。

在这三个例子中，将五种译文的选词造句进行一一对比后，不难发现，孙致礼译本存在着借鉴海观、吴劳的种种痕迹，特别是沿用吴劳译本中个性鲜明的表达"怎么着"来对译"what the fish is going to do"；将海观和吴劳译本中连续使用的两个成语"毫无畏惧、为所欲为"完全予以保留，用以对译"that had no fear at all and would do exactly what he wished"；对于"full-blooded"一词，未如其他译者一样将其直译为"多血"，而是参照海观、吴劳译本，沿袭了"血又旺"的表达方式，这些都是前译的笼罩作用在孙致礼重译本中的具体体现。孙致礼对海观、吴劳译本的部分继承，

---

① 张爱玲：老人看见他来了，他知道这条鲨鱼是什么都不怕的，要怎样就怎样。
余光中：老人看见它跟了上来，知道这种鲨鱼毫无忌惮，一意孤行。
② 张爱玲："这一条强壮的多血的鱼，"他想。
余光中："这条鱼真结实，多血，"他想。

使得他在传达老人形象时同样凸显了其性格坚强的一面。但与此同时，孙致礼的重译又是在前译笼罩下的一种超越与精简，突出地表现在语气助词的精简与语体正式程度的提升上，老人的形象也随着语气助词的精简、语气上的收敛、语体正式程度的提升而显出冷静克制的一面。下面的例句清楚地展示了这一继承之中简化、收敛与超越的进程：

例 20 Then he thought, think of it always. Think what you are doing.（p38）

海观：于是他又想：心里总是惦记着这**玩艺儿**。想一想自己正在干着的事儿吧。

吴劳：接着他想，老是惦记着这**玩意儿**。想想你正在干的事情吧。

孙致礼：接着他又想，老是想这**玩意**。想想你正在干的事吧。

例 21 "I'm being towed by a fish and I'm the towing bitt." (p36)

海观："我给鱼拉着跑，**倒**变成一根系纤绳的短椿**啦**。"

吴劳："我正被一条鱼拖着走，成了一根系纤绳的短柱**啦**。"

孙致礼："我给一条鱼拖着走，变成一根系缆桩。"

例 22 "You give me much good counsel," he said aloud. "I'm tired of it." (p99)

海观："你给我想出了很巧妙的主意，"他敞开了喉咙说。"可是我懒得听下去**啦**。"

吴劳："你给了我多少忠告啊，"他说出声来。"我听得厌死啦。"

孙致礼："你给我出了许多高招，"他大声说道。"我都听腻了。"

例 23　...and the old man was still braced solidly with the line across his back. (p36)

海观：老头儿呢，照旧毫不松劲地拉住背在脊梁上的钓丝。

吴劳：老人呢，依然紧紧攥着勒在脊背上的钓索。

孙致礼：老人依旧紧紧地拉住挎在背上的钓绳。

例 24 "Come on," the old man said aloud. "Make another turn. Just smell them." (p33)

海观："来啊，"老头儿敞开了嗓门说。"再来一次吧。闻一闻它们看。"

吴劳："来吧，"老人说出声来。"再绕个弯子吧。闻闻这些鱼饵。"

孙致礼："来吧，"老人大声说道。"再转回身来。闻一闻。"

例 25 "I am a strange old man." (p6)

海观："我是一个古怪的老头儿啊。"

吴劳："我是个不同寻常的老头儿。"

孙致礼："我是个不同寻常的老头。"

例 26 "He's got something," the old man said aloud. (p24)

海观："它准是捉到什么东西啦，"老头儿提高嗓子说。

吴劳："它逮住了什么东西啦，"老人说出声来。

孙致礼:"它准是盯上了什么,"老人大声说道。

例 27 "They are good," he said. "They play and make jokes and love one another. They are our brothers like the flying fish." (p39)

海观:"它们都很和气,"他说,"它们在一道儿玩耍,寻开心,你爱我,我爱你**的**。象飞鱼一样,它们都是我们的兄弟**啊**。"

吴劳:"它们都是好样**的**,"他说。"它们嬉耍,打闹,相亲相爱。它们是我们的兄弟,就象飞鱼一样。"

孙致礼:"它们都挺不错,"他说。"一起玩耍、嬉闹,相亲相爱。它们像飞鱼一样,都是我们的兄弟。"

例 28 …but today there was only the faint edge of the odor because the wind had backed into the north and then dropped off…(p4)

海观:但是今天只送来**一些儿**淡淡的气息,因为风往北方刮去,**这会儿**已经平息……

孙致礼:但今天只有**一点**淡淡的气息,因为风转向了北方,**后来又渐渐**平息……

例 29 But the old man always thought of her as femine… and if she did wild or wicked things…(p21)

海观:但是**老头儿**总是把海当作一个女性,……要是她做出了卤莽的或者顽皮的**事儿**呢……

孙致礼:不过**老人**总是把大海当作女性,……她要是做出什么粗暴或可恶的**事**……

例 30 "…and we can share them in the morning…"… "You study it…" (p9)

吴劳:"**明儿早上就可以分着用了**。"……"**好好儿看报**,"……

孙致礼:"**明天早上我们合着用**。"……"**你看看报**,"……

例 31 …but just when he reached the point where it would break, …His old legs and shoulders pivoted with the swinging of the pulling. (p76)

吴劳:可是拉到快崩断的**当儿**,……两条老迈的**腿儿**和肩膀跟着转动。

孙致礼:可是就在快崩断的**时候**,……他的老腿和老肩膀也在跟着摆动。

例 32 He held the tiller under his arm and soaked both his hands in the water as the skiff drove forward. (p99)

海观:他把舵柄夹在**胳肢窝**里,双手泡在水里,随着船往前漂去。

吴劳:他把舵柄夹在**胳肢窝**里,双手浸在水里,小船朝前驶去。

孙致礼:他把舵柄夹在**腋下**,双手浸在水里,小船向前驶去。

例 33 They picked up the gear from the boat. …as the dew was bad for them… (p7)

海观:他们把**东西**从船上捡起。……因为那些东西沾了露水**就不好**,……

吴劳：他们从船上拿起打鱼的**家什**。……因为露水对这些东西**不利**，……

孙致礼：他们从船上拿起**器具**。……因为露水**有害于**这些东西，……

例 34 But you enjoyed killing the *dentuso*, he thought. He lives on the live fish as you do. (pp 94-95)

海观：他想：**你倒很乐意**把那条**鲨**鱼给弄死的。可是它跟你一样靠着吃活鱼过日子。

吴劳：但是你**很乐意**杀死那条登多索鲨，他想。它跟你一样，靠吃活鱼维持生命。

孙致礼：不过你**以**杀死那条 *Dentuso* **为快**，他想。它跟你一样，靠吃活鱼维生。

我们将三种译本按照译介的先后顺序加以排列，就是为了清晰地展现它们之间的继承与演变过程。例 20 至 27 主要展现了孙致礼译本对前译语气助词"啦""哪""啦""呢""吧"的精简。在老人的话语中省略了这些描述语气与感情状态的助词，老人的形象也相应地由热情、乐观、斗志昂扬，演变为冷静、克制、内敛。例 28 至 31 展现的是译者去除前译本中儿化音的过程。诸如"一些儿""这会儿""老头儿""事儿""明儿""好好儿""当儿""腿儿"等儿化音，读来方言意味和俚俗味道十足，大大增加了语体的口语化程度，而去儿化音的过程便是提升整部译作语体正式程度的过程，也体现了语言的变迁与规范化进程。至关重要的是，老人的形象在这一重译本中呈现出了相对文雅的面目。这一逐渐向文雅过渡的倾向通过由"胳肢窝"到"腋下"（例 32）的演变、由"东西"到"家什"再到"器具"（例 33）的演变、由"不好"到"有害"（例 33）的演变、由"倒很乐意"到"以……为快"（例

34）的演变，得以更加直观清晰地展现出来。

最后，与吴劳、张爱玲的译本相比，孙致礼译本在老人形象塑造中最大的不同之处便是主语中代词使用频率的降低。对于指称主语的代词的压缩使用，特别是对于代词"我"的省略，使得译本在老人的动作与心理刻画中，无形中减少了对"自我"的强调与表达，降低了老人情感上的浓烈程度，凸显了老人冷静克制的一面。请看下面的例证：

例 35 I have no cramps and I feel strong. …I wish I could see him. (p37)

张爱玲：**我**的手脚并不抽筋，**我**自己觉得很强壮。……**我**希望**我**能看见他。

吴劳：**我**手脚没有抽筋，**我**感到身强力壮。……但愿能看到它。

孙致礼：**我**没有抽筋，觉得有的是力气。……真想能看到它啊。

例 36 If I lose the glare of Havana… (p37)
张爱玲：如果**我**看不见哈瓦那强烈的灯光……
吴劳：如果**我**就此看不见哈瓦那炫目的灯光……
孙致礼：要是看不见了哈瓦那的灯火……

例 37 Let him think I am more man than I am and I will be so…against only my will and my intelligence. (p54)

张爱玲：让他想着我是个胜过**我**的人，**我**就会超过**我**自己。……而他的敌人仅仅是**我**的意志和**我**的智慧。

吴劳：让它以为**我**是个比现在的我更富有男子汉气概的人，**我**就能做到这一点。……而要对付的仅仅是**我**的意志和**我**的智慧。

孙致礼：让它以为**我**比实际上更有男子汉气概，**我**也会是那样的。……而要对抗的仅仅是**我**的意志和智慧。

例 38 Anyway I feel better with the sun and for once I do not have to look into it. (p 45)

张爱玲：反正现在**我**已经觉得好些了，太阳出来了，今天难得的，**我**可以用不着朝太阳看。

吴劳：反正太阳出了，**我**觉得好过些，这一回**我**不用盯着太阳看了。

孙致礼：不管怎样，太阳出来后感觉好多了，这下**我**不用盯着它看了。

例 39 And no one to help either one of us. (p41)

张爱玲：**我是没有**一个人帮助我，**他也没有**一个人帮助他。

吴劳：而且**我和它**都没有谁来帮忙。

孙致礼：**我们俩**谁也没有帮手。

这些例句都是对老人心理活动的描写，属于肖特所谓的自由直接引语（free direct speech）与自由直接思绪（free direct thought）的范畴[①]。老人频繁使用"I"一词，是一个人在独处之中，自言自语或独自思索时所特有的状态，也是自我感情自然流露的方式，海明威以独到的敏感加以捕捉，并颇为逼真地反映和描摹出这一意识流般反反复复、絮絮自语的情态。在传达代词"我"的过程中，张爱玲是所选五位译者中最为忠实的一位，几乎达到了亦步

---

[①] Elena Semino & Mick Short, *Corpus Stylistics: Speech, Writing and Thought Presentation in a Corpus of English Writing*, Abingdon: Routledge, 2011, appendix 2, p. 235.

亦趋的地步，吴劳也是代词使用倾向较为明显的译者。与这两位前辈译者相比，孙致礼大大减少了代词的传译量，而常代之以直接省略的处理方法。如在例 35 中，共出现了四处代词"I"做主语的情形，张爱玲原封不动地予以保留，凸显了老人对自"我"感情的积极表达与主动流露，吴劳保留了两处，在情感表达程度上有所下降，而孙致礼却压缩到了一处，使得感情的流露程度进一步弱化，老人含蓄、不外露的一面得以强化。从例 36 至 38 的三个例句中，孙致礼是三位译者中省略最频繁的一位；就算在例 39 中，在未出现"I"做主语的情况下，张爱玲与吴劳分别采用"我是没有……，他也没有……"与"我和它"两种方式进行传译，而孙致礼则采用了隐藏自我，强化整体的"我们"一词进行传达。孙译本通过省略代词主语"我"的使用，或者通过整体代词对"自我"进行的弱化处理，在老人形象的传达中减少了其自我表达与显形的频率，在加强老人性格中含蓄、冷静元素的同时，体现了译者的干预作用。

综上所述，孙致礼在所选的五位译者中，通过使用相对正式的语体与文雅语汇，初步奠定了老人重压下风度优雅的性格基调；而其重译本在不时地流露出海观、吴劳等前译影子的同时，又通过简化语气助词、提升语体正式性的手段，凸显了老人形象中冷静、克制的一面；对主语代词"我"的压缩使用与省略，使得他笔下的老人形象明显区别于张爱玲、吴劳译本中凸显自我、感情外露的老人形象，老人情感的浓烈程度相对降低，而其含蓄、冷静的一面得以强化。至此，孙致礼笔下冷静、克制、重压下保持优雅风度的老人形象赫然树立起来。

2. 一切照原作来译——面目清爽而"忠实的美人"

孙致礼[①]主张译者在文学翻译中应有"埋没自我的气度"

---

① 孙致礼：《译者的克己意识与创造意识》，《上海科技翻译》，2000 年第 1 期。

和"甘作'传真机'的精神"。正如方平所言,译家选择埋没自我、"尊重原作,亦步亦趋,并不意味着对于自己的艺术个性的压抑"①,因为译者所谓的艺术个性和译文的艺术性,"必须以忠实于原文的'艺术性'为前提"。在《老人与海》的重译中,他更是提出"一切照原作来译"的总体原则,并通过"神似与形似兼而顾之、直译与意译并用不悖"的翻译策略②,实现了"信"与"美"的辩证统一,为读者呈现了面目清爽而"忠实的美人"③。所谓"忠实的美人",主要指译本忠实地反映了原作生动的用词特色,而"面目清爽"则主要体现在用词的凝练方面,请看下列典型的译例:

例 40 The old man knew that he was dead but the shark would not accept it. Then, on his back, with his tail **lashing** and his jaws **clicking**… (p91)④

老人知道它没命了,可鲨鱼却不肯认输。这时它肚皮朝上,**尾巴噼里啪啦扑打着**,两腭发出咔嚓咔嚓的响声……

例 41 "(**slapping**, **banging**, **breaking**, **feeling**) …and the noise of you clubbing him …and the sweet blood smell all over

---

① 方平:《文学翻译在艺术王国里的地位》,《中国翻译》,1993 年第 1 期。
② 孙致礼:《文学翻译应该贯彻对立统一原则》,《中国翻译》,1993 年第 4 期。
③ 孙致礼:《译者的克己意识与创造意识》,《上海科技翻译》,2000 年第 1 期。
④ 张爱玲:老人知道他已经死了,但是鲨鱼不承认,然后,他朝天躺着,尾巴鞭打着,嘴嗒嗒嗒嗒响着……
余光中:老人晓得它已经送命,可是它不肯认输。不久它背脊朝下,拍动尾巴,磨响牙齿……
海观:老头儿知道它是死定了,鲨鱼却不肯承认。接着,它肚皮朝上,尾巴猛烈地扑打着水面,两颗格崩格崩地响着……
吴劳:老人知道这鲨鱼快死了,但它还是不肯认输。它这时肚皮朝上,尾巴扑打着,两腭嘎吱作响……

me." (pp4-5)①

"听到你噼里啪啦用棍子打鱼的声音……我浑身上下**散发着一股甜丝丝的血腥味儿**。"

例 42 He had come up so fast and absolutely without caution that he **broke the surface of the blue water** and was in the sun. (p89)②

它蹿得很快，完全无所顾忌，**哗的一声冲出蓝色的水面**，来到了阳光里。

以上三个例子是海明威"将诗的精髓融入小说描写"的集中体现。在例句 40 中，作家通过"his tail lashing"与"his jaws clicking"的动态形式，模拟鲨鱼尾巴拍打与两腭摩擦所发出的声响，生动形象地塑造了两种听觉意象，制造了身临其境般的艺术效果。例 41 更是将诗歌中的意象艺术发挥到了极致，句中不仅包含前例中提及的听觉意象"slapping""banging"与"the noise of clubbing"，还增加了视觉意象"breaking"，感觉意象"feeling"和嗅觉意象"the sweet blood smell"，鱼尾的扑打声、棍子的敲击声，声声入耳，船舷断裂的景象、老人保护孩子的场景，历历入目，视觉、感觉、听觉、嗅觉融于一体、声情并茂的一段描写，仿佛一出

---

① 张爱玲："还有你用木棒打他的声音……我浑身都是那甜甜的血腥气。"
余光中："你用棍子打它的声音……四周都是甜腻腻的血腥气味。"
海观："我又听到你们用棍子打鱼的声音……接着一股新鲜的血腥味儿扑遍了我的全身。"
吴劳："听到你啪啪地用棍子打鱼的声音……还记得我浑身上下都是甜丝丝的血腥味儿。"

② 张爱玲：他出来得这样快，而且一点也不谨慎，他竟冲破了那蓝色的水面，来到阳光中。
余光中：他向上疾升，毫无忌惮，终于冲破蓝色的水面，到阳光之下。
海观：它游得那么快，什么也不放在眼里，一冲出蓝色的水面就涌现在太阳光下。
吴劳：它蹿上来的那么快，全然不顾一切，竟然冲破了蓝色的水面，来到了阳光里。

正在上演的戏剧，给读者以身临其境之感。对于原作中塑造的种种意象，五位译者也发挥各自的创造性，进行了不同程度的传达。对于例句40中的第二个声觉意象"clicking"，各位译者分别以"咔嚓咔嚓""噶嗒噶嗒""磨响""格崩格崩""嘎吱"和"咔嗒咔嗒"进行了忠实地传译，但在第一个意象"his tail lashing"的翻译中，相对于"尾巴鞭打着""拍动尾巴""尾巴猛烈地扑打着""尾巴扑打着"和"尾巴扑腾着"几种表达而言，孙致礼译作中"尾巴噼里啪啦扑打着"的译法，因生动地再现了意象中的声响而更胜一筹。同样地，在例句41的翻译中，孙致礼"噼里啪啦用棍子打鱼"的译法，以拟声词生动描摹出了听觉意象，较之其他译本中缺乏拟声词的译法，更忠实地传达出了原作的艺术特色，而他在"一股甜丝丝的血腥味儿"之前添加了"散发出"这一动态，更是逼真地烘托出嗅觉意象所营造的艺术效果。到了例句42，对于视觉意象"broke the surface of the blue water"，多数译者将其转译为"冲破蓝色的水面"，译者孙致礼却在视觉效果之上，添加了"哗的一声"这一表达，营造了听觉意象，增添了此情此景的真实感与艺术美。从以上三例可以看出，孙致礼在生动、贴切、传神地传译原作的意象中，不仅实现了对海观、吴劳译本的超越，在所选译者中，似乎也略胜一筹，这与他对原著艺术手法的深刻理解和自己一贯的翻译理念不无关系。在其译本开篇的翻译有感中，孙致礼对海明威这样评价道，"作者用词……生动……常常从视觉、感觉、听觉和触觉入手，使人物的语言、行动和心理的描写以及场景的刻画，都达到了惊人的凝练和生动"[①]。正是基于对原作艺术特色如此的解读，译者才在坚持一贯秉承的"忠

---

① 孙致礼：《一切照原作来译——翻译〈老人与海〉有感》，[美]欧内斯特·海明威：《老人与海》，孙致礼译，北京：外语教学与研究出版社，2013年，第3页。

实于原文的'艺术性'"①的前提下,提出"原则上尽量忠实地再现海明威的艺术特色"②的翻译策略,而在实际效果中,以上三个典型的例子与译作中众多类似的例子,都充分证明在"克己意识"与"创造意识"的共同作用下,孙致礼的重译本忠实地传达出原著生动的艺术之美,为读者呈现出了他所谓的"忠实的美人"③。

孙致礼重译本呈现的"忠实的美人"和对前译的超越,还体现在对原作内容精准的理解、对原作凝练笔调的忠实传达,以及对原作陌生化文学手法的保留等方面。且看下列例句:

例 43 But now they were **freshening** as when the breeze rises. (p5)④

这时就像微风乍起时那样给**鼓得更足**了。

例 44 ... and slept on the other old newspapers that covered the **springs** of the bed. (p16)⑤

躺在床垫**弹簧**上铺着的旧报纸上睡下了。

---

① 孙致礼:《译者的克己意识与创造意识》,《上海科技翻译》,2000 年第 1 期。
② 孙致礼:《一切照原作来译——翻译〈老人与海〉有感》,[美]欧内斯特·海明威:《老人与海》,孙致礼译,北京:外语教学与研究出版社,2013 年,第 11 页。
③ 孙致礼:《译者的克己意识与创造意识》,《上海科技翻译》,2000 年第 1 期。
④ 张爱玲:但是现在它们变得更清新有力了,就像一阵风刮起来一样。
余光中:如今正像微风渐起那么重新旺盛起来。
海观:现在又象微风初起的时候那样清新了。
吴劳:现在可又象微风初起时那么清新了。
⑤ 张爱玲:睡在垫在床上钢丝上的旧报纸上面。
余光中:睡在铺着旧报纸的弹簧床上。
海观:睡在铺在破床的弹簧上面的旧报纸上。
吴劳:在弹簧垫上铺着的其他旧报纸上睡下了。

例 45 It had **a wire leader** and a medium-sized hook… (p25)①

钓绳上有一条金属接钩绳和一个中号钓钩……

例 46 "I do not like for him to waken me. It is as though I were **inferior**." (p16)②

"我不愿让他来叫醒我。好像我比不上他似的。"

例 47 …because they had to go to work on the docks loading **sacks** of sugar…(p60)③

因为他们得到码头上去把一袋袋的蔗糖装上船……

例 48 …leaning forward **against the thrust of the blades in the water**… (p20)④

然后俯身向前，借着桨叶在水中的推力……

上述六个例子可以让我们窥见孙致礼译本的精准程度。例句

---

① 张爱玲：上面有一只铁丝导杆和一只不大不小的钩子……
余光中：索上系有一条金属引线和一把中型的钓钩……
海观：钓丝上有一根粗铁丝和一个中等大小的钓钩……
吴劳：钓丝上系着一段铁丝导线和一只中号钓钩……
② 张爱玲："我不喜欢让他来叫醒我。好像我比他低一级。"
余光中："我不喜欢让他来叫醒我。那样显得我不中用。"
海观："我不乐意让他来喊醒我，这样仿佛他倒比我强些似的。"
吴劳："我不愿让船主人来叫醒我。这样似乎我比他差劲了。"
③ 张爱玲：因为他们要到码头上去工作，搬运一袋袋的糖……
余光中：因为他们得到码头上去装运糖袋……
海观：因为他们要到码头上去扛糖包……
吴劳：因为他们得上码头去干活，把麻袋装的糖装上船……
④ 张爱玲：桨在水里一戳，他的身子就向前一冲……
余光中：借着桨面拨水之势，向前俯倾身子……
海观：然后弯下身去，把桨叶往水里一撑……
吴劳：身子朝前冲，抵消桨片在水中所遇到的阻力……

43 中的"freshening"一词,据《牛津高阶英语词典》的释义",用来形容风时,"意思是"becoming stronger"<sup>①</sup>,这样一来,孙致礼的译法"给鼓得更足了",较之"清新""清新有力"等表达更为精确,余光中的"重新旺盛起来"也较为贴近原作之意。对于例 44 中的"springs of the bed"一词,"弹簧床""弹簧垫"等译法转变了原句的焦点,句中明确表明老人是将报纸铺在了床铺的弹簧上,或有隐指老人床垫的裸露、床铺的破旧之意,以烘托老人生活的困苦凄凉,若不加区别地将其译为"弹簧床"或"弹簧垫",则改换了表达的顺序与焦点,隐含的意义随之消失殆尽;相比之下,孙致礼"床垫弹簧上"的译法较为准确,海观虽也给出了类似的译法,却在"弹簧"前面冠之以"破床"的修饰,有画蛇添足之嫌。例 45 中以"铁丝导杆""金属引线"或"铁丝导线"传达"wire leader"一词,若脱开语境,单从字面来看,则更像用于导电的专业器材;相比之下,孙致礼的"金属接钩绳"与语境更为契合、贴近。例 46 中的"inferior"分别被几位译者译作"比他低一级""不中用""比我强似的"等,其中,"比他低一级"用于对话,语体显得正式刻板,"不中用"隐去了比较的含义,"比我强似的"转换了比较的视角,孙致礼的翻译"好像我比不上他似的",将孩子由老人那里继承而来的那股子永不服输的傲气表达得生动形象,入木三分,吴劳的"似乎我比他差劲"也是与原句相符的译法。在例 47 中,将"sacks"一词的复数含义精细传达出来的译者只有孙致礼与张爱玲。而到了例 48,孙致礼将"against the thrust of the blades in the water"译作"借着桨叶在水中的推力",在几乎保持词词对应的同时,简洁凝练地传达出原文的确切含义,特别是在与"桨在水里一戳""把桨叶往水里一撑""抵消桨片在水中所遇到的阻力"等译法进行对照之时,更是凸显

---

① 孙致礼:《一切照原作来译——翻译〈老人与海〉有感》,[美]欧内斯特·海明威:《老人与海》,孙致礼译,北京:外语教学与研究出版社,2013 年,第 4 页。

出其形似与神似兼顾的长处，余光中"借着桨面拨水之势"虽以表达的文采与凝练胜出，却在字面的忠实程度上稍逊。通过译本之间的对比分析，我们可以看出，孙致礼译本确实以忠实与精准见长。该译本另外一个较为突出的特点是其语言的凝练与简洁，我们可以从下面的例子中窥见一二：

例 49 On the brown walls of the flattened, overlapping leaves of the sturdy fibered *guano*…(p7)①
在这用坚苞壳叶压织成的褐色墙上……

例 50 …and each one headed for the part of the ocean where he hoped to find fish. (p20)②
向可望捕到鱼的海面驶去。

例 51 …noting the speed of the water against his hand. (p69)③
注视着**水流过手**的速度。

例 52 …**the ship lay anchored with the evening off-shore breeze**…Just then the fish jumped making a great bursting of

---

① 张爱玲：纤维坚强的棕树叶子，压扁摊平了，组成棕色的墙，墙上挂着……
余光中：纤维结实的瓜诺那扁平而交叠的叶子，编成褐色的墙壁……
海观：在用带有硬纤维质的'海鸟粪'的叶子按平了交叠着砌成的褐色的墙上……
吴劳：在用纤维结实的"海鸟粪"展平了叠盖而成的褐色墙壁上……
② 张爱玲：每人都向海洋里他希望能够找到鱼的地方划去。
余光中：各人向自己有望捕鱼的洋面划去。
海观：每一个人直向他希望找到鱼的那一块海面上驶去。
吴劳：每一条驶向指望能找到鱼的那片海面。
③ 张爱玲：注意看着水冲激在手上的速度。
余光中：一面注意海水冲手的速度。
海观：留心望着水向手上冲击的速度。
吴劳：留意着水冲击在他手上的速度。

the ocean... (pp71-72)①

**船迎着吹向海面的晚风停在那儿。……正在这时，那鱼猛地一跳，使海面轰然迸裂开来……**

在例句 49 中，对于"the brown walls of the flattened, overlapping leaves of the sturdy fibered *guano*"一句，我们分别看到了"纤维坚强的棕树叶子，压扁摊平了，组成棕色的墙""纤维结实的瓜诺那扁平而交叠的叶子，编成褐色的墙壁""在用带有硬纤维质的'海鸟粪'的叶子按平了交叠着砌成的褐色的墙上"和"在用纤维结实的'海鸟粪'展平了叠盖而成的褐色墙壁上"几种译法，与之相比，孙致礼"在这用坚苞壳叶压织成的褐色墙上"的表达用词最精最简，堪称用语凝练的典范。同样，在例 50 中，各位译者纷纷以"每人都向海洋里他希望能够找到鱼的地方划去""各人向自己有望捕鱼的洋面划去""每一个人直向他希望找到鱼的那一块海面上驶去"和"每一条驶向指望能找到鱼的那片海面"的句子，来对译"each one headed for the part of the ocean where he hoped to find fish"，对此，孙致礼以"向可望捕到鱼的海面驶去"的译法，再次展现出其洗练、干脆的用词特点。从这一译例开始，对主语"each one"的省译，已经显露出他采用合并翻译法的端倪；到了例 51 和例 52 中，孙译本中的"水流过手"("the speed of the water against his hand")和"船迎着吹向海面的晚风停在那儿"("the ship lay anchored with the evening off-shore breeze")，已经明

---

① 张爱玲：船停泊在那里，夜晚有微风从岸上吹来，……正在这时候，那鱼跳起来了，海洋大大地爆裂开来……
余光中：大船迎着陆上吹来的晚风，泊在岸边；……正在这时，大鱼冲破了一大片洋面……
海观：他的船在吹向海面的晚风里停泊在那儿，……正在这当儿，那条鱼猛的一跳，把海水溅起了巨大的浪花……
吴劳：船抛下了锚停泊在那里，晚风吹向海面，……正在这当儿，鱼跳起来了，使海面大大地迸裂开来……

显是合译法的典型体现了。特别是在与其他译者的对比之中，如"注意看着水冲激在手上的速度""水向手上冲击的速度"和"船停泊在那里，夜晚有微风从岸上吹来""大船迎着陆上吹来的晚风，泊在岸边""船抛下了锚停泊在那里，晚风吹向海面"，更显现出将句意表达进行合并翻译而产生的凝练效果。而例52中"轰然迸裂开来"一语，较之其余的译法，在凝练之外，又平添了几分生动形象之感。孙致礼在继承前译的基础上，修剪枝丫，不仅大量削减语气助词，而且采用合并译法，以凝练、干脆的笔风，还原著以本来的清爽面目。

通过上述众多译例，我们可以清楚地看到，孙致礼依据"一切照原作来译"的原则，忠实地传达出原著生动、干脆和凝练的用词特点，为读者奉献出了面目清爽的"忠实的美人"。

3. 孙致礼译本的得与失

整体而言，一方面，孙致礼部分地继承了前人的译本，特别是海观译本的精髓之处，但与此同时，他又不满于前译最终呈现出的种种面目，去儿化音、削减语气助词、省略代词或将其进行名词化还原、提高理解的精准度、注重意象的传达、合并翻译以达到表达凝练等手段，正是他改变前译的面目、在继承之中实现的超越：口语化程度的降低、语气助词的减少，使得他笔下的老人显出更多冷静、克制、风度优雅的一面；而精准、生动、凝练的译法则为读者呈现出面目清爽的、"忠实的美人"。老人形象的传达与原著艺术风格的保留，都得益于其"艺术与科学熔为一炉、神似与形似兼而顾之、直译与意译并用不悖"的翻译观[①]，得益于其翻译中对"克己意识与创造意识"的均衡把握和对"信与美"的辩证理解[②]，可以说，这一形神兼备的重译本正是译者翻译观与翻译理念的具体体现。

---

[①] 孙致礼：《文学翻译应该贯彻对立统一原则》，《中国翻译》，1993年第4期。
[②] 孙致礼：《译者的克己意识与创造意识》，《上海科技翻译》，2000年第1期。

这一译本的长处不言而喻，但同时也存在不足。上文中我们对译者的合并译法略有提及，并通过实例论证了该译法可使译作达到简洁、凝练的效果。运用得当，合并译法的优势无可比拟，但若使用过度，也同样会显出其弊端。请看下列几个例句：

Just then the stern line came taut under his foot, where he had kept a loop of the line… (p29)
就在这时，他脚下打了个圈的船尾钓绳突然绷紧了。

The male fish always let the female fish feed first and the hooked fish, the female, made a wild, panic-stricken, despairing fight that soon exhausted her,…(p40)
雄鱼总是让雌鱼先吃东西，而那条上了钩的雌鱼就疯狂地、惊慌失措地、没命地挣扎起来，不久就筋疲力尽了……

在这两个例句中，译者跨越逗号的阻隔，采取了合并译法，将第一句中"the stern line…, where he had kept a loop of the line"合并译为"打了个圈的船尾钓绳"，将第二句中的"the hooked fish, the female"合并为"那条上了钩的雌鱼"。两种表达单独来看简洁明了，但若放在语境中，则显露出逻辑上的问题。例如第一句"就在这时，他脚下打了个圈的钓绳突然绷紧了"，依照认知的顺序，在这一场景中，人们最先直观感知到的，应当是"钓绳突然绷紧"，然后才进一步认知到钓绳此前曾"打了个圈"。译者将原文中"where"引导的定语从句前移，并转变为定语嵌入主句之中，虽在技巧上缩短了句长，精简了用词，却违背了人的客观认知规律，造成了突兀与不自然之感。这种突兀与不自然之感并非笔者一家之言，综观所选五种典型译本，有三种都选取了与孙译不同的译法，这本身便印证了笔者的观点。张爱玲充分发挥标点的功能，通过"船尾那根钓丝绷紧了——那条绳子绕了个圈子踏在他脚底下"的译法，保留了原句的顺序，海观与吴劳则通过添加连接词的方法，分别以"船梢的缆绳在他脚下突然绷紧，**因为**他在那儿打了一个活疙瘩的缘故"和"船梢的那根细钓丝在他脚下绷紧了，**原来**他在脚下绕了一圈"的表达，还原了原句应有的认知规律。在第二句中，"雄鱼总是让雌鱼先吃东西，而那条上了钩的雌鱼就疯狂地、惊慌失措地、没命地挣扎起来"，传达给读者的信息是，首先雄鱼让雌鱼"吃东西"，然后雌鱼就疯狂"挣扎起来"，两个动作之间出现了逻辑上的断裂。究其原因，便是译者将"the hooked fish, the female"的同位语结构简化合并为偏正结构——"那条上了钩的雌鱼"，因而出现了略过雌鱼上钩的动作而直接对其拼命挣扎的苦境进行描写的情况，给人以仓促、突兀之感。如果与其他译本相比，这一仓促之感更加凸显。张爱玲使用破折号代替同位语结构，将该句译为"雄鱼总让雌鱼先吃，那上钩的鱼——一条雌的——疯狂地，惊慌失措地，绝望地挣扎着"，海观则以"公鱼总是让母鱼先吃东西，而那条上了钩的鱼，母鱼呢，给钓住以后，就疯狂地、惊慌失措地、没命地挣扎起来"，再现了原句的同位结构。造成孙致礼译本个别之处逻辑断裂、表达突兀的原因，正是译者追求凝练、简洁的倾向所致，使用合并译法，消除原句中可能导致冗余表达的定语从句与同位语结构，在实现去除芜杂的同时，也暴露出译者的干预作用，下面的例子也同样体现出译者的显形：

I must remember to eat the tuna before he spoils in order to keep strong. (p39)

要想身强力壮，我得记住趁金枪鱼没坏的时候把它吃掉。

Mine I must improvise to his because of his great size. (p50)

由于它个头太大，我必须根据它的计划，随机应变做出我的计划。

老人从未独力对付过如此机智庞大的对手，因此在捕获过程中要时刻随机应变，与它斗智斗勇。这两句便是老人孤身一人在海上漂泊时的自由直接思绪（free direct thought），是海明威用来跟踪与描摹主人公一点一滴心理活动的独特手法，逼近意识流的效果。译者按照汉语的思维习惯和翻译的惯常技巧，将两句中位于句末的"in order to keep strong"和"because of his great size"放置于句首。一般情形下，这样颠倒句序的做法无可厚非，但若用在心理活动的两个片段中，则"要想身强力壮，我得记住……"和"由于它个头太大，我必须……"的表达方式，凸显了话语组织与表达中较强的逻辑性，给人以思维缜密、表意清晰、目的明确、深思熟虑后才有感而发的印象，与重压之下思绪零乱、一点点流露的感觉不相吻合，也在一定程度上打破了近似于意识流的描摹手法。相比之下，"我一定要记着吃那条鲔鱼，在他腐烂之前吃掉他，吃了长力气"与"我的计划得要跟着他的计划，随机应变，因为他的个子这样大"（张爱玲译），在保留原句语序的同时，将心理活动所特有的随意、无序的特点也保留下来。在自由直接思绪的翻译中，孙致礼凸显了主人公思维缜密、计划周详的一面，强化了老人冷静克制的形象特点。

在《老人与海》的重译如火如荼、重译本层出不穷的今天，孙致礼不满足于前译呈现出的面目，在部分继承前译本的基础上，努力从理解、表达、行文、选词等各方面实现超越。而他也凭借自己作为重译者的各方面能力，包括成熟系统的翻译观、对"卓越"的不懈追求、对原作"尽窥其妙的解读能力"和对目的语

"运用自如的驾驭能力"①,在不断接近原著的译介之路上迈进了一步。

# 第三节 小结

至此,我们从赞助人、重译者、前译的面目三个动因视角,将五种《老人与海》的译本及重译本一一进行了详尽的剖析与对比,在凸显各个译本与其时代语境的关联、自身所具备的特点的同时,通过在叙事、对话、引语和思绪翻译中寻找到的蛛丝马迹,展现出译本迥然各异的风格,凸显了译者的创造性。若对每种译本的开篇首段进行回顾,则更可直观地一睹各位译家的风采:

> 他是一个老头子,一个人划着一只小船在墨西哥湾大海流打鱼,而他已经有八十四天没有捕到一条鱼了。在最初的四十天里有一个男孩和他在一起。但是四十天没捕到一条鱼,那男孩的父母就告诉他说这老头子确实一定是晦气星——那是一种最最走霉运的人——于是孩子听了父母的吩咐,到另一只船上去打鱼,那只船第一个星期就捕到三条好鱼。(张爱玲译)

> 那老人独驾轻舟,在墨西哥湾暖流里捕鱼,如今出海已有八十四天,仍是一鱼不获。开始的八十四天,有个男孩跟他同去。可是过了四十天还捉不到鱼,那男孩的父母便对他说,那老头子如今不折不扣地成了晦气星,那真是最糟的厄运,于是男孩听了父母的话,到另一条船上去,

---

① 孙致礼:《译者的职责》,《中国翻译》,2007年第4期。

那条船第一个星期便捕到三尾好鱼。(余光中译)

  他是个独自在湾流里一只小船上打鱼的老头儿,他到那儿接连去了八十四天,一条鱼也没有捉到。头四十天上,有一个孩子跟他在一起。可是,过了四十天没有捉到一条鱼,孩子的爸妈就对他说,老头儿现在一定"背运"了(那是形容倒霉的一个最坏的字眼)。他们吩咐孩子搭上另一只小船到海里去,在那只船上,头一个星期就捉到了三条好鱼。(海观译)

  他是个独自在湾流中一条小船上钓鱼的老人,至今已去了八十四天,一条鱼也没逮住。头四十天里,有个男孩子跟他在一起。可是,过了四十天还没捉到一条鱼,孩子的父母对他说,老人如今准是十足地"倒了血霉",这就是说,倒霉到了极点,于是孩子听从了他们的吩咐,上了另外一条船,头一个礼拜就捕到了三条好鱼。(吴劳译)

  他是个独自在湾流一条小船上打鱼的老人,现已出海八十四天,一条鱼也没捉到。头四十天,有个男孩跟他在一起。可是,过了四十天还没钓到一条鱼,孩子的父母便对他说,老人如今准是极端 *salao*<sup>*</sup>,就是说倒霉透顶,那孩子便照他们的吩咐,上了另一条船,头一个星期就捕到三条好鱼。(*西班牙语中有 *salado* 一词,意为"倒霉的"。古巴当地老百姓使用该词时,吃掉了浊辅音 d。)(孙致礼译)

  只是寥寥百字的一个开端,便呈现出各具特色的文风,由此可见,所谓"贴近原作的风格、抑制译者的风格",无论在理论上多么合理,在实践中又为此付诸多大的努力,都是不可能完全实现的,因为原作的风格不可能完全传达,而译者的风格又不可能完全抑制。无论是所谓的作家型译者还是学者型译者,具有成熟、鲜明、独特的译者风格,是所有翻译大家的最重要的标志之一。而这一独有的风格标记或品牌,有时还会在为凸显自我创造性而不随意苟同的意识中、在自己的才情、气质渐趋成熟的过程中、在读者的逐渐认可、接纳、推崇中,不断得以强化并趋向固化。译家这一日趋成熟、固化的风格,会因自己所持有的翻译观而变得更加稳定。本节以对译本风格标记的统计开端,以对译者风格的探讨收尾,本身便在前译面目、赞助人与重译者三个视角构筑的重译动因线索之下,勾勒出译本风格与重译者风格这条隐含的线索。

在文学翻译这门艺术中,译者的个性、风格,作为衡量译作艺术性的标准之一,正是读者,包括作家类读者,选择某一译家译本的理由。作家肖复兴谈到十年后再次读到汝龙翻译的《契诃夫全集》的感受,说"有一种风雨故人来的感觉(应该包括汝龙先生在内)"[①]。作家赵玫坦诚,正是因为翻译家李文俊对艰涩难懂的福克纳作品进行的"技术上的处理",才使她真正理解了意识流,她甚至将"拥有了李文俊先生翻译的那本《喧哗与骚动》"当作"生命中的一件重要的事";莫言更是直言,他是"通过读李文俊先生写在福克纳书前的序言了解福克纳这个人的"[②]。对于李文俊对福克纳的解释性或明晰化处理,有质疑的声音,也有以"译介之初有必要明晰化"为由表示赞同的声音。孰是孰非,我们不拟在此展开论述。但赵玫与莫言的话至少直接明了地告诉我们:作为读者之中精英分子的作家,他们十分清楚,自己读到的不只是福克纳的作品,还是经译家李文俊先生之手"重写"的福克纳

---

[①] 肖复兴:《契诃夫之恋》,《作家谈译文》,上海译文出版社,1997年,转引自赵稀方:《二十世纪中国翻译文学史》,天津:百花文艺出版社,2009年,第99页。
[②] 赵玫:《在他们中穿行》,《外国文学评论》,1990年第4期。

作品，对原作写作技巧上的明晰化处理必然包含对艺术手法、行文措辞等风格因素的变动与干预。不只是作家，普通读者对于所阅读作家背后的译家以及译家的风格也非常敏感。例如，林少华所译的《挪威的森林》，深受读者的喜爱，他们无法接受林少华之外的其他译者的译本，而且有时甚至分不清自己读的到底是村上春树还是林少华。对此，林少华表示，翻译中不着自己烙印的情况是不可能出现的，自己较之如赖明珠等其他译者所不同或胜出之处，便是自己译本中表达的韵味和情调[1]，也即自己遣词造句与语言运用风格上的独特之处。这些中国作家和普通读者接触到的、影响并指引其一生的外国作家，实际上都是作家与译家合二为一的形象，能运用精准的语言将心底敏感细腻的感情表达出来的作家肖复兴，明确揭示了这其中的真相：启蒙作家写作、普通人阅读，令人如痴如醉、惺惺相惜的那个人，不只是原作作家，还有藏在他背后的那个人——译者[2]。翻译向来都是一种"双重写作，是根据本土文化价值观重写原文"[3]。那些译林难以超越的传世佳作，如《名利场》《德伯家的苔丝》《高老头》等译著都出自天赋才华、风格鲜明的"重写"原著的高手。原作者风格与译者风格之间本就包含一种难以调和的矛盾：在理论上译者应当以传达原作风格为己任，克制自己的风格，勿以自己的风格替代原作风格；而在文学翻译的实际操作中，译者很难、甚至不忍完全丢弃自己的手法、个性与文风，因为这是读者将某一译家与其他译者进行区分辨别的主要依据。

同样，一部《老人与海》，经不同译笔的点化，也各有千秋：张爱玲敏感细腻，译出了一唱三叹的婉约苍凉之美；余光中精雕

---

[1] 赵稀方：《二十世纪中国翻译文学史》，天津：百花文艺出版社，2009年，第254页。
[2] 同上，第99页。
[3] [美]韦努蒂（Lawrence Venuti）著，《译者的隐形——翻译史论》，张景华等主译，北京：外语教学与研究出版社，2012年，第347页。

细琢，擅用文言，为译作注入了凝练沉郁之气；海观步步相随，刻画出言犹不尽之意；吴劳孜孜探究，平添了生动活泼之趣；孙致礼精准老到，磨砺出冷静克制之风。若拓展开来，延伸到这五种译本之外，则李文俊译本潇洒、酣畅、豁达乐观的气息迎面扑来，李锡胤译本生动传神的意境之美萦绕其间，谷启楠译本清新儒雅的气质悄然流露。众多优秀译本登台献艺，如锦瑟和鸣，显现出不拘一格的创造性，可以说，每位译者用自己独特的笔触书写了带有自我印记的《老人与海》。

许钧在回顾《红与黑》的重译时曾发出了这样的感慨，"既然以不为外界所动的追求挺过了五十年的时光，这件事本身所承载的，早已不仅限于斯丹达尔著下的那个四十余万字的故事。……浓缩在这十几个版本的《红与黑》里，大约可以把翻译能自主的或是不能自主的欢喜和悲哀、成功和失败、梦想和现实一并包揽在内了吧"[①]。同样的事情似乎也发生在《老人与海》的重译历程中。这部著作自1952年首次由张爱玲译介到中国至今，也已经走过了半个多世纪的光阴。在这半个多世纪的时光中，涌现出面目各异的众多译本与重译本，这些版本的交替更迭所折射出的意识形态与文学意识之间的较量，译者文学观与翻译观的碰撞，后译对前译的否定、批判、继承与超越，新老出版社在开启民智、提升文化与争取市场利益之间的调和，这也远非一个短短两万七千余字的故事所能承载得了的。关于《老人与海》的重译故事，正如《红与黑》一样，不仅没有完结，似乎还"向着更热闹的方向去"了[②]。

---

[①] 许钧：《〈红与黑〉汉译的理论与实践——代引言》，许钧主编：《文字·文学·文化——〈红与黑〉汉译研究》（增订本），南京：译林出版社，2011年，第5页。

[②] 同上，第4页。

# 结　语

重译现象自文学翻译起始的源头——佛经翻译时起，便与翻译活动相生相伴，中国佛经翻译的历程，可以说是佛经原本不断被发现、被取回、被补充、被重译的历史；而开启了中国西方文学翻译的《伊索寓言》[①]，在中国的传播史，也是自利玛窦的第一个译本起、相继经历明代中译本、清代中译本、官话译本、方言译本等多种译本的重译历史；到了晚清时期、20世纪三四十年代，乃至80年代初，分别存在于小说翻译、苏联作品翻译、小语种文学作品翻译中的转译方法，加之译者文化文学意识与翻译观的转变以及对完美翻译的不懈追求，为后世的大规模重译播下了种子，于是产生了三四十年代、八九十年代的重译高潮；走到今天，随着大批古典名著纷纷超出版权保护期，在出版社提升文化与争取市场经济利益的调和之间，规模空前的重译高潮再次到来。重译现象在翻译历史中长期、普遍存在，不可忽视。围绕重译进行的研究便与这一股股重译高潮紧紧相随。从道安的"五失本""三不易"，到玄奘的"五不翻"，一方面是中国传统译论的发端，但从某种意义上来说，也是中国重译研究的最初雏形，因为这些关于佛经翻译的原则或理论阐释，或直接生发于重译本的比较，或受长期重译实践灵感的激发，均无法与重译脱离关系。而由佛经翻译或重译研究引发出的"文质之争"，"直译意译之争"，则为后世的重译研究定下了"在论争中发展"的基本思路。分别发生

---

① 马祖毅：《中国翻译史（上卷）》，武汉：湖北教育出版社，1999年，第682页。

于20世纪二三十年代与八九十年代有关重译的论争,带来了重译研究上的两次高峰,两次论争的焦点问题分别为"重译经济不经济"与"文学翻译有无定本"的问题。周建新①重申了许钧"文学翻译不存在定本"的观点,可谓定本之争在近年的延续。而在重译研究领域进行的最为彻底、影响最大的"关于《红与黑》汉译"的论争,更是涵盖了包括直译与意译的问题、形似与神似的问题、翻译的创造性与艺术论等问题在内的传统译学中几乎所有的焦点问题。这些重译研究中的论争,同时触及到了中国译学研究的核心。我们似乎可以说,围绕重译进行的论争,不仅是重译研究发展的动力,更是中国译学发展的巨大动力。从这一意义上来看,重译研究在中国翻译研究领域的重要地位与价值不言而喻。重译现象在翻译历史中不容忽视,重译研究在中国译学中的重要价值不言而喻,这些都是笔者决定进行本研究的原动力。

韦奴蒂认为,重译是价值的创造,而重译研究可以分别从历史研究、译者才能研究和互文性研究三条途径入手②。在这三条主要途径之中,笔者选取了从重译动因的视角对重译及其历史进行研究的途径。国外的重译研究深陷于"重译假设——实证研究——修正假设"的固化模式中难以自拔,也从未将"外译中"的理论研究与实证研究纳入自己的视野;中国的重译研究则封闭于对焦点问题进行论争的问题式研究思路,缺乏选取恰当的视角,从理论框架的整合与构建开始,将个案纳入自己的理论框架,并在此基础上将重译现象连贯起来进行整体的、详细的、历史性叙述的完整研究。一方面,国外重译研究在理论上存在相对固化的模式,在实证中存在对"外译中"案例研究的缺失,另一方面,囿于问题式的研究途径,国内重译研究虽有对国外翻译理论的借

---

① 周建新:《重译——如何再现经典之美》,《出版广角》,2012年第2期。
② 田传茂:《西方重译理论研究述评》,《天津外国语大学学报》,2014年第1期。

鉴，但在理论上却难有用以分析实际案例或解决现实问题的合理、系统的理论框架、研究视角与研究方法，在实例研究中又缺乏对重译历史的整体关联与叙述。正是中外重译研究中的种种不足，以及在历史研究中的薄弱，才更加凸显出本研究的必要性，以及在理论与实际应用上的价值。

本研究在理论构建中的价值与突破，主要体现在完整的理论框架、明确的研究思路与研究方法，以及全新的研究视角方面。本研究将描写翻译理论与皮姆的翻译历史研究方法相结合，既汲取了描写学派将翻译视为制约下的活动而进行客观、动态描写的总体思路，也吸收了皮姆绘制重译历史曲线图等具体的翻译史研究方法，并在两种研究途径的交汇中，确定了三大动因视角。具体而言，即由佐哈尔多元系统理论中的"规约"与图瑞翻译理论中的"规范"概念，析出"制约下的前译面目"这一视角，由列夫维尔改写理论中析出"赞助人"视角，以及由皮姆的历史研究法中析出描写学派的盲点——"译者"视角。客观、动态描写的总体思路，具体的翻译史研究方法，加之前译面目、赞助人和译者三大研究视角，构建出了全新、完整的理论研究框架。

通过《老人与海》的重译案例研究，我们对建构的理论框架进行了验证，证实了该框架的可行性。《老人与海》的重译研究主要有以下几个发现：

在第一个层面，即重译动因视角下的历史研究中，我们在对《老人与海》所有 302 种中文版本和 178 种全译本进行收集、整理、归类后发现，《老人与海》是同时以经典文学和儿童文学（或青少年读物）两种形态在中国译介与传播的，而它在中国的译介与重译主要经历了时断时续的翻译起步期（1952 年至"文化大革命"结束前）、两次重译高潮（1978 年至 1988 年、20 世纪 90 年代中后期至 21 世纪初）、重译的顶峰期（2006 年起、以 2012 年为顶峰并延续至今）几个历史阶段，从译介起步期到两次重译高潮的迈进，体现了政治意识形态力量与文学意识支配力量之间的较量，经高潮到沉寂、又攀至高峰的过程，则体现了文学意识与经济意识两种力量之间的角逐。

在第二个层面，即重译动因视角下的文本研究中，通过关于风格标记的数据统计，我们发现，由余光中译本、孙致礼译本、吴劳译本、张爱玲译本、到海观译本，篇幅与平均句长逐渐加长，初步显示了译本风格由简洁凝练到详尽铺张的变化趋势。具体层面的对比分析发现，张爱玲敏感细腻，译出了一唱三叹的婉约苍凉之美；余光中精雕细琢，擅用文言，为译作注入了凝练沉郁之气；海观步步相随，刻画出言犹不尽之意；吴劳孜孜探究，平添了生动活泼之趣；孙致礼精准老到，磨砺出冷静克制之风。各有千秋、风格各异的译本背后，是前译面目、赞助人和译者三者共同作用的结果。海观、吴劳的译本凸显了赞助人的操纵力量；张爱玲、余光中的译本凸显了作为作家的译者文学观与风格在译作中的显形；孙致礼的译本凸显了译者对个人翻译观的实践；吴劳、孙致礼的译本凸显了前译面目的影响作用以及对前译的超越精神。

此外，若将研究视野拓展开来，延伸至国外重译研究中的重译假设层面，则五种代表性译本从整体上并未完全沿着风格与内容更接近原著的方向演变，张爱玲的首译本、余光中的译本，都树立了较高的起点；但另一方面，若只截取海观、吴劳与孙致礼的三种译本及各自代表的时代加以考察，则呈现出随时代变迁在继承中有所超越与提高的倾向。对重译假设的验证结果是本研究的另一发现。本研究从赞助人、前译面目和译者视角，研究了《老人与海》在中国半个世纪的重译历史，纵向采取由全景考察到核心聚焦的方式，由全部302种中文版本的全景，聚焦到178种全译本，直至严肃译本和5种代表性译本；横向涵盖重译动因视角下的历史研究和文本研究两大纬度；方法涉及历史演变的曲线图、风格标记的数据统计、典型译例对比、美学赏析等。在研究方法与视角的创新、研究纬度的逻辑性、文本的统计广度、文本研究的细化等方面，本书在一定程度上拓展了《老人与海》重译研究的广度与深度，并为其他名著的重译历史研究提供了可供借鉴的模式。

由于国内可供进一步研究的资料相对匮乏，加之研究视野与能力所限，本书在以下几个方面显现出进一步深入研究的空间与可能性。

第一，本书以术语的辨析与界定、重译动因角度的选定、重译动因框架的建构、动因三个视角的确定、历史动因框架下《老人与海》的重译研究等几个部分，构成了较为完整、系统的研究，体现出一定的理论价值与实际应用价值，但紧随其后、由此自然生发的后继研究——重译批评研究，也是值得重墨书写的。这里的重译批评研究，既可继承现有译学批评中借助哲学、美学、阐释学等学科成果构建而成的理论框架，涵盖前人提及的盲目引进、翻译质量的失控、译风的浮躁、翻译人才的青黄不接等批评层面[①]，也可在继承的基础之上，加入市场、读者对重译现象、重译本的真实反馈因素。例如采用读者调查问卷形式，可以是传统的、面对面的发放与收回问卷，也可以利用网络平台大大拓展参与调查的读者对象；又如可以利用网络平台，对重译本开展网络批评，这一形式的批评可以依据图书售卖网站上读者对每一部重译本所给出的真实评价与反馈展开。例如，笔者在图书网站上看到了一条对《老人与海》某一译本的评价，这位读者在阅读后发出了这样的疑问：为何薄薄的一本小说，却要在正文之前发出名曰"译者序"的长篇大论？这位普通读者的反馈，为我们在重译批评中对普通与专业读者进行划分提供了依据。我们还可以变

---

① 许钧、穆雷主编：《中国翻译研究（1949—2009）》，上海：上海外语教育出版社，2009年，第127页。

读者评价的单向模式为出版社、译者、读者多向互动的模式，推动重译批评的开展。2013年，一场缘起于包括《小王子》及《老人与海》在内的一系列文学经典重译本的出版、后经网络平台的推波助澜而引发的轰动一时的"李继宏事件"，便初步显示了重译网络批评的巨大威力与影响。果麦文化传媒有限公司在新译本腰封上打出的"迄今为止最优秀译本"的宣传语，是引发这一网络论战的关键，而出版社将其对译者"年轻天才翻译家"的定位、将译者对前译错误进行纠正的信息，都一并刊印在封皮醒目处的做法，更是将论战推向高潮的重要因素。卷入这场论战的既有知名出版人，也有著名翻译家，论战的焦点则覆盖了重译质量、对前译的批评与继承等重译批评问题，以及对前辈译家宽容与否的翻译伦理问题等。这次网络事件虽以翻译批评的面目出现，但其论战的实质却与中国重译研究中的论争模式一脉相承，可谓重译研究在网络上的一种延续，不仅为后续重译研究提供了空间，也使得借助话语建构理论进行重译研究成为可能。

第二，本书选取了当前翻译出版界的"宠儿"——《老人与海》，作为重译研究的主要案例，但这并非意味着所构建的理论框架只适用于此类流行、热门的重译本。继此动因研究之后，《老人与海》以外的重译世界，那些不甚兴盛、甚至较为冷清的文学经典重译世界，如迄今只拥有四个左右全译本、真正成为"弃儿"的《弃儿汤姆·琼斯》，其动因视角下的重译历史，以及这种几乎无人问津的状况背后的成因，都有待于我们继续挖掘与研究。关于重译的研究，正如一部文学经典的重译实践一样，每天都在继续。

# 参考文献

## 一、中文文献
1. 专著、文集、译作

[1] 查明建，谢天振：《中国20世纪外国文学翻译史》，武汉：湖北教育出版社，2007年。

[2] 陈福康：《中国译学史》，上海：上海外语教育出版社，2011年。

[3] 单德兴：《翻译与脉络》，台北：书林出版有限公司，2009年。

[4] 董衡巽：《海明威评传》，杭州：浙江文艺出版社，1999年。

[5] 厄内斯特·海明威：《老人与海》，海观译，上海：新文艺出版社，1957年。

[6] 厄内斯特·海明威：《老人与海》，谷启楠译，天津：天津人民出版社，2013年。

[7] 厄尼斯特·海明威：《老人与海》，李继宏译，天津：天津人民出版社，2013年。

[8] 二十四所高等院校编：《外国文学史4》，吉林人民出版社，1981年。

[9] 方梦之主编：《译学辞典》，上海：上海外语教育出版社，2004年。

[10] 方梦之主编：《中国译学大辞典》，上海：上海外语教育出版社，2011年。

[11]古柏曼：《欧内斯特·海明威的〈老人与海〉》，刘云根、王宝玲译，北京：外语教学与研究出版社，1996年。

[12]郭著章等编著：《翻译名家研究》，武汉：湖北教育出版社，1999年。

[13]海明威：《老人与海》，成君忆译，北京：北京联合出版公司，2012年。

[14][美]海明威，《老人与海》，吴劳译，上海：上海译文出版社，1987年。

[15]海明威：《老人与海》，张爱玲译，北京：北京十月文艺出版社，2012年。

[16]海明威：《老人与海》，张炽恒译，北京：商务印书馆，2014年。

[17]刘念兹等编著：《欧美文学简编》，济南：山东教育出版社，1982年。

[18]陆国强：《英汉语义结构对比》，上海：复旦大学出版社，1999年。

[19]吕俊，侯向群：《翻译批评学引论》，上海：上海外语教育出版社，2009年。

[20]罗新璋：《风格、夸张及其他》，许钧主编，《文字·文学·文化——〈红与黑〉汉译研究》（增订本），南京：译林出版社，2011年。

[21]罗新璋：《关于〈红与黑〉汉译的通信（六）——罗新璋致许钧》，许钧主编，《文字·文学·文化——〈红与黑〉汉译研究》（增订本），南京：译林出版社，2011年。

[22]罗新璋：《关于〈红与黑〉汉译的通信（七）——罗新璋致许渊冲》，许钧主编，《文字·文学·文化——〈红与黑〉汉译研究》（增订本），南京：译林出版社，2011年。

[23]罗新璋：《斯当达与维璃叶》，许钧主编，《文字·文学·文

化——〈红与黑〉汉译研究》（增订本），南京：译林出版社，2011年。

[24] 罗新璋编：《翻译论集》，北京：商务印书馆，1984年。

[25] 马祖毅：《中国翻译史（上卷）》，武汉：湖北教育出版社，1999年。

[26] 孟昭毅，李载道主编：《中国翻译文学史》，北京：北京大学出版社，2005年。

[27] 欧内斯特·海明威：《老人与海》，李文俊译，杭州：浙江文艺出版社，2012年。

[28] 欧内斯特·海明威：《老人与海》，余光中译，南京：译林出版社，2012年。

[29] 欧内斯特·海明威：《老人与海》，李文俊译，杭州：浙江文艺出版社，2012年。

[30] 欧内斯特·海明威著，《老人与海》，孙致礼译，北京：外语教学与研究出版社，2013年。

[31] 欧内斯特·海明威：《老人与海》，王之光译，北京：北京联合出版公司，2014年。

[32] 欧内斯特·海明威：《老人与海》，张白桦译，天津：天津社会科学院出版社，2011年。

[33] 乔叟：《坎特伯雷故事》，黄杲炘译，上海：上海译文出版社，2011年。

[34] 秦秀白编著：《文体学概论》，长沙：湖南教育出版社，2000年。

[35] 施康强：《何妨各行其道》，许钧主编：《文字·文学·文化——〈红与黑〉汉译研究》（增订本），南京：译林出版社，2011年。

[36] 施康强：《红烧头尾》，许钧主编：《文字·文学·文化——〈红与黑〉汉译研究》（增订本），南京：译林出版社，2011年。

[37]思果:《翻译研究》,北京:中国对外翻译出版公司,2004年。

[38]宋炳辉:《文学史视野中的中国现代翻译文学——以作家翻译为中心》,上海:复旦大学出版社,2013年。

[39]托马斯·哈代:《还乡》,王守仁译,南京:译林出版社,1997年。

[40]王宏印:《中国传统译论经典诠释——从道安到傅雷》,武汉:湖北教育出版社,2003年。

[41]王宏印:《文学翻译批评概论》,北京:中国人民大学出版社,2009年。

[42]王向远,陈言:《二十世纪中国文学翻译之争》,南昌:百花洲文艺出版社,2006年。

[43]韦努蒂(Lawrence Venuti):《译者的隐形——翻译史论》,张景华等主译,北京:外语教学与研究出版社,2012年。

[44]奚永吉:《文学翻译比较美学》,武汉:湖北教育出版社,2001年。

[45]许钧:《文学翻译批评研究》(增订本),南京:译林出版社,2012年。

[46]许钧,穆雷主编:《中国翻译研究(1949-2009)》,上海:上海外语教育出版社,2009年。

[47]许钧主编:《文字·文学·文化——〈红与黑〉汉译研究》(增订本),南京:译林出版社,2011年。

[48]杨绛:《记杨必》,《杨绛全集》,北京:人民文学出版社,2014年。

[49]杨自俭:《关于重译〈印度之行〉的几个问题》,《外语与外语教学》,2003年第5期。

[50]余光中:《余光中谈翻译》,北京:中国对外翻译出版公司,2002年。

[51]喻云根主编：《英美名著翻译比较》，武汉：湖北教育出版社，1996年。

[52]赵稀方：《二十世纪中国翻译文学史》，天津：百花文艺出版社，2009年。

[53]郑海凌：《文学翻译学》，郑州：文心出版社，2000年。

[54]周煦良：《翻译三论》，罗新璋编，《翻译论集》，北京：商务印书馆，1984年。

[55]周煦良主编：《外国文学作品选（第四卷 现代部分）》，上海：上海译文出版社，1979年。

[56]周仪，罗平：《翻译与批评》，武汉：湖北教育出版社，2005年。

2. 论文及其他文章

[57]陈爱华：《时间的玫瑰：国内〈瓦尔登湖〉翻译出版情况研究》，《中国出版》，2011年第8期。

[58]陈东成：《复译原因的大易阐释》，《广州大学学报》（社会科学版），2014年第4期。

[59]陈国华：《论莎剧重译》，《外语教学与研究》，1997年第2期。

[60]陈国华：2014年12月17日于天津商业大学外国语学院做的题为"莎士比亚的艺术成就与莎剧的汉译"的讲座。

[61]陈佳：《"天书"〈尤利西斯〉将出新译本》，《新京报》，2004年6月18日，http://www.gmw.cn/content/2004-06/18/content_45344.htm，2015年3月11日。

[62]陈子善：《张爱玲译〈老人与海〉》，《文汇报》，2003年9月8日，http://www.china.com.cn/chinese/RS/399498.htm，2015年3月11日。

[63]陈子善：《范思平，还是张爱玲？——张爱玲译〈老人与海〉新探》，《中国现代文学研究丛刊》，2011年第11期。

[64] 但汉源:《名著重译应少留些败笔》,《外语教学》,2000年第1期。

[65] 丁锡鹏:《关于重译与剽窃的思考——由前苏联译坛的一桩公案谈起》,《中国翻译》,1992年第2期。

[66] 董红钧:《把握人物形象,力求更信更达更雅——〈红与黑〉重译漫谈》,2006年第6期。

[67] 方平:《文学翻译在艺术王国里的地位》,《中国翻译》,1993年第1期。

[68] 高方:《文学生命的继承与拓展——〈不能承受的生命之轻〉汉译简评》,《中国翻译》,2004年第2期。

[69] 辜正坤:《筛选积淀重译论与人类文化积淀重创论》,《外语与外语教学》,2003年第11期。

[70] 郭宏安:《我译〈红与黑〉》,许钧主编:《文字·文学·文化——〈红与黑〉汉译研究》(增订本),南京:译林出版社,2011年。

[71] 韩沪麟:《从编辑角度漫谈文学翻译——兼评许译〈红与黑〉译者前言》,许钧主编:《文字·文学·文化——〈红与黑〉汉译研究》(增订本),南京:译林出版社,2011年。

[72] 郝运:《关于〈红与黑〉汉译的通信(四)——郝运致许钧》,许钧主编:《文字·文学·文化——〈红与黑〉汉译研究》(增订本),南京:译林出版社,2011年。

[73] 胡东平、黄秋香:《复译的伦理》,《山东外语教学》,2012年第3期。

[74] 贾焕杰:《阐释学关照下的复译和误译》,《前沿》,2010年第6期。

[75] 姜秋霞:《心理同构与美的共识——兼谈文学作品复译》,《外语与外语教学》,1997年第1期。

[76] 李春江,王宏印:《多元系统理论关照下的莎士比亚戏

剧翻译——莎剧翻译与复译及其历史文化语境的概要考察》,《外语与外语教学》,2009年第6期。

[77]李军:《论余光中散文的句法特点》,《广州师院学报》,1994年第4期。

[78]李骏虎:《名著实乃画蛇添足》,《文学自由谈》,2001年第5期。

[79]李明:《从主体间性理论看文学作品的复译》,《外国语》,2006年第4期。

[80]李文俊:《夜谈文学翻译批评》,《中国翻译》,1992年第2期。

[81]李文俊:《译人自语》,《文学自由谈》,1995年第3期。

[82]李新朝、张璘:《重译中的误读和误译——基于〈哈克贝利·费恩历险记〉的研究》,《扬州大学学报》(人文社会科学版),2008年第6期。

[83]林克难:《翻译研究:从规范走向描写》,《中国翻译》,2001年第6期。

[84]林克难:《翻译研究期待百花齐放》,《上海翻译》,2005年第1期。

[85]林一安:《大势所趋话复译》,《出版广角》,1996年第5期。

[86]刘伽:《〈简·爱〉中译本译介:译作与经典名著的建构》,《华南科技大学学报》(社会科学版),2010年第5期。

[87]刘桂兰:《论重译的世俗化取向——在翻译活动与价值实现的交合点上》,博士学位论文,上海外国语大学,2011年。

[88]刘桂兰:《重译考辨》,北京:光明日报出版社,2010年。

[89]刘霖:《博采众长 自成特色——记中年翻译家孙致礼》,《中国翻译》,1994年第3期。

[90]刘全福:《在"借"与"窃"之间:文学作品重译中的

伦理僭越现象反思——以〈呼啸山庄〉两个汉译本为例》,《东南大学学报》(哲学社会科学版),2010年第4期。

[91]刘晓丽:《名著重译 贵在超越》,《中国翻译》,1999年第3期。

[92]刘云虹:《复译重在超越与创新》,《中国图书评论》,2005年第9期。

[93]陆霞:《说说格林童话全集的汉译史》,《当代文坛》,2012年第4期。

[94]陆颖:《历史、社会与文化语境中的复译——Gone with the Wind 中译研究(1940—1990年)》,《同济大学学报》(社会科学版),2008年第4期。

[95]陆颖:《描述翻译研究视域下复译"贵在超越"论的内在悖论》,《外语与外语教学》,2014年第3期。

[96]罗国林:《名著重译刍议》,《中国翻译》,1995年第2期。

[97]罗蓉蓉:《文学名著重译的编辑出版理念探析》,《编辑之友》,2013年第8期。

[98]马若飞:《张爱玲笔下的〈老人与海〉》,《邵阳学院学报》,2007年第4期。

[99]秦文华:《对复译现象与翻译标准的剖析》,《外语与外语教学》,2004年第11期。

[100]石云龙:《经典重译 旨求臻境——评黄源深译作〈最后一片叶子〉》,《解放军外国语学院学报》,2010年第2期。

[101]舒坦:《新闻一束》,《文学教育(上)》,2010年第11期。

[102]司显柱:《言语行为框架:翻译过程·文学翻译》,《外语教学》,2007年第4期。

[103]孙会军,孙致礼:《改革开放后我国外国文学翻译界的一场风波》,《中国比较文学》,2006年第2期。

[104]孙建成,温秀颖:《从一首莎诗看翻译的语境对话》,《外语与外语教学》,2007年第3期。

[105]孙郁:《张爱玲》,《博览群书》,2009年第11期。

[106]孙致礼:《文学翻译应该贯彻对立统一原则》,《中国翻译》,1993年第4期。

[107]孙致礼:《译者的克己意识与创造意识》,《上海科技翻译》,2000年第1期。

[108]孙致礼:《改革开放后我国外国文学翻译界的一场风波》,《中国比较文学》,2006年第2期。

[109]孙致礼:《译者的职责》,《中国翻译》,2007年第4期。

[110]孙致礼:《新时期我国英美文学翻译水平之我见》,《中国翻译》,2008年第3期。

[111]孙致礼,周晔:《交织在叙述语言中的战争与爱情——海明威〈永别了,武器〉重译有感》,《解放军艺术学院学报》,2009年第2期。

[112]汤君:《国外翻译研究学术期刊及其刊文倾向分析》,《外语研究》,2008年第3期。

[113]田传茂:《西方重译理论研究述评》,《天津外国语大学学报》,2014年第1期。

[114]涂卫群:《文学杰作的永恒生命——关于〈追忆似水年华〉的两个中译本》,《文艺研究》,2010年第12期。

[115]屠国元,汪壁辉:《翻译模因"重译"与"复译"演变考——中国译学术语建设之思考》,《外语教学》,2014年第1期。

[116]王宝童:《也谈诗歌翻译——兼论黄杲炘先生的"三兼顾"译诗法》,《中国翻译》,2005年第1期。

[117]王东风:《翻译文学的文化地位与译者的文化态度》,《中国翻译》,2000年第4期。

[118]王洪涛:《庄械韵散熔一体,论疏评点铸新译——王宏

印新译〈哈姆雷特〉评析》,《中国翻译》, 2014 年第 3 期。

[119] 王宁:《"被译介"和"被建构"的易卜生:易卜生在中国的变形》,《外国文学研究》, 2009 年第 6 期。

[120] 王涛:《爱伦·坡名诗〈乌鸦〉的早期译介与新文学建设》,《南京师范大学文学院学报》, 2013 年第 1 期。

[121] 王振民:《诗歌的可译性和译好诗的艺术价值》,《中国翻译》, 1987 年第 6 期。

[122] 文洁若:《萧乾和我为什么合译"天书"〈尤利西斯〉》,《中华读书报》, 2002 年 7 月 11 日, http://www.china.com.cn/chinese/feature/172043.htm, 2015 年 3 月 11 日。

[123] 奚念:《翻译在外国文学经典建构中的作用——〈简·爱〉汉译研究》, 博士学位论文, 上海外国语大学, 2009 年。

[124] 许渊冲:《为什么重译〈约翰·克利斯朵夫〉》,《外国语》, 1995 年第 4 期。

[125] 杨武能, 许钧:《漫谈文学翻译主体》,《译林》, 2000 年第 3 期。

[126] 杨武能:《百年回想的歌一曲:〈浮士德〉在中国之接受》,《中国翻译》, 1999 年第 5 期。

[127] 袁辉, 徐剑:《出场、差异、合理性:论文学复译的三个循环》,《外国语文》, 2014 年第 4 期。

[128] 张经浩:《重译〈爱玛〉有感》,《中国翻译》, 1999 年第 3 期。

[129] 张世红:《从〈西风颂〉的两个译本比较看经典名作复译的必要性》,《国际关系学院学报》, 2010 年第 3 期。

[130] 张威:《莎士比亚戏剧汉译定量分析研究》, 博士学位论文, 上海外国语大学, 2014 年。

[131] 张旭:《融合新知与诗学重诂——白话文学语境中"学衡派"英诗复译现象考察一例》,《外语研究》, 2010 年第 6 期。

[132]张雪松:《余光中:提醒读书人任重道远》,《深圳特区报》,2011年11月11日,http://www.chinawriter.com.cn/2011/2011-11-11/106103.html,2015年3月12日。

[133]章国军:《名著复译与误读》,《外国语文》,2013年第4期。

[134]赵璧:《博弈论视角下的重译者策略空间》,博士学位论文,上海外国语大学,2012年。

[135]赵玫:《在他们中穿行》,《外国文学评论》,1990年第4期。

[136]郑海凌:《论"复译"》,《外国文学动态》,2003年第4期。

[137]郑诗鼎:《评刘重德的〈爱玛〉重译版本》,《中国翻译》,1998年第1期。

[138]周建新:《重译——如何再现经典之美》,《出版广角》,2012年第2期。

[139]周小玲:《〈格列佛游记〉两个中译本对比谈》,《湖南师范大学社会科学学报》,2001年第S2期。

[140]周志莲:《中国译史上的重译探究》,《社会科学家》,2013年第9期。

[141]朱凡希,王林:《文学翻译的危机与文学翻译批评学科的建构》,《甘肃社会科学》,2006年第2期。

二、外文文献

1. 专著

[1] Baker, M. & Saldanha, G. eds. *Routledge Encyclopedia of Translation Studies* (2nd edition). London and New York: Routledge Taylor & Francis Group, 2009.

[2] Bassnett, S. & Lefevere, A. *Constructing Cultures: Essays on Literary Translation*. Shanghai: Shanghai Foreign Language

Education Press, 2001.

[3] Gutt, E. A. *Translation and Relevance: Cognition and Context*. Shanghai: Shanghai Foreign Language Education Press, 2004.

[4] Hemingway, E. *The Old Man and the Sea*. Beijing: World Publishing Corporation, 1997.

[5] Lefevere, A. *Translation, Rewriting and the Manipulation of Literary Fame*. Shanghai: Shanghai Foreign Language Education Press, 2004.

[6] Lefevere, A. *Translating Literature: Practice and Theory in a Comparative Literature Context*. Beijing: Foreign Language Teaching and Research Press, 2006.

[7] Lefevere, A. ed. *Translation /History/Culture: A Sourcebook*. Shanghai: Shanghai Foreign Language Education Press, 2010.

[8] O'Driscoll, K. *Retranslation through the Centuries: Jules Verne in English*. Bern: Peter Lang, 2011.

[9] Pym, A. *Method in Translation History*. Beijing: Foreign Language Teaching and Research Press, 2007.

[10] Semino, E. & Short, M. *Corpus Stylistics: Speech, Writing and Thought Presentation in a Corpus of English Writing*. Abingdon: Routledge, 2011.

[11] Short, M. *Exploring the Language of Poems, Plays and Prose*. Harlow: Pearson Education Limited, 1996.

[12] Snell-Hornby, M. *Translation Studies: An Integrated Approach*. Shanghai: Shanghai Foreign Language Education Press, 2001.

[13] Williams, J. & Chesterman, A. *The Map: A Beginner's Guide to Doing Research in Translation Studies*. Shanghai: Shanghai

Foreign Language Education Press, 2004.

2. 论文及其他文章

［14］Baker, M. Towards a methodology for investigating the style of literary translator. *Target*, 2000, 12(2): 241-266.

［15］Berman, A. La Retraduction comme espace de traduction. *Palimpsestes*, 1990, 13(4):1-7.

［16］Brownlie, S. Investigating Explanations of Translational Phenomena: A Case Study for Multiple Causality. *Target*, 2003, 15(1): 111-152.

［17］Chapelle, N. *The Translators' Tale: A Translator-Centered History of Seven English Translations (1823-1944) of the Grimms' Fairy Tale, Sneewittchen.* PhD thesis. Dublin City University, 2001.

［18］Chesterman, A. On Translation. in A. Pym, M. Shlesinger & D. Simeoni, eds. *Beyond Descriptive Translation Studies: Investigations in Homage to Gideon Toury*. Amsterdam and Philadelphia: John Benjamins Publishing, 2008, 372-373.

［19］Chesterman, A. Semiotic Modalities in Translation Causality. *Across Languages and Cultures*, 2002, 3(2):145-158.

［20］Dastjerdi, H.V. & Mohammadi, A. Revisiting "Retranslation Hypothesis": A Comparative Analysis of Stylistic Features in the Persian Retranslation of Pride and Prejudice. *Open Journal of Modern Linguistics*, 2013, 3(3):174-181.

［21］Even-Zohar, I. The Position of Translated Literature within the Literary Polysystem. In L. Venuti .ed. *The Translation Studies Reader*, London and New York: Routledge, 2012, 162.

［22］Koskinen, K. & Paloposki, O. Retranslation in the Age of Digital Reproduction, *Cadernos de Tradução*, 2003, 1(11):19-38.

［23］Kujamaki, P. Finnish comet in German skies: Translation, retranslation and norms. *Target*, 2001, 13(1):45-70.

[24] Lefevere, A. Mother Courage's Cucumbers: Text, System and Refraction in a Theory of Literature. In L.Venuti .ed. *The Translation Studies Reader*. London and New York: Routledge, 2012, 203-219.

[25] Ng, Elaine Yin-ling. The Translator's Style in Hemingway's *The Old Man and the Sea (1956)*. In James St. Andre & Peng Hsiao-yen, eds. *China and Its Others: Knowledge Transfer through Translation, 1829-2010*. Amsterdam-New York: Rodopi, 2012, 165-188.

[26] Paloposki, O. & Koskinen, K. Reprocessing Texts: The Fine Line between Retranslation and Revising. *Across Languages and Cultures*, 2010, 11(1): 29-49.

[27] Robinson, D. Retranslation and ideosomatic drift. www.umass.edu/french/people/profiles/documents/Robinson.pdf,1999.

[28] Toury, G. The Nature and Role of Norms in Translation. In L. Venuti, ed. *The Translation Studies Reader*. London and New York: Routledge, 2012.